李壽菊　主編
魏子雲　著

魏子雲著作集

金學卷

10

深耕金瓶梅逾三十年
金瓶梅餘穗

萬卷樓圖書公司

第十冊

目次

《深耕金瓶梅逾三十年》

第一輯　史說部份^{編按1}

第二輯　版本問題^{編按2}

編按1　原書於第一輯史說部份中共有七篇文章,第五篇〈研究金瓶梅應走的正確方向〉、第六篇〈研究金瓶梅不能忽略歷史因素〉已收錄《小說金瓶梅》中;第七篇〈關於金瓶梅〉收錄在《金瓶梅審探》,本處均刪之。

編按2　原書於第二輯版本問題中共有六篇文章,第五篇〈關於崇禎本的問題〉,收錄在《金瓶梅散論》;第六篇〈梅節先生的金瓶梅清校本〉屬他人之文,本處均刪之。他人之文移入《外編》。

編按1　原書於第四輯特殊人物，共有八篇（兩篇附錄），第六篇〈武大郎的悲劇〉收錄在《金瓶梅散論》，此處不重複收錄。附錄中的〈莫把俗學充「金學」〉及〈關於金瓶梅初刻本的考證〉兩篇文章乃他人之作，本處刪之。移入《外編》。

編按2　原書上編共收錄十三篇文章，有六篇重複收錄他冊，故刪之。

下編

深耕金瓶梅逾三十年

魏子雲　著

版本源流
1　臺北　文史哲出版社　2003年12月。
2　本書據文史哲版重製　橫排印行。

代序
深耕《金瓶梅》逾卅年矣

　　我從事《金瓶梅》一書的研究，不知不覺已深耕步出三十年了。雖日日埋首於一事，卻未嘗忘卻有關該書的某些問題。說起來，從開頭就步，此書「書成」在何時日？以及此書究竟是何人「所作」？換言之，雖已同意上海復旦大學黃霖教授指出鄞人屠隆乃該書《金瓶梅》的作者，證據雖有，尚未能舉出牌九的點子——猴兒對。何況，舉出該書之作者候選者，早逾三十人矣！

　　而我，至今尚在此書的天地裏深耕未懈，希尢墾出了所藏之所尢。像一九九一年七月到長春開會，路過北京住了兩晚，到琉璃廠購得萬曆間人吳稼澄作《玄蓋副草》四冊刻本（翻印本）。其中有一首寫給屠隆的五言長歌，其中有句：「君昔游京華，秉禮兼稱詩；侯王及庶士，交結篾等夷。觚爵飲無算，藻翰縱橫飛。謠詠一興妒，深宮擯娥眉。」此詩所指的屠隆罷官，便明說來自深宮的鄭貴妃也。雖然祇有這麼一首五言歌，找所助之金書作者「屠隆」說，不無大益也。

　　雖然，《金瓶梅》的作者說，今尚未能獲得大眾所首肯——「屠隆說」，其證據貼於「屠隆」者，誠哉實其多，殆無可比擬之也，此話在此打住。

　　深耕《金瓶梅》雖蹦三十年，印行了十四種（尚有另一種〈一月皇帝的悲劇〉，寫泰昌帝之登極一月即晏駕，其文附在《金瓶梅的問世與演變》一書內），然而除了集印成書十四本，賸餘之單篇，尚有數十篇張，今又集成兩本，一曰《深耕金瓶梅逾三十年》另一曰：《金瓶梅四面八方》，分史說、版本、研討、人物四輯論之。

　　雖說，已印行之十四本，固有類似之論點，卻無餘論精到，觀
其項目，知之專矣！

　　有關於《金瓶梅》這本書的歷史問題，作者表明是明寫宋徽宗的
時代，暗裏則寫的是明代的嘉靖到萬曆、泰昌、天啟這四代，可是到
今天，還未能統而一之。至今還吵吵嚷嚷呢！至於「版本」，業已擺
明了明代印有兩種，一是十卷本《新刻金瓶梅詞話》，二是二十卷
《新刻繡像批評金瓶梅》，在避諱字一項來論斷，十卷本是萬曆本，
廿卷本是崇禎本，萬曆朝無避諱字，天啟三年以後，明代始有避諱
字。廿卷本有天啟、崇禎兩朝的國君名諱有避「校」為「較」，避「檢」
為「簡」。這還有何話說呢！可也有話說。所謂「文士」也者，比一
般普通人，聰明得多也。

　　那麼，一旦進入問題的「研討」？提出的「研究」問題，大都令
人不能想到的「問題」，都能左一個右一個的「問題」出現，所以，
研究金書的作者，提出誰是金書的作者，如今的備選人士，業已超過
三十人矣！

　　我之訂有這麼一個研討題目：「梅在瓶下而金在其上也。」也祇
是要要筆桿子而已。

　　那麼，最後一輯，寫了金書中的幾位「特殊」人物，我倒是正八
傑地的描寫他們。然而，我是我的看法，不可能肯定與別人一樣。想
來，仍舊是各有其觀念，不能統一之呢？

　　所以，我在文後附錄了兩篇別人對金書的看法，到最後，請廣
大的讀者作個評判，論斷論斷吧！

第一輯
史說部分

中國小說史的認知^{編按1}

一　莊子口中的「小說」與其他

　　一九九七年七月十八日至二十二日，福建師範大學在武夷山召開中國小說史研討會，與會學人六十餘，率為治小說者。交出論文，亦悉為小說之研究。然研究之主題，大多著眼於史的部分。

　　在傾心聆聽兩日之後，深感治理小說史之學者，大都忽略了小說藝術的本質，人人都以魯迅的《中國小說史略》為基點，來發揮其論述。

　　誠然，「小說」一辭，始於莊子，莊周在其〈外物〉篇中，說到「小說」兩字。兼且例說了一則故事，說是有一位姓任的世家子，他做了一個大的釣魚鉤，繫了一條粗大的釣繩，準備了五十頭牛的肉作餌。於是他蹲在會稽山上，把釣竿上的鉤子與繩線，投到了東海水中，每天每天不間斷地垂釣，釣了一年也沒有釣到魚。後來，終於有條大魚上了鉤，在吞鉤時，連鉤上的餌都帶到水中去了。任公子緊拉住他手中的釣竿不放。那吞鉤的大魚，在海中飛騰著，奮起鰭來掙扎著，激起的白色海浪山樣高，海水都波蕩起來；動蕩起的聲音，如鬼魅如神魔，千里遠的人聽了，都會害怕。任公子終於釣到了這條大魚。割成一塊塊，醃成了臘肉。然後，一塊塊分給了會稽附近浙河以東、蒼梧以北等地的人食用，這一帶的人，人人都享受到了這條魚醃成的肉塊。

　　這之後，便有人在這一帶的通衢要道，頌說著任公子這條魚功

編按1　原載於《明清小說研究》第1期（1998年），頁7-18。

德於地方的故事。到了後世，這地方還有人爭相傳頌。

　　莊子例說了這則故事之後，還有一段評論，說：「夫揭竿累趣灌瀆、守鯢鮒，其於得大魚難矣！飾小說以干縣令，其於大達亦遠矣！是以未聞任氏之風俗，其不可與經於世，亦遠矣！」

　　從莊子的這句「飾小說以干縣令，其於大達亦遠矣！」的例說故事來看，當可蠡知莊子之使用「小說」一詞的要義，乃從「大道」、「小道」以及「大學」、「小學」的說詞，衍義而來。譬如「大學」、「小學」兩詞的意義，「大學」就是「大人之學」，「小學」就是「小人之學」。按「大人」、「小人」之別，就是「官」、「民」之別。在位的官員，謂之「大人」，一般「平民」，即謂之「小人」（亦稱君子、細民）。再換個說法，也就是「貴族」與「平民」之分。在位者，掌理國政的貴族也。孟子則用「勞心者」與「勞力者」分之。說：「勞心者，治人；勞力者，治於人。」又說：「治於人者，食人；治人者，食天人。」孟子還有一句話，這樣說：「舜人也。我亦人也。舜，為法於天下，可傳於後世，我由（猶）未免為鄉人也。」讀了《孟子》的這段話（〈離婁〉下），當可想知《莊子》的任公子釣喻，之所以「去大達遠」，旨在此耳！

　　在《論語》〈陽貨〉，還有這麼一段話：「子之武城，聞弦歌之聲。夫子莞爾而笑曰：『殺雞焉用牛刀？』子游對曰：『昔者，偃也聞諸夫子曰：『君子學道則愛民，小人學道則易使也。』子曰：『二三子聽之，偃之言是也。前言戲之耳！』」這一段話，也說明了「大達」一詞的意旨，乃君子之「大學」之道，齊家平天下也。

　　所以，古有「大學」、「小學」之分，「大道」、「小道」之別。《論語》〈子張〉，子夏曰：「雖小道，必有可觀者焉。致遠恐泥，是以君子不為也。」認為凡屬小道，窺於一隙，執於一偏，雖有所得，但若推而遠之，欲其達於遠大悠久之域，恐多窒泥而難通，故君子不為

也。

　　漢人揚子云，認為文章之事，乃「雕蟲小技，壯夫不為」。桓譚則視「小說」為「短書」，乃「合殘叢」之「小語」卻「近取譬喻」而已。《漢書》〈藝文志〉列「小說」為十家之末。總之，抵漢興，「小說」始有名立於史志。然對「小說」之認知，尚未能從小說藝術上著眼，於是取乎類，入乎史。

　　到了民國，魯迅於一九三〇年成其《中國小說史略》，窺其內函，猶未能以小說之藝術觀而成其書也。他對小說的看法，幾乎是以西人的小說定義「虛構」（Fiction）為標的，來寫其小說史的。遂以《神話與傳說》昉其始。設《山海經》、《穆天子傳》作例說之基。蓋《神話與傳說》悉虛構者也。竟摒史詩、史傳於「小說」藝術之外，未免遺憾！

　　何以？對小說藝術之認知，有偏差耳！

二　認知小說藝術的本質

　　雖說，在武夷山的會議上，我提出的論文是〈我說金瓶梅的歷史〉，但在開幕式的致辭中，要我對中國小說史的寫作課題提出一些意見，遂提出了我對「小說」藝術的本質看法。多年前，我講過「何謂小說及其特質」（一九九一年五月在中國小說研究班講）這一課題，認為對「小說」的認知，不應再泥於前人的界說，應從文學藝術的興起，來認知小說的本質，來界說何謂「小說」？使之正確地入乎史書。於是我說：「我如果從事中國小說史寫作。詩三百中的故事詩，應例首篇，其次是《左傳》與《禮》之〈檀弓〉，再下是諸子的寓言，再下則是司馬遷的《史記》。」此一認知，便是多年前我在「何謂小說及其特質」這一課題中講過的。小說是文學藝術的類別之一。

　　文學的大類，不過韻文、散文之別；我中國則多一駢驪文體。但無論韻文、散文或駢文，只是文體的形式。至於內容之議論、言情、敘事、說人或述史，則不限於文體。換言之，韻文、散文、駢文，無不具有其議論、言情、敘事、說人或述史的功能。

　　那麼，我們如從此一觀點來說，對於小說藝術的認知，良應以文學為之基。

　　文學，語言藝術也。它是語言形成的，當文字未曾發明之前，可以推想到人類在未有文字只有語言的時代，人與人的相互言談，怎能無「街談巷語」式的張家長李家短的途說而道聽？到了語言成熟之後，遂有了詩三百的民人歌謠，喜者美之，惡者刺之。人間之上位爭國殺伐，下民號寒泣飢，史官書之竹帛，稗官錄之巾襟。於是，堯禪舜讓，禹疏九河，桀無道而殷商興，紂無道而成周起。孔子作《春秋》，而左丘傳之，公羊論之，穀粱詮之。禮之失，求諸野，〈檀弓〉記之。若是之史也。若是之《禮》也。若是之《易》也。若是之《書》也。悉是古代文學藝術。若訴諸於小說之藝術觀，則「詩三百」之風、雅、頌，所歌者，史也。「三禮」、「三傳」，所記者悉史也。大《易》、《尚書》，演述者，悉古史也。一篇篇、一章章，無不事有先後終始，情節周旋有致，人物對話如生，怎能不以小說視之哉？南開大學李劍國教授說：「應視之為小說的萌芽。」

　　聞之，誠以此說，極不得當。何以？觀之「詩三百」與禮傳、〈檀弓〉所記等文，述事寫人，力透紙背，無不步力簡冊，與吾儕共談吐。故事情節之成熟，今之小說家何能望之項背？焉能以小說之「萌芽」視之耶？

　　按藝術門類，音樂、戲劇、舞蹈、美術等，可以說有其「萌芽」時代，獨文學藝術一類，無有所謂之「萌芽」時代。蓋「文學」乃源自語言藝術成熟之後。人類之文學既已到了能記事成文、論事成章，

文學之使用，業已成熟，所成之文章業已體式完完整整，譬如「詩三百」、左氏傳、檀弓記，無論是記事述人，歌之美刺，都已是成熟的篇章。不視之為小說則已！視之為小說，則應列之中國古代文言小說之興起時期或產生時期，未可以「萌芽」一詞命之也。斯我芻蕘之見解。

　　豈其然乎？豈其否乎？

三　小說焉能摒史傳於界外？

　　今之小說史家，幾乎無人走出魯迅的《中國小說史略》，前已說到。魯迅先生以「神話與傳說」作為小說的發端，固然正確，但傳於今世之神話作品，雖題材乃「昔者初民，見天地萬物，變易不常，其諸現象，又出於人力所能以上，則自造說以解釋之；凡所解釋，今謂之神話。」但這種神話，如以語言形成文字組成的文學藝術觀之，與史傳、《禮記》以及「詩三百」之歌，並無分別，都是語言成熟後的文字組成的文學。何以神話入乎小說史，而史傳、《禮記》中的那麼結構嚴實、人物如生的史事，竟摒之於小說史之外，誠然令我不解？

　　史傳、《禮記》以及「詩三百」的史詩，才是真真切切而鐵鐵石石寫出的人物、事件、藝術呢！

　　像《山海經》、《世說新語》之列入小說史，我也甚感詫異。

　　按《山海經》這部書，其中雖有神話故實，可入小說者，極微。若說《穆天子傳》、《神異經》、《十洲記》都受到《山海經》的影響，清之《四庫全書》列在子部小說類，它終究不是小說，魯迅也說它是「蓋古之巫書也」，未列入小說類論之。

　　至於《世說新語》，所寫都是人事，魯迅論之說：「今本凡三十八篇，自『德行』至『仇隙』，以類相從。事起後漢，止於東晉。記

言則玄遠冷峻，記行則高簡瑰奇，下至繆惑，亦資一笑。」若以小說的本質鑑之，「世說」都是散言、片語、文摘，成其章者，絕少。縱以今之「小小說」比之，也有其完善結構之病。譬如〈自新〉篇之周處，文約兩百言，述周處之能聽善言而改過自新，也只是片言折獄之類。再如〈栖逸〉篇之「阮步兵嘯，聞數百步。蘇門山中，忽有真人，樵伐者咸共傳說。阮籍往觀，見其人擁膝巖側。籍登嶺就之，箕踞相對。籍商較終古，上陳黃、農玄寂之道，下考三代盛德之美，以問之；仡然不應。復敘有為之外，栖神導氣之述，以觀之；彼猶如前，凝矚不轉。籍因對之長嘯。良久，乃笑曰：『可更作？』籍復嘯。意盡，退，還半嶺許，聞上唒然有聲，如數部鼓吹，林谷傳響。顧看，乃向人嘯也。」像這等具有小說本質之人物刻劃藝術文繡者，十難得一。若以之質對左氏傳、檀弓記，以及詩三百之故事詩，幾乎是十九塑人物者，《世說》如何能比？試舉如下：

《左傳》首篇〈鄭伯克段於鄢〉，寫莊公之養奸叔段，終於伐諸鄢，殺於共。這故事，乃家喻戶曉，不必錄之矣！

還有莊公十年春，王正月，公敗齊師於長勺的〈曹劌論戰〉一則，也曾收在高中國文課本上，知之者多，也不必錄矣！

那麼，我們以隱公三年傳的〈石碏諫寵州吁〉一文作例說，這篇傳文，雖偏於議論，然其文章結構，述事也有頭有尾，議論也事理分明，君臣之間的諫者言而君弗聽的性行，也都赤裸裸表露出來。尤其，此一傳文可與〈鄭伯克段於鄢〉的傳文，合而閱之。前者，母武姜偏愛次子；此者，莊公寵姜子州吁。兩者都為了寵愛不當，釀成了悲劇。

茲錄隱公三年〈石碏諫寵州吁〉文如下：

衛莊公娶於齊東宮得臣之妹，曰：「莊姜」。美而無子，衛人

所為賦「碩人」者也。又娶於陳，曰：「厲媯」，生孝伯，早死。其娣戴媯，生桓公，莊姜以為己子也。公子州吁，嬖人之子也。有寵而好兵，公弗禁，莊姜惡之。石碏諫曰：「臣聞愛子教之以義方，弗納於邪。驕奢淫泆所自邪也。四者之來，寵祿過也。將立州吁，乃定之矣！若猶未也？階之為禍。夫寵而不驕，驕而能降，降而不憾，憾而能眕者鮮矣！且夫賤妨貴，少陵長，遠間親，新間舊，小加大，淫破義，所謂六逆也。君義臣行、父慈子孝、兄愛弟敬，所謂六順也。去順效逆，所以速禍也。君人者將禍是務，去而速之，無乃不可乎？」弗聽。其子厚與州吁遊，禁之不可。桓公立，乃老。

這篇短文，寫大臣石碏諫衛莊公寵州吁之不當，寫莊公之不聽諫終釀悲劇。

莊公卒後，桓公立，石碏告老歸。史遷在〈衛康叔世家〉中說到此事。說：「桓公二年，弟州吁驕奢，桓公絀之，州吁出奔。十三年，鄭伯弟段，攻其兄不勝，亡。而州吁求與之友。十六年，州吁收聚衛亡人，以襲殺桓公。州吁自立為衛君。」鄭叔段攻其兄，州吁請宋、陳、蔡三國助之。衛人不愛州吁，石碏與陳侯共謀，殺州吁於濮，迎桓公弟於邢而立之，是為宣公。

當我們全部了解了有關州吁的這段歷史悲劇，便更能認知到這段左氏所傳，其故事結構之簡潔扼要，人物之主從分明；其情節之周折，終始如一；而且結尾留下悲劇伏筆，有很強的故事性。由於作者所傳的是正史，委實用不著再寫州吁弒桓公、衛人殺州吁，迎立宣公。一如〈鄭伯克段於鄢〉之寫到「大叔出奔共」止。下所寫乃史家之論，非說故事者之故事情節矣！

　　我們若以今之小說藝術比而論之。試問，史傳之文，若以小說況之，豈不比《山海經》之神話、《世說新語》之碎語，更堪以入乎小說史？

四　中國小說始於「詩三百」成於史傳

　　在這次武夷山召開的中國小說研討會中，福建師大的郭丹教授提出的論文〈史傳文學與中國古代小說〉，對於一般小說史家認為在一些子書裏，夾雜著不少寓言故事，說「那是小說的萌芽」。郭丹說：「這雖然有一些道理，但與中國文學發展的實際不盡相符。」他認為這一史說，「從先秦到六朝之間，未免留下了太長的空白和遺憾！」遂立說：「中國古代小說的產生，與史傳文學有著更加深刻的血緣關係。」而我則認為從「詩三百」篇的故事詩，小說的藝術結構已經形成了。

　　涂秀虹（福建師大講師）在研究《水滸》戲時，也感受到了史傳的故事，大多是戲劇的取材，越看越覺得史傳也就是一齣齣戲文（在武夷山中國小說史研討會中發言）。

　　而我，則一向認為小說與戲劇是孿生的同胞。它們都是複製人物的藝術。

　　我在前面說了，文學是語言的藝術，當語言訴諸於文字，能記人事成章，文學就完成了，不應有「萌芽」時代。文字有萌芽時代，文學沒有萌芽時代。

　　我們中國文學，傳到後代最久的，便是「詩三百」篇，其次便是史傳、《禮記》、易說，再則是諸子論說。這些篇什，全是文學成熟後的錦繡文章。無論史傳、《禮記》、易說以及諸子之侈談大論，無不是演說人生事故，窺其本質，悉與「小說」之說，無大差異。憾於

後之論學者，扭於大學小學與大道小道之分，到了魯迅這一代，還無膽去突破經學這一界域，是以五經之文，至今未敢舉之與小說並論。

民國以來，諸子中的寓言，雖已引而入乎小說，至於《論語》、《孟子》中的故事，除了「齊人有一妻一妾而處室者」有人以小說入論，他則多忽爾捨之。蓋《論》、《孟》乃經學也。

再者，我舉出的《禮記》中的〈檀弓〉，所記雖屬說禮之與說人，實則全是說人之與人的處身處世，亦人文之學也，小說之史也。甚少有人舉〈檀弓〉故事，入乎小說之史，立於小說之論。實則，〈檀弓〉上下等篇，記之文有長有短，雖全是說禮的，由於禮是人的切身問題，是以說禮的故事性，不但濃厚，兼且有情有致，殺人亦有禮可說。（〈工尹商陽與陳棄病追吳師及之〉）。小說史家以《世說新語》入於史，〈檀弓〉又怎能摒之小說史外？

我們大家習知的「嗟來食」一則，就出自〈檀弓〉。文，不到百字，情節完整，人物如生，古文選本，棄之者少。「齊大饑」。黔敖為食於路，以待餓者以食之。有餓者蒙袂輯屨，貿貿然來。黔敖左執食，右執飲，曰：「嗟！來食。」揚其目而視之曰：「予惟不食嗟來之食，以至於今也。」從而謝焉！終不食而死。曾子聞之曰：「微歟！其嗟也可去。其謝也可食。」在〈檀弓〉還有不少長文，情節曲折的。有篇「有子問於曾子」的喪之「速朽」與「速貧」問題，情節通過對話表現，可以說是起伏周折，情致沛然！

> 有子問於曾子曰：「問喪於夫子乎？」曰：「聞之矣！『喪，欲速貧，死，欲速朽。』」有子曰：「是非君子之言也。」曾子曰：「參也聞諸夫子也。」有子又曰：「是非君子之言也。」曾子曰：「參也與子游聞之。」有子曰：「然。然則夫子有為言之也。」曾子以斯言告於子游。子游曰：「甚哉！有子之言

似夫子也。昔者，夫子居於宋，見桓司馬自為石槨，三年而不成。夫子曰：『若是其靡也。死，不如速朽之愈也。』死之欲速朽，為桓司馬而言之也。南宮敬速反，必載寶而朝。夫子曰：『若是其貨也。喪不如速貧之愈也。』喪之欲速貧，為敬叔言之也。」曾子以子游之言，告於有子。有子曰：「然。吾固曰非夫子之言也。」曾子曰：「何以知之？」有子曰：「夫子製於中都，四寸之棺，五寸之槨，以斯知不欲速朽也。昔者，夫子失魯司寇，將之荊，蓋先之以子夏，又申之以冉有，以斯知不欲速貧也。」

按〈檀弓〉的這段記述，已成為「有子之言似夫子」的讚譽辭。按孔子弟子，有若與曾參年最少（有若少夫子四十三歲，曾參少夫子四十六歲）。一天，有子問曾子知不知道老師對於死而葬的看法是怎樣的？曾子便老老實實把他聽來的兩句話重述一遍。這時，老師已去世。有子聽到曾子說他聽到老師說的是「喪欲速貧，死欲速朽」，不相信這話會是老師說的。曾參說老師說這話時，子游也在旁聽到。有子聽到曾參說得如此肯定，遂推想老師當時說這番話，一定是有所為而發。

曾子便去問子游，子游聽了，就讚美有子的這句懷疑老師不可能說這番話的有所疑推想，倒很像老師的疑問呢！遂說起當年說「死欲速朽」是對宋之桓司馬自為石槨三年不成說的，「喪欲速貧」是因南宮敬叔的「必載寶而朝」說的。有子之所以不相信老師不會對喪事說出這樣的話，是因為有子知道他的老師任中都宰時，製規是四寸之棺五寸之槨。辭去魯司寇時，準備到衛國去，曾先遣子夏、冉有打前站。

〈檀弓〉記下的這件事，除了述喪禮的規制，實則是在寫孔子弟

子中的曾參智拙，有若智捷。這麼說起來，〈檀弓〉的此記，豈不更加的具有小說藝術也。

五　今之治小說史者能不改韻徙調乎

今之治小說史，類分「文言」、「白話」兩類，還有「志人」、「志怪」之分；另外，還有「神話」一類。

近些年來，更有「通俗」一類，以及「俗文學」一說。所謂「俗文學」，是不是全是語體，小學程度的人就能閱讀無礙呢？還是其中文辭不論文、白，但所寫內容，全是鄉人的街談巷語，則謂之「俗文學」呢？還是指那些民間小唱、笑話書、唱本、民間故事等類呢？

可是，以文言行之於文的《三國演義》，則被今之小說史家列入「通俗文學」類矣！

殊不知《三國》、《水滸》、《西遊》之能家喻戶曉，非其文之通俗，實應歸功於說書人的嘴，與劇人之搬上舞臺。再說《金瓶梅》乃標準之「文備眾體」的說部，不要說其中的文辭，不但韻、散、駢、驪統而有之，韻文的詩、詞、曲、劇，一樣不少（詩之絕句、律詩、長調全備，曲也小令、套曲俱全，劇則整套在內。古文有邸報、諫狀，白話更有妻妾鬥嘴、婆孃罵街。寫景則駢文連篇），列入文言小說類？還是列入白話小說類？只此分類，也是小說史家頗為頭大的問題。

上海華東師範大學的陳大康教授，在會議席上報告他的論文，說了一句治小說史的大原則，「應當著眼於歷代小說在創作過程中的演變狀況。」（不知我聽真切了沒有？）陳氏此言，見及根矣！

論小說者，日多一日。吾友黃霖兄（上海復旦大學教授），與韓同文合選了一部《中國歷代小說論著選》，由桓譚《新論》始，再下

即《漢書》〈藝文志〉而《山海經》、《神仙傳》……郭豫適教授（上海華東師範大學）之《中國古代小說論集》，則自《世說新語》選起，又拉後矣！

老友侯忠義教授（北京大學）之《中國文言小說史稿》亦是因循了魯迅的《中國小說史略》立言的。時代衍生，日月交替未變，而陽晴圓缺，氣象分秒而化育萬千，世上的一切事事物物，都在日新而月異。百年以來，我們治理文學的人，怎的還能一成不變地沿循著錯誤的老路走下去？

觀之魯迅的《中國小說史略》，編目分類，依循的大多是宋人說的。如宋人對於「說話人」之「四家」說，魯迅也沿襲之分為四家：1. 小說——銀字兒、說公案、說鐵騎；2. 談經（說經、說參請）；3. 講史書（說史）；4. 合生。或者分 1. 演史；2. 說經諫經；3. 小說；4. 說諢話。王國維的《宋元戲曲史》對於「小說」，也是類同的四分法：1. 小說；2. 說經；3. 說參請；4. 說史書。可以說，三〇年代的學人，對於「小說」的認知，尚無人從「小說」的「本質」上去尋求合乎學理的藝術認知，來予之定義。

現在，我就前輩學者對於「小說」的四家說，定義出的名稱，提出一段問題：「小說」只是說「銀字兒、說公案、說鐵騎兒」？談經、演史、說諢話，都是「小說」的另一類？

此一問題，早就有所爭論，胡懷琛《中國小說概論》認為，不應把「說話人」的「小說」分界得太碎，「應把銀字兒、說公案、說鐵騎兒」納入「小說」之下，分成四家就可以了。他不贊成分家太多。然而，說經、講史還是各成一家。與「小說」界開。

而我，則認為文、史、哲三位一體，講文學，史學、哲學即包含在內。（我國之經學即斯類也）而文、史、哲三位一體之文學，在大體類分上，只應有韻文、散文、駢文之分。而小說、戲劇，乃文備

眾體之文學類型，韻文中的史詩（故事詩），亦小說也。散文之寫人敘事如史傳、《禮記》等等，殆亦應視同小說也。記傳之作如《邱吉爾回憶錄》（獲頒諾貝爾文學獎）、沈復的《浮生六記》（雖僅餘四記），不是已被列入小說史中論讚著麼？

固然，今之科技時代，學問之類，分工越細越好。

若以中國文學一事論之，改制百年以來之教育，習文者不知樂，習樂者更是不通於文。最可傷者是音韻學家，雖大師已不能張口，不知詩、詞、曲之有韻律音也。休說長調〈琵琶行〉、〈將進酒〉等，他們歌不出協律之音，就是七言絕句，也會把「梅」、「臺」念成二韻。說來，這是閒話了。

那麼，我們研究小說者，如能把「小說」看成是寫人的藝術，並不局於韻文、散文，他如辭賦之頌〈兩京〉與〈三都〉等文，其本質，殆亦敘事寫景說人之小說也。西方之史詩（EPIC）如《奧德賽》、《依里亞特》，雖是有韻的歌，文學家也以小說論之。我們的漢樂府如〈日出東南隅行〉、〈羽林郎〉等，以及唐詩長調〈長恨歌〉以及〈兵車行〉等，文家不也悉以故事論之乎？

唐之佛家宣講，兩宋之說話人，那種有說有唱的「寶卷」與「話（唱）本」，早已列入小說門類。如史傳、《禮記》中的寫人藝術，比神話還要完美，誠不應以「經學」拒之。治小說者，良應以小說的藝術本質鑑之，不應以什麼經也、史也、界之也。

治小說史者，還能再循前賢之小說史說，而自獄於宋人之紛亂小說史觀之亂草叢莽間乎？

民國八十六年（1997）八月一日於臺北安和居

《金瓶梅詞話》的小說體式 [編按1]

一　我邦的小說體式

　　西方的小說家，謙稱是「說故事者」。我們中國的歷史，雖有「小說家」名類，《漢書》〈藝文志〉列在九流十家之末，其內容是「出於稗官、街談巷語、道聽塗說之所造也。」不也是瑣拾些街談巷語寫成的故事乎？就以最早使用「小說」一詞的莊周，他口中敘述的任公子釣得大魚，醃而分給鄉人食之的比喻，也只是說了個小故事。先秦時代的學人，動輒編一則寓言，縱然意在言外，像《孟子》的〈齊人有一妻一妾〉、《列子》的〈岐路亡羊〉，以及《晏子春秋》的〈御者妻〉、《韓非子》的〈和氏璧〉等等，在今日看來，這類寓言故事不也全是小說乎？

　　換言之，「小說」就是「故事」，但光有「故事」並無內函，那「故事」便不是「小說」。這話，不宜在本文中嘮叨了。但凡是小說，不能沒有人生的事件，道出小說的人生故事，應是寫小說者的第一要義。換言之，那就是「說」，也就是西方小說家謙稱的「說故事者」。

　　從中外的小說章幅與結構的體式看，早期的先秦寓言以及史傳的傳人述事，三千年來，薪傳如一，率是「齊人有一妻一妾而處室者」（《孟子》），「莊子與惠子遊於濠梁之上。」（《莊子》）「楚有祠者，賜其舍人卮酒。舍人相謂曰：『數人飲之不足，一人飲之有餘，請畫地為蛇，先成者飲酒』……」（《國策》），或：「項籍者，下相人也。字羽，初起時，年二十四。……」（《史記》〈項羽本紀〉）。

編按1　原載於《明清小說研究》第2期（2000年），頁109-121。

然而，史遷作傳，寫作的體式則稍有變化，如〈仲尼弟子列傳〉則加
敘語：「孔子曰：『受業身通者，七十有七人。皆異能之士也。』」下
述：「德行顏淵、閔子騫、冉伯牛、仲弓，政事冉有季路，言語宰
我、子貢，文學子游、子夏……」以及〈循吏列傳〉、〈游俠列傳〉、
〈佞幸列傳〉、〈刺客列傳〉等等，都加上一段敘說在起頭，如〈滑稽
列傳〉敘曰：「孔子曰：『六藝於治一也。禮以節人，樂以發和，書
以道事，詩以達意，易以神化，春秋以義。』太史公曰：『天道恢恢，
豈不大哉！談言微中，可以解紛。』」下再寫「淳于髡者，齊之贅婿
也。」[1]

　　那麼，我們如從先秦的寓言以及西漢史傳的傳人的語言及體式
看，可以說抵唐未變。直到兩宋，說書人興起，小說的體式遂由述史
的「汧國夫人李娃，長安之倡女也。」（〈李娃傳〉）或「大曆間，隴
西李生名益，年二十，以進士擢第。其明年拔萃，俟試於天官……」
（〈霍小玉傳〉）這類史官語氣的體式，改變成說書人的語氣。如〈碾
玉觀音〉，便放棄了史傳的大多老套「某某，某處人也。……」，遂
以引詩一首為開場白：「山色晴嵐景物佳，暖烘回雁起平沙。東郊漸
覺花烘眼，南陌依稀草吐芽。……隴頭幾處紅梅落，紅杏枝頭未著
花。」說：這首〈鷓鴣天〉說孟春景致，原來又不如〈仲春詞〉作得
好……另一篇〈菩薩蠻〉也是先說四句詩開個頭兒，下面則是「話說
大宋高宗紹興年間，溫州府樂清縣有個秀才，姓陳名義字可常，年方
二十四歲，……」結尾，也是在說完結局之後，引詩為證止。說來，
這體式雖還未能擺脫史遷的史傳體式，但加上「話說」兩字，卻已顯

---

[1]　從戰國時代的寓言到史遷時代的紀傳，所寫人物行傳的設文體式，便已有了變化，
　　宋明時代的小說體式，源自前代史傳，從體式上鑑之，豈不是血緣分明嗎？

明地呈現出說書人的語調，大不同了。[2]

　　從趙宋時代起，小說的體式遂與史傳有了變形的一格。這一體式的變形，與兩宋興起的說書人有著密切的關係。可以說到了元明清三朝，這種說書的體式大致未變。譬如元至治年間刊行的《全相平話武王伐紂書》，一開場念的四句詩：「三皇五帝夏商周，秦漢三分吳魏劉，晉宋齊梁南北史，隋唐五代宋金收。」下面再是說書人的老話頭兒：「話說殷湯王姓子名履字夫乙，謚法除虐去殘，……」結尾也是「有詩為證」。明代之《三國》、《水滸》、《西遊》、《金瓶梅》，也是這些老套子[3]。雖然到了《紅樓夢》，開場白有了改變，不用詩一首或詞一闋，改為說：「此開卷第一回也。作者自云曾歷過一番夢幻之後，故將真事隱去，而將『通靈』說此《石頭記》一書也。故曰：『甄士隱』云云。」然而，到了書的結尾，仍不免用四句偈語：「說到辛酸處，荒唐愈可悲。由來同一夢，休笑世人痴！」但卻改成這四句結語是「後人見了這本傳奇」小說，還說：「為作者緣起之言，更進一竿云。」則又有了變化。然後之《鏡花緣》，一下筆先從班昭的《女誡》說起，說了這個起頭，然後再「且說天下名山」，仍未脫史遷的史傳方式。[4]

2　小說到了李唐，基於「文備眾體」的倡行，小說的文體豐富了。加上佛家寶卷的故事宣講，遂導致了趙宋時代的說書盛行，於是「說書人」的語氣與體式在宋代進入了小說，遂又給「小說」的文學體式展開了新頁。

3　由於說書人的說書體式可以一節節、一段段，再一天天連續地說下去，小說的篇幅，遂也隨之日漸增長。抵元代，便有了說平話的《武王伐紂書》以及《七國春秋》、《秦併六國》、《前漢書》、《三國志》等平話，篇幅都增長了。分段分目地說下去。到了明代中葉，《三國志通俗演義》篇幅便長達百萬言以上，分段到兩百四十則。列入全球第一的一部長篇小說便出現。繼之「章回小說」出現《水滸傳》了。《西遊記》、《金瓶梅》也出現。

4　認真去體認小說發展到宋明一代，在小說體式上，則大多地方還是不曾擺脫司馬遷的史傳寫法。

　　至於清以後的說部，體式的變遷，非本文所需，就此打住，還是回頭說《金瓶梅詞話》。

二　明代的四大奇書之體式

　　說起我邦傳統小說的體式，不外「史傳體」與「說書體」兩種，上已言之。如《三國》、《水滸》、《西遊》、《金瓶梅》四大奇書，在說故事的體式上，可以說已繼承了兩宋的「說書體」，然而，全未能擺脫史遷的「史傳體」窠臼。

　　譬如《三國》第一回，也是詞一闋，而跟著便是「話說天下大勢，分久必合，合久必分。……」，在行文中，也夾有詩曰一首或詞令一闋。他如《水滸》，也是詞曰一闋，詩曰一首，再是「話說這八句詩，……」，在行文中夾有詩詞進來。而《西遊》也是雷同的「詩曰」，敘事加個「引首」（或曰「致語」），說：「蓋聞天之數，有十二萬九千六百歲為一元……」文中夾入詩詞，也不能「免俗」。每回的結尾，都是「……且聽下回分解。」至於《金瓶梅詞話》，也是同一形式。

　　像這類「話說」、「且說」（或「且表」）、「卻說」（或「卻表」）等等「說書」的語態，都是從宋人的說部沿襲來的。至於「且聽下回分解」這一區別回目的說詞，由於兩宋時代尚無長篇小說，自也無有「且聽下回分解」的語句。但在元代刻本平話中，可以見到這類說書的人「關節」語句。譬如《武王伐紂書》上中下三卷，既無章目，也無回目。當然也無「且聽下回分解」的話尾。但每一情節的結尾。悉以「詩曰」或「又詩曰」的詩句，以別上結與下起。上下的情節長短不一，有不到兩百字者，也有數千言者，可以說，作者處理情節極為自由。不過，《伐紂書》的情節交替，不用「話說」兩字（只在開頭

用了一次）。而在《新刊全相平話樂毅圖齊七國春秋後集》中，其體式又有了變化。不但在語辭中有了「卻說」兩字，且又加了章目，如〈孟子至齊〉、〈燕王傳位與丞相〉、〈齊兵伐燕〉、〈齊兵伐燕勝〉、〈鄒忌劫孫子寨〉等章目。而且章目與章目的情節極短，往往不到兩百言。上中下三卷，計其章目之數，五十餘。其中「詩曰」之外，又加上「書曰」與「正史云」等說，併入論事。可以說，平話的「體式」又發展出了另一格式。

　　但《平話前漢書》與《平話三國志》的說故事方式，除了引「詩曰」之外，又發明了「話分兩說」來「按下」這事「不表」，「再說」……。或以「話分兩頭」，再說另一情節。所以，《平話前漢書》與《平話三國志》都是一氣說下去，既不分章節，也不別事之各方。也可以在「話分兩頭」的放下這裏再說那裏，兩相交互地前前後後說下去。但此一說話的進行情況，適於短書，不宜於長編。像《三國志通俗演義》文辭的篇幅逾百萬言，可說不能像元代的「平話」體式「說」下去了。所以，到了明代形成的《三國志通俗演義》，篇幅百餘萬言，勢非以章目為軫域，遂有了兩百四十目，以別《三國志通俗演義》的情節。於是，小說在「說書人」的口中，又有了新的「體式」產生。

　　但從早期的《三國志通俗演義》的「體式」觀之，似乎不是出於說書人之口，而是出於以讀書人之手。[5]

　　說來，似應獨立起來論之。

5　這看法，是我個人的創見，書於此，以待論者教之。

三　弘治本《三國志通俗演義》

按弘治本《三國志通俗演義》其文辭乃文體而非語體，換言之，乃文言小說。所謂「通俗演義」，指的是「演義」，演義的內容乃正史之外，還夾雜了民間的習說，有別於陳壽的《三國志》也。實則，良不可與其他語體之長篇小說並論。《三國志通俗演義》文言小說也。

這且不表。且說此一《三國志通俗演義》的小說體式。

四　第一部長篇小說

說起弘治本《三國志通俗演義》，乃我國第一部長達百萬言的長篇小說，且也是全世界最早的一部百萬言長篇小說。

它的小說「體式」也是新創的。它有了故事章節的區分題目。換言之，這小說中的「章目」，共達兩百四十題，每一小說的情節，都訂有一個章目。二十四卷共兩百四十則（目）。明嘉靖元年（壬午）刻本，即書上印弘治本者。

這個話本每一章的頭尾，文辭無不乾淨俐落。譬如卷八：〈徐庶訂計走樊城〉的開頭，只寫「曹仁忿怒，意欲踏平新野，大起本部之兵，投新野來。……」，這一段的結尾「徐母罵曹操，操大怒，叱武士執徐母斬之。性命如何？」就這樣打住。下接〈徐庶走薦諸葛亮〉，文接「曹操欲斬徐母，程昱急止之。……」。他如〈劉玄德三顧茅廬〉的這段結尾，「孔明之世之大賢，豈可召乎？遂上馬來謁孔明」，下寫「未知見否？還是如何？」；再下一節「玄德風雪訪孔明」的下節〈定三分亮出茅廬〉，則接「卻說劉玄德……」。像「卻說……」這樣的說書語調很多，像「未知……如何？且聽下回分解。」也間而有之。可以說這「未知……如何？且聽下回分解」的話語，最早起於

這部嘉靖元年刻之出版者稱為「弘治本」的《三國志通俗演義》。[6]

再按：這本一百二十回的《三國志》，從孫楷第《中國通俗小說書目》所記版本來說，《三國志》演義之有章有回，應在明之萬曆間，以李卓吾之評本為矯矢。較之章回體之《水滸傳》，遲了一代。是以我認為中國的「章回體」小說，始於郭武定之刻本《水滸傳》。雖然，明代的四大長篇小說，《三國志通俗演義》最早出現[7]，卻僅有名目而無回數。

還有，為長篇小說創始了「未知……如何？」，或又加上一句「且聽下回分解」的「體式」則是弘治本《三國志通俗演義》，卻也是由《水滸傳》起，才開始寫出「畢竟……（怎樣？）且聽下回分解。」這麼一句結尾文辭；隨後，《西遊》以及萬曆本的《三國》，還有《金瓶梅》，也都採用了這一回末的結尾體式。只有《金瓶梅詞話》的第五回及第三十五回，在「且聽下回分解」之後，又加上兩句詩（雪隱鷺鷥飛始見，柳藏鸚鵡語方知）；第三十五回則在「下回分解」之下，加「正是」兩字，再寫兩句詩：「只恨閒愁成懊惱，始知伶俐不如痴」。還有第七十六回，未寫「且聽下回分解」，則寫：「正是，誰人汲得西江水，難免今朝一面羞。」（指溫葵軒被逐）。且又起行寫了七言詩絕句一首：「靡不有初鮮克終，交情似水淡長情。自古人無千日好，果然花開摘下紅。」

《金瓶梅詞話》卻有了這三回變例。

至於其他三本，雖有「且看下文分解」或「下文便見」、「下文便曉」、「下文便知」，但「體式」還是一樣。

6　我手頭只有此書原刻本第八冊一冊，未去查證該刻本之全貌，並此說明。

7　筆者十多年前寫有短文：〈水滸傳是章回小說之祖〉，集入拙作：《寫作與鑑賞》一書（臺北市：黎明文化事業公司，1985 年）。

五　小說的「文備眾體」

　　竊以為大凡文學門類，悉以語言為藝術展示的手段。但「小說」這一門類，則又是在運用語言上，不拘於專一的形式，而以「文備眾體」為其小說語言藝術的運作手段。

　　雖說，這一「文備眾體」的小說語言之興起，始於中唐之古文運動，以具有「史才，詩筆、議論」三者作為創作小說的運作要件，宋人趙彥衛在其著作《雲麓漫鈔》卷八認為小說《幽怪錄》、《傳奇》皆是。說：「蓋此等文備眾體，可以見史才、詩筆、議論。」陳寅恪先生說：「小說之文備眾體，〈鶯鶯傳〉中忍情之說，即所謂議論；會真諸詩文，即所謂詩筆；敘述離合悲歡，即所謂史才，皆當日小說不得不備者也。」（見《陳寅恪先生全集》〈讀鶯鶯傳〉一文）[8]

　　但小說之由短篇演進到長篇，文辭累積至百萬言之巨著，如明代之《三國》、《水滸》、《西遊》以及言情之《金瓶梅》相繼問世，則小說之「文備眾體」又是一番氣象。蓋凡文學中的各種韻、散、駢等文體，悉能運作於小說裏面，甚而連文學中的章表、銘誄、戲曲、小唱、書牘、謔笑，大凡人間所有文史形式，無不一一攬為小說所有。可以說明代興起的長篇小說，無一不是「文備眾體」的文體。更可以說《金瓶梅詞話》的「文備眾體」之語言運作乃「集大成」者也。

　　我們若從「文備眾體」的文情上看，其中的「詩曰」、「又詩曰」，或「有詩為證」或「有詞xxx（詞牌名）」等體式的描寫，打從「弘治本」的《三國志通俗演義》起，便開始了，但只用於文辭的中間。但到了《水滸傳》，便安排在每回的最前面，於是，《西遊記》、《金瓶梅》便沿襲下來。

8　陳寅恪：《陳寅恪先生全集》（臺北市：里仁書局，1977 年）。

　　然而，各回的回首之此一體式。並不限定「詩」或「詞」，也用「格言」等。不過，遇見文情須加之以形容，來描寫其外觀形態，如果寫人或述事，尚須在內涵上使用筆墨。在《三國志通俗演義》時期，使用的體式以詩曰歌之，或說是「史官」之讚，或「後人」之頌，有時再加上「論曰」、「評曰」以散文駢文體式。但到了《水滸傳》便以「但見」之說詞，大多襲用賦體以四六句鋪陳。此一辭賦之駢驪體式。遂成了後期長篇小說之不可或缺的一大體式。

　　在《水滸傳》、《西遊記》、《金瓶梅》中，這種「但見」，或「登山頂觀看，果是好山：『千峰列戟，萬仞開屏……，』」或原來是歌唱之聲，歌曰：「觀棋柯爛，伐木丁丁，雲邊谷口徐行。……」以及但看他打扮非常：「頭上戴箬笠，乃是新筍初脫之籜；身上著布衣，乃是木棉撚就之妙。」（《西遊記》第一回）。又如「但見」：「頭上戴著黑油油頭髮鬆髻，口面上緝著皮金。一徑裡鬆出香雲一結。周圍小簪兒齊插，六鬢斜插一朵并頭花，排草梳兒後押。……」（《金瓶梅》第二回）又「但見」：「山石穿雙龍戲水，雲霞映獨鶴朝天。金蓮燈、玉樓燈，見一片珠璣。荷花燈、芙蓉燈，散千圍錦繡。……」（《金瓶梅》第十五回燈市情景）可以說像這類體式的描述文辭，在各回情節中時時出現。更可以說，這一章回小說的行文體式，一直流觴到民國，到西方傳來的新小說之後，始行逐漸消失。

　　還有，清代以才學逞能的所謂「才學」小說，如《鏡花緣》、《蟫史》以及用駢文寫成的《燕山外史》，無不是打從明代的這四大奇書之「文備眾體」的此一模式精煉出來的。

　　竊以為《水滸》、《西遊》、《金瓶梅》之「但見」類筆法，誠是小說作者之表現「詩筆」者也。

六　《金瓶梅詞話》的小說體式

《金瓶梅詞話》是明代四大長篇小說的最後一部。

按《三國》、《水滸》、《西遊》，都有其延伸的前身。而《金瓶梅詞話》也有其延伸的前身——從《水滸》蛻變而出者也。然而，傳今之《金瓶梅詞話》是不是取早出現於一五九六年（萬曆二十四年）袁宏道（中郎）第一次讀到的那部「勝枚生〈七發〉多矣」的《金瓶梅》？在我的研究論述中，認為傳今之《金瓶梅詞話》非一五九六年傳出的那一部，有文為證。傳今之《金瓶梅詞話》，其內容不能以枚叔的〈七發〉一文比況之。[9]

再說，傳今之《金瓶梅詞話》，諸多抄誤的文辭，堪以證之此書梓行的匆匆的卻又有袁宏道《觴政》一文的疑點——無全抄本又無該書之出版物，何以寫入《觴政》強酒人用於酒令呢？[10]

此一閒話，本文不論。但說《金瓶梅詞話》之行文體式，雖是沿襲其前三部長篇之「文備眾體」而來。但其尚有大不同於前三部的文體，那就是有關「戲曲」、「小唱」等等。戲曲、小唱非但是其前三部文中所無，並且是大量地抄入其書。足見該書作者之熱中於戲曲、小唱，非同常人。[11]

---

[9] 關於此一問，多年來我一直探討，寫有一篇〈傳世之金瓶梅非原作〉一文，集入《金瓶梅的作者是誰？》。

[10] 袁中郎的《觴政》梓行於萬曆三十五年（1607），斯時之《金瓶梅》尚有全抄本流傳於世，又未梓行。袁氏將之寫入酒令，且說不知《金瓶梅》配《水滸》為典故者，非飲徒。良是一大疑問。

[11] 此一問題，雖明代嘉靖萬曆間之文士愛好戲曲者多，不易指出。而鄞人屠隆有其他相關因子。

　　如李開先的劇作《寶劍記》[12]，抄了不少，而且是大段大段地抄進來。據卜健的研究，《金瓶梅詞話》從《寶劍記》傳奇中，全段照抄，或略加改造襲人，有十幾、二十幾個曲子。再者，蔣星煜先生大著《西廂記考證》一書，發現《金瓶梅詞話》一書，不但演唱了《西廂記》的北曲以及南詞，其寫入文中的數量，且超過了其他所錄的各劇劇目。這些有關史料抄入的統計，早有馮沅君在三〇年代即已擷出[13]。近年來，又有蔡敦勇所著《金瓶梅劇曲品探》，把金書中錄入的劇曲來源考索得更加清楚[14]。來自《雍熙樂府》者，占十之七八[15]。他如一些五七言或四六句的韻語，則又十有九改纂自《水滸傳》。惟獨屬於《金瓶梅詞話》人物口中歌出的〈山坡羊〉曲牌，最有特色。蔡敦勇說在（詞話）中共有二十餘隻〈山坡羊〉，夾雜在全書的情節裏頭。其名稱也十分複雜，有名「四不應山坡羊」、「數落山坡羊」、「慢唱山坡羊」、「哭山坡羊」、「山坡羊打玉簪（兒）」等等，各人唱的字數也不相等[16]。說來，這情事，也不是本文要說的。

　　然而，我們可以據此認定《金瓶梅詞話》的小說體式，敢於大量

---

[12]　《金瓶梅》中抄錄了李開先的劇作《寶劍記》一劇的唱詞不少段。李開先，嘉靖二十六年進士，卒於隆慶二年（1568）。吳曉鈴、徐朔方、卜健認定李開先是金書作者。惜乎無歷史為之證（萬曆二十四年《金瓶梅》出現前，歷史無文證之也）。

[13]　馮沅君寫有《金瓶梅詞話中的文學史料》列出詞曲七十六種，應是最早從事此一工作的研究者。

[14]　近人蔡敦勇繼起於馮氏之後，再寫《金瓶梅劇曲品探》，比早年馮氏所探索者，超逾多倍。蔡先生服務於江蘇省藝術研究所，任研究員。

[15]　按《雍熙樂府》乃明嘉靖四十五年（丙寅）郭勛所輯印。乃明代三大曲選之魁。（其二是《盛世新聲》與《詞林摘艷》。）他選有北曲一千零五十八套，南曲七十八套，雜曲一千八百八十八套，南北小令兩百零七闋。保有金、元、明戲曲不少珍貴資料。

[16]　對於劇曲小唱中的〈山坡羊〉一曲，竟有許多不同唱法，光是在《金瓶梅詞話》中唱出的〈山坡羊〉就有多種。蔡敦勇先生在他這本「品探」中，探索研究得最為精詳，給與《金瓶梅》一書的研究者助力甚大。

地譜賦劇曲、小唱，為後來的小說開闢了新天地。後來的《紅樓夢》，不但把《西廂記》寫了進去，而且把劇藝也搬到書的情節中演出[17]。所以，論者說：無《金瓶梅》的出現，便無《紅樓夢》的繼起。這話，幾是眾所認同的。

還有一部分書牘的此一文體之介入小說，雖然早在《金瓶梅詞話》之前，即已有之。可是，出現在《金瓶梅詞話》中的書牘，其「體式」則又大不同於前人。其中有一部分信函的發信人，竟在名銜之前加上「下書」兩字。

這名銜之前所加之「下書」兩字，梅節先生見到，認為《金瓶梅詞話》乃「說書人」的「底本」之鐵證。他認為這「下書」兩字，乃說書人的口語。

按《金瓶梅詞話》中的這類寫上「下書」兩字於名號上者，共有十件。第十二回潘六兒（金蓮）寫給西門慶的，第四十回喬太太寫給西門慶妻子吳月娘的，第六十六回東京翟謙寫給清河西門慶的，第六十七回雷起元覆西門慶的，第七十二回應伯爵妻杜氏請客帖子寫給西門慶夫人吳月娘的，第七十八回宋喬年寫給西門慶的，第八十五回陳經濟寫給潘金蓮的，第九十六回吳月娘下請帖給周守備夫人的，第九十八回，韓愛姐寫給陳經濟的，同回陳經濟覆給韓愛姐的，第九十九回則是一件宋天子改宣和七年，金兵入侵中原，徽宗禪位給太子桓，改元靖康。趙恒委李綱為兵部尚書，種師道為大將，總督內外宣務，遂奏請皇帝下一詔命。此一詔命，便署之為「下書靖康元年秋九月 x

---

[17] 按《紅樓夢》中的情節，在家庭的喜慶日中，開臺演劇，不只一次。《紅樓夢》是一部家喻戶曉的小說，知者多，在此不予詳舉。

日諭。[18]」

　　顯然地，有了這麼一件皇帝的詔諭，卻也寫了「下書」兩字，應可肯定這「下書」兩字，是說書人的語氣加上的。若是沒有這件皇帝詔諭之上，文後也寫有「下書」字，尚可意為這「下書」兩字，乃發書人自謙詞。有了這一詔諭上也有「下書靖康元年秋九月 x 日諭」等字，足夠肯定此一「下書」兩字，乃說書人的語氣。那麼，《金瓶梅詞話》的此一加入說書人的「體式」在「小說」中，堪可與宋人在「小說」的文體上，加入了「話說」或「卻說」，以及「暫且不表，且說……」，或「話分兩頭，按下此話不表，再說……」……等等「說書人」的「體式」，又增加了這麼一個新「體式」。惜乎此一「體式」，未被後人採。不說別的，連後起的廿卷本《新刻繡像批評金瓶梅》，也只留下第十二回潘六兒寫給西門慶的那一件，還留有「下書」兩字。其他，如第九十九回，連這件「詔諭」也不見了。

　　總之，像這類在書牘的署名處，上加「下書」兩字，表達了這「小說」是「說書」者的「文體」格式，比「話說」、「卻說」……等等語氣，表達說書人語氣，可以說是更加清楚。

七　借據與禮單

　　在宋人話本體式小說中，有一篇〈隋煬帝海山記〉上卷，寫有煬

---

[18] 梅節先生，廣東人，出生於香港，上海復旦大學新聞系畢業。對於《金瓶梅》（詞話）一書曾投下數年工夫，從事校勘工作。所以他指出了其中幾封信，在信末署名之上加了「下書」兩字。推想《金瓶梅》的底本，來自「書會才人」之手。我則認為這是《金瓶梅詞話》的作者「擬話本」的創意體式。理由是在萬曆二十四年《金瓶梅》的抄本沒有問世的五十年間，無人曾說到社會間有說話人說《金瓶梅》的文字紀錄。

帝闢地周兩百里為苑，聚土石為山，鑿為五湖四海，役民百萬。詔天下境內進珍禽異獸、奇花美卉、瑰果佳木，用以點綴充實東西苑之數十院。

　　詔命一下，無不搜奇集異、爭先恐後地進貢。所列全國各地所進種種類類，計來有：「銅臺進梨十六種，陳留進桃十色，青州進棗十色，南留進櫻桃五色，蔡州進栗三種，酸棗進李子十色，揚州進楊梅一種、枇杷一種，江南進銀杏、榧子各一種，湖南進梅三種，閩中進荔枝五色。廣南進八般木，易州進二十箱牡丹，以及鳥獸蟲魚，難計其數。」

　　像這類描寫，屬於記帳。《金瓶梅詞話》也學會這一招，譬如寫西門慶為太師爺的生日禮物，從來保打從東京辦事回來，聞知蔡太師的生日今年要大做一番，遂把此事傳帶了回來。西門慶便開始準備壽禮，派人到蘇杭等地籌辦。籌辦的壽禮，金銀綢緞，若是把禮單也一樣樣列出，卻也不遜於〈隋煬帝海山記〉，可是《金瓶梅詞話》則是陸陸續續、零零碎碎寫在小說的情節鋪敘中，適時適地地寫入。自第十八回開始準備壽禮，中間夾入了來旺夫婦進來，與來保爭寵的情節。有關壽禮的等等，先說應伯爵的眼睛在花園內圈棚下，「看見許多銀匠在前打造生活」，又是一些日子之後，又由潘金蓮的眼睛看見「陳經濟（在）那裏封蟒衣尺頭」，遂使潘金蓮從蟒衣想到「先是叫銀匠在家，打造了一副四陽棒壽銀人，都是高一尺有餘，甚是奇巧。又是兩把金壽字壺、兩副玉桃盃、兩套杭州織造大紅五彩羅緞紵絲蟒衣，只少兩疋玄色蕉布和大紅紗蟒衣。」可以說這一禮單中的物事，大大小小也不下百種吧，卻已進步到分布在小說情節裏面寫出，已從「帳簿」中脫臼了出來。《金瓶梅》的小說「體式」是進步了。

　　正由於《金瓶梅詞話》是一部從理想主義的小說窠臼中擺脫出來的，而且大膽地步入了現實人生的社會之間，觀而察之，精粗不遺，

明暗不擇，正邪不避，大凡人間所有，無不基乎小說所需而不黜。像人與人兩者的借貸之「借據」，卻也寫了進來。這微末情節，似乎在《金瓶梅詞話》之前，小說家還不曾寫入這類「借銀」的字據情節。

在《金瓶梅詞話》第十九回「草裏蛇邏打蔣竹山」的情節，是由於西門慶的親家陳洪出了事，關入監牢，連累西門慶也得入獄，遂耽誤了迎取李瓶兒。這李瓶兒生了病，一時惱怒，嫁了醫生蔣竹山。西門慶得知之後，撒出幾兩碎銀子，唆使兩個渾渾兒去處置這件事。這兩人便裝作到蔣竹山新開的藥店去買藥，便硬是賴上蔣竹山在幾年前借過魯華三十兩銀子，同去的這一位硬說他是證人。蔣竹山不同意，這兩人便打蔣竹山一頓，鬧進了衙門。

西門慶設計好了的，進入提刑所，由夏提刑審問。這兩個搗子，便呈上一張借據：

> 立借契人蔣文惠，係本縣醫生。為因妻喪，無錢發送，憑保張勝借到魯（華）名下白銀三十兩，月利三分，入手用度，約至次年，本利交換。如有欠少時，家值錢物件折准。恐後無憑，立此借契為照者。

這場官司，蔣文惠當然輸了。不但照契約還錢，還判以「賴債」之罪，當堂重責三十大板，打得皮開肉綻，鮮血淋漓。……

（雖說，《金瓶梅詞話》自一六一七年刻出，問世以來已三百八十餘年，這一借據的故事情節，不是在今日的新聞媒體上，還可以見及之乎？）

從《金瓶梅》例說小說的史地問題^{編按1}

一　前致語

　　西方人口中的「小說」定義，是「虛構」（FICTION）一詞。我們中國人口中的「小說」，是「道聽途說、街談巷議」。兩相比擬起來，意義還是相同的。東西方人，都認為「小說」是人們編造的人間不實故事，卻能在「小說」中呈現「真實」。

　　若是把「小說」當作「藝術」來說，其本質應是塑造人物外在形象與內在心象的「寫人的藝術」。

　　「小說」既是「寫人」的藝術，終離不開「時」、「空」兩個字；「時」屬於「史」，而「空」屬於「地」。換言之，「小說」離不開「史」與「地」。應該說，「史」與「地」兩事，是「小說」藝術不能避開的兩件事。

　　今天，我從《金瓶梅》這部明代的百萬字長篇小說，所涉及的「史」、「地」兩事，做一簡單的例說，然後，再引申到明代的《西遊記》，清代的《紅樓夢》、《鏡花緣》等書，來談談「小說」的虛虛實實，以及真真假假等問題。再進一步，說到小說家應具備哪些寫作的才能。

　　說起來，我是企圖來談一談「小說家」之所能成為「小說家」的這種人物的。

編按1　原載於《中國書目季刊》第30卷第1期（1996年6月），頁17-30，及《明清小說研究》1996年11期，頁4-21。

二 《金瓶梅》的時空問題（應說是「史」、「地」問題）

　　凡是讀過《金瓶梅》這部小說的人，都能一目瞭然於它的歷史背景是趙宋的徽宗時代，它的故事，就是從寫梁山泊一百零八將的《水滸傳》剪裁過來的。可是，當中寫到的社會現象，卻是晚明嘉靖、隆慶，萬曆等朝的實事，可以按證得出的。因而這小說所要描寫的「史」的問題，則出了宋歟？明歟？這兩大糾結在內。

（一）時（史），宋歟？明歟？

　　一開始在第一回中，就寫著：「話說宋徽宗皇帝政和年間[1]，朝中寵信高（俅）、楊（戩）、童（貫）、蔡（京）四個奸臣，以致天下大亂，黎民失業、百姓倒懸，四方盜賊蜂起……」又說，「反了四大寇：山東宋江、淮西王慶、河北田虎、江南方臘，皆在劫州縣，放火殺人，僭王稱號。……」其中涉及宋史的實錄，如第十七回宇文虛中的參劾蔡京王黼本章，第四十八回曾孝序參劾新河正副千戶夏延齡、西門慶本章，以及蔡京奏行的「七件事」，還有後部的宋室南渡，到了宋高宗建炎年間。這一件件、一樁樁的實寫，都是宋徽宗政和、重和、宣和等十餘年的實際史跡。史則宋也。

　　但書中寫的小唱、戲曲，如第三十五回的〈殘紅水上飄〉、第七十回的《寶劍記》戲曲，都是明朝人的作品，特別是社會形象，更是

---

[1] 按宋徽宗趙佶一朝，在位二十五年（1101-1125），即位時年號建中靖國，改元五次，崇寧（1102-1106）、大觀（1107-1110）、政和（1112-1117）、重和（1118）、宣和（1119-1125）。《金瓶梅》的故事始於政和二年，終於南宋建炎元年，故事演進十六年。

晚明的寫實生活寫明。由此看來，史則明也。[2]

是以《金瓶梅》這部小說的宋徽宗歷史背景，乃假設，實際上，這部小說的歷史背景，乃晚明也。以宋寓明也。[3]

（二）空（地），在山東？在河南？在江蘇？在河北？

《金瓶梅》既是以宋徽宗政和年間為歷史背景，它的都城自然是汴梁（開封府），河南屬。可是《金瓶梅》中的「東京」，在情節中，寫的似乎不是河南開封。

按西門慶家住山東東平府清河縣，實際上，清河屬於北京，在宋時，屬於京東西路東平府，在明時東平州屬於山東兗州府，清河則屬京師廣平府（屬九縣，東至山東東昌府臨清州界一百二十里，西至河南彰德府武安縣界八十里，南至河南彰德府臨彰縣界八十里，北至廣德府南河縣界六十里。自府治至京師一千里，至南京一七六五里），近運河線。西門慶來去「東京」，如何必須渡過黃河？

小說已經寫明白，西門慶家住的清河，距離臨清很近。若以現實地理論之，臨清在清河縣南方。從西門慶一次次到「東京」往返，看去，不是宋之東京開封，乃明之北京燕都。

寫於第七十回的蔡九知府，由京城銜命到九江去，卻路過清河到西門家留宿。若由東京開封到九江，何須經過山東東平的清河？顯然地，這是打從明代的北京啟身南行，才會便中經過清河。

黃河在我們中國，時常決堤氾濫，每次水災，都要連累到由江

2　按第十七回、第四十八回寫到的蔡京、王黼，以及上參劾本章的史官宇文虛中、曾孝序，還有文中寫到的蔡京奏行的「七件事」，宋史上均有其人其事。

3　按〈殘紅水上飄〉歌詞，是嘉靖末年吳人李日華作；戲劇《寶劍記》是嘉靖年間人李開先作，李氏卒於隆慶二年（1568）。

浙鑿通到天津、北京的運河。運河是北京城生活的命脈，所以明代的河臣，大多著眼於運河的治理。在南運河江蘇境淮安府有清河縣，民間稱南清河。《金瓶梅》的讀者，早已推想到西門慶家住的清河縣，應是今江蘇省的南清河。從地理上看，這部《金瓶梅》的歷史背景，應是明代，不應是宋代。

三　《金瓶梅》的人物問題

　　小說是寫人的藝術，人物自應是小說的主要成分。

　　歷來被稱為「小說」的篇章，以《三國》、《水滸》、《西遊記》來說，它們的題材，都設置了一個朝代。像《三國》寫的就是歷史，《水滸》寫的又是宋江等人的占山為王，宋江也是史有的人物。《西遊》依循的題材，又是唐朝高僧玄奘西天取經的故事。其中人物都免不了得有歷史的張本。那麼，同是明朝的四大長篇說部的《金瓶梅》，也不例外，它是沿循著《水滸》另闢蹊徑的。涉及到的宋史人物，自也原名原姓寫了進來。

　　他如小說人物的職官，以及人物的年齡，也能寫人的干支上，別出虛虛實實來。

（一）人物的姓名

　　宋徽宗以及其麾下的蔡京、蔡攸父子，還有王黼、楊戩、童貫等人，中學生一見，也能洞然於此一歷史是北宋時代。

　　他如寫於第十七回的參劾蔡京等人的「宇文虛中」、寫於第十八回的「李邦彥」、寫於第四十八回的「曾孝序」，還有寫於第七十回的「朱勔」，以及拜西門慶為乾父的「王三官」，名「王」，「招宣夫

人林太太」之子，宋史上也有其名。

　　按宇文虛中，是四川成都華陽人，大觀三年（1109）進士，在士宗朝宣和初年，蔡攸、王黼、童貫等，貪功開邊，引女真攻契丹，以虛中為參謀官。虛中則以廟謨失策、主帥非人，將有納侮自焚之禍，上書極言不可。王黼怒，謫為集賢殿編修。迨金人南下，徽宗悔黼不用虛中言，曾命虛中草詔罪己。建炎時，曾任資政殿大學士，後卒於金邦。《宋史》有傳（卷三七一、列傳一三〇），《金瓶梅》寫入，則作「兵科給事中」職。

　　李邦彥是懷州人，大觀二年上舍及第。生於閭，父乃銀工，是以多能鄙事，善調謔，能蹴鞠。每綴市街俚語為詞曲，人爭傳之，自號李浪子。後因寵拜相，有「浪子宰相」之稱。堅主割地議和，後罷官，建炎初賜死。《金瓶梅》寫他是「資政殿大學士兼禮部尚書」。

　　曾孝序是閩之晉江人，本傳說他是「以蔭」入仕。任環慶路經略安撫使，察訪湖北，過京與蔡京論議司事，說：「天下之財，貴於通流，取民膏血以聚京師，恐非太平法。」京銜之，遂出知慶州。至是，蔡京又倡行結糶俵糴法，盡刮民財充數，曾孝序上書糾舉。後知譚州、道州時，傜人叛，孝序平傜有功，進「顯謨閣直學士」，後遷「龍圖閣直學士」知青州。高宗即位，遷「徽猶閣學士」，升「延康殿學士」。後以其部將王定平臨朐趙晟亂，失利而責之，竟與其子曾訏同遭王定殺害。《宋史・卷四五三・列傳第二一二忠義傳》列入。《金瓶梅》說他是「都御史曾布之子，新中乙未科進士」，乃小說家言。按曾布乃曾之弟，贛南豐人，曾孝序閩人，籍貫江蘇泰州。

　　宋喬年也是徽宗時代人，籍隸江西南昌。他是宰相宋之孫。見《宋史》卷三五六〈列傳〉一一五。宋仁宗時召試學士院賜進士出身。父充國曾任大中大夫，卒後，喬年蔭監市易，坐與娼女私及私役吏，失官落拓二十年，有女嫁蔡京子攸。京當政，始起復用。曾任開封府

尹，龍圖閣學士知河南府。政和三年卒，年六十七。

《金瓶梅》寫宋喬年，是接替曾孝序巡按御史的人。

朱勔是徽宗朝的佞臣之一，蘇州人。以今天的語言說，此人原屬黑道人物。因徽宗嗜花石異珍，朱勔與其父朱沖，密取浙中珍異進獻，竟任之領蘇杭應奉局，進運「花石綱」事，軸艫相銜於淮汴間，伐藏，毀宮室，流毒州郡二十年。官至秘閣殿學士，時謂東南小朝廷。靖康後始失勢伏法。《金瓶梅》在第七十回，寫朱勔之威赫，寫的像個小朝廷。

《金瓶梅》中的這位王三官，說他本名叫「王」。按王，《宋史》亦有其名，乃神宗時王韶之子。韶有十子，只有王厚、王寀兩人最顯。王韶是王安石同黨，曾任觀文殿學士、禮部侍郎、資政殿學士，《宋史·卷三二八·列傳八七》，說王寀也是進士及第，好學工辭章，但愛談神仙事，自言天神可祈而下。林靈素妒之。徽宗曾命王寀到內殿設壇祈神。三夕過後，祈無所聞。林靈素讒王氏父子與西夏通，遂藉此事下王寀大獄、判棄市，但《金瓶梅》所寫，只一紈袴子弟而已。

除上述擇要幾位《宋史》上有傳的人物之外，另外還有幾位《明史》上也有名字的人物。如寫於第四十八回的陽谷縣縣丞狄斯彬，在《明史》卷二〇九〈列傳〉卷九七楊允繩名下，列有狄斯彬其人。按楊允繩名下還有一位馬從謙，嘉靖十四年進士，溧陽人。任尚寶丞時，掌內閣制誥。章聖太后崩，勸帝行三人喪，不服（不回答）。晉任光祿寺少卿時，提督中官杜泰貪污，馬從謙奏啟，竟落個誹謗。巡視給事中孫允中與御史狄斯彬也附和馬從謙奏議劾杜泰。嘉靖帝怒下馬從謙等人法司問罪。叛從謙戍邊，允中、斯彬黨庇，亦謫邊方雜職。帝覽叛加從謙廷杖八十，遂死杖下。狄斯彬嘉靖二十六年進士。

寫於第六十五回之「兗州知府凌雲翼」與「青州府府尹王士奇」

兩人，也是《明史》有傳的人物，凌雲翼傳在《明史》卷二二二〈列傳〉卷一一。嘉靖二十六年（1547）進士，歷任南京工部主事，江西巡撫，南京工部、兵部尚書，曾以兵部尚書兼左都御史銜，總督漕運巡撫淮揚，取代河臣潘季馴職。此人在萬曆十六年以至萬曆二十年，尚在世。王士奇傳在卷二二三，列傳一一一，附在其父宗沐名下。臨海人，萬曆十一年進士。歷任重慶知府、播州宣慰使。楊應龍叛，承總督刑玠檄至松坎撫定之，晉兵備副使，治其地。後以參政監軍朝鮮有功，超擢河南右布政使。又擢右副都御史巡撫大同。兄士崧、弟士昌、從弟士性，全是進士出身。（不過，《明史》的王士琦有「玉」旁。）

　　上舉數人作為例說，不能一一列舉，亦足可說明《金瓶梅》中的人物姓名，有《宋史》上的人，也有《明史》上的人。像這樣的錯綜寫法，雖是小說家言的虛實相應，亦無不史實正確無誤，絕不是「師心自用」而「信口開河」來的。

　　應知小說家筆下的「虛構」，仍基於小說藝事的需要，必須出乎學養與才智，方能正確流洩於筆尖下的。怎能是憑一己之無知，胡說八道呢？

（二）人物的職官

　　說到《金瓶梅》中的人物職官，更是一大問題。
　　按西門慶的官職是：「山東提刑所理刑副千戶」。（第三十回）又「山東提刑所掌刑金金吾衛正千戶夏延齡」，（第四十八回）西門慶是副千戶，自然也是這樣稱呼的職銜。又第三十六回，翟謙的信，稱西門慶「即擢大錦堂」；第二十四回李瓶兒死，眾官的祝文則稱西門慶為「錦衣」，稱李瓶兒為「故錦衣西門慶恭人李氏」；又第八十回，

友朋祭西門慶的祭文，均稱「錦衣」，還加尊銜「故錦衣武略將軍」。
西門慶祖墓上的牌匾，也大書「錦衣武略將軍西門慶氏先塋」。查
《宋史》卷一六七〈職官志〉第一二〇卷，載有「提點刑獄」之官。
志云：「提點刑獄公事，掌所部獄訟，而平其曲直，所至審問囚徒，
評覆案牘，凡禁繫掩延而不決、盜竊逮竄而不獲，皆劾以聞。及舉刺
官吏之事，舊制參用武臣。熙寧初，以武臣不足以察所部人才，罷
之。六年，置提刑司檢法官。紹聖初，以提刑兼坑冶事。宣和初，詔
江西，廣東增置武刑一員，然遇闕，則不許武憲兼攝。中興以盜賊未
衰，諸路無武臣提刑，處權添置一員。建炎四年罷。紹興初，西浙路
以疆封闊遠，差提刑兩員，淮南路罷提刑，令提舉茶鹽官兼領。蓋因
事之繁簡而損益焉。……」看來，西門慶的「提刑」官，似是從《宋
史》演繹來的。可以說「提刑」一詞，仍基於《宋史》。

　　何以又稱「金吾衛」呢？按「金吾衛」乃武衛京師之官，宋名「環
衛官」。《文獻通考》論及「金吾衛」言宋制云：「宋為環衛官，無定
員，無職事，皆命宗室為之。靖康元年，御史中丞陳過庭言，請遵藝
祖開寶初罷諸節度使歸環衛故事，於是節度使錢景臻等，併為金吾衛
上將軍。孝宗興隆初，詔學士院討論環衛官制。欲參酌祖宗時及唐太
宗制，如節度使則領左右金吾衛上將軍、承宣使則領左右衛上將軍，
在內則兼帶，在外不帶。正任為上將軍，副使為中郎將，使臣以下為
左右郎將，通以十員為額，宗室不在此例。餘管軍則解，或領閤門皇
城之類，則仍帶，雖戚里子弟，非戰功不除。」上謂宰相：「欲以此
儲將才重環衛，如文臣儲才於館閣也。」試想，西門慶「山東清河縣
提刑所千戶」如何能稱之為「金吾衛」？那麼，按明制，武職有「金
吾衛」，兩京師設有金吾衛左右、前後四衛，其職司都是捍守京城。
除順天、應天兩府，他則無「金吾衛」的設置。至於「錦衣」一詞，
應是明朝「錦衣衛」的簡稱。《明史》卷七六〈職官志〉上說：「錦

衣衛掌緝捕刑獄之事，恒以勳戚都督領之。恩蔭寄錄無常額。凡朝會巡幸，則具鹵簿儀仗，……統所凡職十有七，中、前、左、右後五所，分鑾輿、擎蓋、扇手、旌節、幡幢、班劍、斧鉞、弓矢、馴馬十司……」《金瓶梅》稱西門慶為「大錦衣」、「大錦堂」、「金吾衛」，都是援明史職官來的。所謂「武略將軍」，乃從五品的武職尊號，西門慶是副千戶，從五品，應稱「武略將軍」；正五品則晉稱「武德將軍」，西門慶死時，還是正千戶，可以稱「武德將軍」，祭者仍以「武略將軍」稱之，還算是謙遜的呢！

從上引宋、明兩代史書上的職官所記，可以認定西門慶的職稱，乃小說家根據宋、明兩代史書的職官，為他新創出的一個官稱。我對《金瓶梅》這部書的小說藝術觀，判斷此一說部乃小說家有所諷喻的創作，假設於宋而實則寫晚明也。

他如這小說中的「兵科給事中」、「巡按御史」、「知府」等官名，全是明代的職官稱呼。似也不必細論之矣！

（三）人物的干支

《金瓶梅》中的幾位主要人物，如西門慶、潘金蓮、吳月娘、李瓶兒，小說家都寫上了他們的生辰八字，有干有支。

第三回，當西門慶與潘金蓮見面時，潘金蓮說：「奴家虛度二十五歲，屬龍的，正月初九日丑時生。」西門慶一聽，就答說：「娘子倒與家下賤累同庚，也是庚辰，屬龍的。只是娘子月份大七個月，他是八月十五日子時生。」到了第四回，西門慶告訴潘金蓮說他：「屬虎的，二十七歲，七月二十八日子時生。」若依這兩回所寫的生辰干支計算，西門慶應生於戊辰，此年乃宋哲宗元符元年（1089），潘、吳兩女，則應生於元符三年（庚辰）。小說設置的時代，是宋徽宗政

和三年（1113），西門慶只有十六歲，兩女只十四歲，對不上史說了。

到了第二十九回：「吳神仙貴賤相人」，報出的西門慶生年，則是「丙寅年、辛酉月、壬午日、丙子時」，則為元祐元年（1086），算起來，西門慶的年齡是頭尾二十八年，以實計，二十七。潘、吳兩女小兩歲，應為戊辰，不應是庚辰。到了第四十六回：「妻妾笑卜龜兒卦」，月娘說：「是三十歲了，八月十五日子時生。」卜卦的老婆子道：「這位當家的奶奶是戊辰生。……」在這回改說為「戊辰生」，干支就符合上了。

這一回，又寫到李瓶兒的生辰干支。李瓶兒道：「我是屬小羊的。」婆子道：「若是屬小羊的，今年二十七歲，辛未生。」按「辛未」是元祐六年（1001），政和三年（癸巳）是二十三歲，卒於政和七年丁酉（1117）九月，年二十七歲無誤。

按第二十二回，李瓶兒死時，陰陽徐先生曾取出萬年曆書來觀看，問了姓氏並生辰八字，批將下來：「故錦衣西門夫人李氏之喪。生於元祐辛未正月十五日午時，卒於政和丁酉九月十七日丑時」，生卒年干支與宋史無差。

到了第七十九回，西門慶死時，吳神仙打算西門慶八字，說到「屬虎的。丙寅年、戊申月、壬午日、丙辰時，今年戊戌，流年三十三歲。」按「戊戌」乃宋徽宗之「重和元年（1118）」，上數到元祐元年（1086），頭尾正好三十三歲。

（我在編年時，已發現《金瓶梅》（詞話）寫西門慶年齡有前後錯疊一年的情況。推想是小說家的故作錯綜，如第三回西門慶誤吳月娘是庚辰龍一樣）。

他如第九十二回，西門大姐吊死，「吳月娘大鬧授官亭」，狀上寫著：「告狀人吳氏年三十四歲……」按該年為宣和元年八月事，他

比西門慶小兩歲，這年應為三十二歲。

　　還有，第九十三回寫陳經濟由王杏庵送到臨清晏公廟去做學徒，他見了任道士，說他屬馬，交新春二十四歲，時為宣和二年春。推來應生於紹聖四年（1097），抵政和三年（1113）是十七歲，但生年是丁丑，不屬馬。說至此，已不是重要關節矣。

　　但從上述的西門慶、潘金蓮、吳月娘、李瓶兒幾位小說中的主要人物的生辰干支錯綜來推論，既有詳確的生卒年月寫入，當可證出其中所寫的不確生年干支，應屬於小說家的虛寫，用來錯綜而隱諱者也。（過去，我推想是後人改寫時造成的錯誤。）

四　小說的「虛構」之虛與「寫實」之實的問題

　　「小說」固屬「虛構」，至於故事、情節，以及人物的穿插，其實與虛如何界域？讀者與作者未必會去注意及此。作者只憑其才具去寫，讀者也只是憑其好惡而取捨已耳！

　　實則，小說的「虛」與「實」，乃小說藝術的重大問題。

（一）小說「虛構」的應是哪些部分

　　認真說來，凡是被稱之為「小說」的作品，無論故事、人物，都應有其「虛構」的成分。以歷史為背景的小說，其所據之史地以及歷史上有名姓職官人物，小說家都可以予以扭曲或改頭換面，如《三國演義》之有異於《三國志》，就是最佳事例。

　　可以說，小說的「虛構」部分，天地相當廣闊。只要小說家有「虛構」的才能，他可以在歷史中，重新經營出一段歷史出來。如以唐朝為背景的《紅鬃烈馬》（薛平貴與王寶釧），如按唐朝的歷史，

由盛世到後唐，並無薛平貴與王寶釧這段歷史（原小說似乎是唱本，名《薛平貴征西》）。再如另一以唐朝武則天時代為背景的小說《鏡花緣》，為這世界虛構了三十幾個國家。若是縷列起來，這類虛構的小說，古今中外都有。

法國批評家諦波岱（Albert Thibacdet，1874-1936）說：「小說家的才能，不在於使現實復活，而是在於賦可能性以生命。」這話便說明了，小說家筆下的「現實」，都應是獨創出來的，但問題在於小說家有沒有賦予「現實」（題材）以生命。

這一由小說家賦予「可能性」（現實材料）的「生命」，便是小說家「虛構」出的「現實」；屬於人生中各種有生命的現實。縱係「虛構」，卻也是人生中的「現實」。

若照諦波岱的話，則凡屬「小說」藝術，都應出乎「虛構」。

（二）小說應寫的現實是哪些？

「小說」既是「虛構」的藝術，豈不是「小說」中的事事物物，史呀，地呀，人呀，物呀，都可以「虛構」？

可是，「小說」是寫人的藝術，以塑造人物內外在的性行，為唯一的職志，人是社會中的動物，他是屬於人類生活中的一分子。人類生活的一切，都在時間與空間之內。人類不但為人類創造歷史，還時時論斷過去的歷史。因而，人類生活中的時與空，便是人類生活中的社會現象。這些社會現象，便是人類生活中的歷史地理。儘管小說家在他的小說作品中，拋開了現實的史與地（寫的不是他生活中的史地），然而，他仍然擺脫不了他生活過或生活中的那個時代的史地。那麼，他的「虛構」種種，仍是「現實」的史地（時空）。所以，小說家還是甩不掉那些「小說」應去寫的部分。

　　譬如說，你小說中的歷史背景，寫有義和團等事，這小說的歷史背景，自然是清朝光緒二十五年間的史事。所寫人物的活動地方，若是北京，就得熟諳當年義和團在北京活動的情景。這麼一段歷史背景，距今不過百餘年，今之小說家若不熟諳這些近代史料，居然寫出住在北京的人，坐上了火車到了濟南，停了三小時再開，又到了南京。像這一類的小說家，能以「虛構」一詞，來掩飾其無知乎？

　　他如寫一個中了進士、「點了翰林」的人物，居然在北京城置「翰林第」。這且不說，他這「翰林第」的原宅第是「貝子府」，由這位「貝子」半買半送給他的。[4]無知矣！這位「小說家」虛構了這一情節，不知史學家如何論斷？

　　小說之所謂「虛構」，只是指小說中的故事、人物，都不是小說家的實事報導，或自我傳記的陳述，而是小說家從生活體驗中，以其才能編織出來的。故事、人物，縱有所依據，但在小說中，已是另一個故事、另一個人物。可是，凡是小說家寫到故事中的情情節節，無不應具有令人讀來如身在其中、如身臨其境的真實感。小說中的人物，看去應個個都栩栩如生，就像他生活在你身邊一樣。換言之，凡是小說的故事、人物等部分，都必須寫出人生的真實生活境界。法小說家 A・紀德認為「它（小說），是生活經過蒸餾後的溶液，一滴酒中必然蘊藏著無限生活的總和。」[5]換言之，凡是藝術品，都是從藝術家的生活中提煉出來的。那麼，小說家應寫在「小說」中的「現實」，自也包括了故事、情節，以及人物的塑造，在都是小說家應去細針細線縫出的生活現實，小說家如無此才能寫出人類生活的現實樣

4　此一引述的今人所寫長篇大著，不擬實舉。蓋此一大著曾獲某一文化基金會的「文學獎」，蓋評審人另有所取也。

5　見 A・紀德著，盛澄華譯：《偽幣製造者》一書之譯者盛澄華序言。

相，又怎能被稱之為「小說藝術」？再附加一句：無論小說是那一類型的，或所寫已非人間世界，在敘說與描述方面，都離不開人類生活所能見及的種種生活樣相，都得用「現實」描繪出來。

五　例說其他幾部的「虛構」與「現實」問題

此一問題，不算外國，光是咱們中國，認真做來，可成專書。這裏，概其一、二而矣！

（一）《紅樓夢》的真真假假

大家最熟知的《紅樓夢》一書，一下筆就告訴讀者，這書是「甄（真）事隱」，書中所寫乃「假語村言」。書中主人翁賈寶玉，一出生就是神話，一落胎嘴裏就含著一塊五彩晶瑩的玉石，石上還有文字。生於姓賈的人家。書中還另有一個姓甄的人家，也有個名叫寶玉的男孩子，與賈寶玉的年齡、貌相、愛好，都一樣。故意寫成真真假假、假假真真，連歷史背景，都沒有寫上什麼朝代，說明「無朝代年紀可考」。可是讀者卻能從書中的故事、情節，認出這是一部描寫清代康熙朝，江南織造曹家的興衰故事。更有人認為這書是寫反清復明的諷喻故事。

跟著，從事《紅樓夢》的研究者，無不是一個個進入了該書所寫的真真假假、假假真真，在真假兩大問題中，去探索作者（改纂者）曹雪芹的身世、交遊等等，由小說《紅樓夢》進入了曹家，且有人將小說《紅樓夢》的「紅學」轉入了曹家，形成另一門「曹學」。

我把話簡簡單單地說到這裏，當可想知小說的「虛構」與「現實」是如何分野的了。

　　任何能被稱之為藝術的作品，無不基於人生的反映。儘管各門各類的藝術形態不同，各個藝術家的表現手段或藝術觀照，也各有異趣，但都不能脫離了「人生」這一屬於人類生活的範疇。法小說家Ａ・紀德有言，說寫小說的人，是「代人生活，跟人生活。」[6]換言之，Ａ・紀德認為寫小說的人，應投入小說人物的生命中去生活。而我則認為「我們若是想投身於藝術宇宙中，無論寫小說、寫論評、或者是閱讀別人的文學作品，或者欣賞音樂、戲劇、繪畫等藝術品，都得設身處地」的進入別人的心境。（當然，最低限度你得受到那作品的吸引。）認真說起來，任何的優劣，都決定在作者其人，判斷其人有沒有體會生活。凡是在生活上體會深入的作品，勢必能把他寫的那些外在世界，與其內心的真實世界聯結起來。小說的作者若是沒有認真用其內心的真實世界去體會生活，絕不可能寫出外在世界的真實出來。[7]小說故事中的情節、人物，真真假假，神靈鬼怪，那只是虛虛實實的表現手法而已。譬如「大觀園」，偏有人去考證它究竟是南京的「隨園」？還是北京的某王府？

　　說到這裏，我們還得再例說有關神靈鬼怪的小說來認知一下

（二）《西遊記》與《鏡花緣》的虛虛實實

　　明朝的《西遊記》，雖是唐僧玄奘西去取經的故事，還有藍本（陳遼先生認為《西遊記評話》是《西遊記》的祖本[8]）。然其情節，則寫入了上百個鬼怪的故事。陪同唐僧一路行去的幾個徒弟，孫悟空

6　同前註。

7　這一番說詞，也是從《偽幣製造者》的譯者序引言錄來。

8　陳遼先生著：〈西遊記平話是西遊記的祖本〉，收入江蘇淮安《西遊記》研究會編：《西遊記研究》（淮安市：西遊記研究會，1988年）。

（猴子）、豬悟能（豬八戒）、沙和尚（悟淨），這三位弟子，在其他文獻中，各有其出身，也都是神話。論者綜說，認為「《西遊記》實是一部以神話故事的形式，藉幻域來表達作者對現實感喟的詼諧譏諷作品」[9]。寫的故事情節，全是些神魔妖怪。理想的結果，不是被打死，就是被捉拿治罪，要不呢？遁逃修真去也，或被收服改過自新。總之，不忘佛家的慈悲為懷。但無論如何怪誕，神也好，怪也好，全不出乎人生世相。也有人予以統計過，有多少天上的精、有多少凡間的怪，往往驚動了天兵神將，到處降妖捉怪。天上的神，地上的怪，神神仙仙、妖妖魔魔，全與凡間的人，廝混在一起。讀《西遊記》，會令你感受到唐僧取經的艱辛，非得通過那九九八十一難。可見聖賢高僧的理想度人為善之難。

至於清朝的《鏡花緣》，所寫故事情節，又是一番景象。歷史背景，假設的是唐武則天朝，開科取士，舉子唐敖得中探花。有人言唐敖與徐敬業有舊，遂除名。於是唐敖乃淡於功名，夢中知有十二名花，飄零外洋，便搭妻舅林之洋商船出海遊歷。又得舵工多九公之助，居然在海外遊歷了三十餘國。但這三十餘國，全不是人間能見之域，尤非人間能見之人。論者說作者李汝珍是援循《山海經》一書的啟示，憑其想像力，一國國編造出來的「絕域之國，殊異之人」。

其中最為讀者稱道的是「女兒國」與「君子國」。歐陽健先生[10]為之別為兩類，一是「異形之國」（即人物的形貌怪異者）與「異稟之國」（即國人天稟超人者），如身長七八丈的「長人國」、身高八九寸的「靖人國」，還有身長身寬都是八尺的「踵國」。通身漆黑，連

9　見中國大百科全書編：〈西遊記條〉，《中國古代小說百科全書》（北京市：中國大百科全書，1993年）。

10　歐陽健著：〈鏡花緣歷史價值芻論〉，《明清小說採正》（臺北市：貫雅文化事業公司，1992年）。

牙齒也是黑的「黑齒國」，卻連小女子的學職都淵博，都難倒了多九公。又有面白如玉的「白民國」、一身長毛的「毛民國」、人身狗頭的「犬封國」。他如「君子國」的好讓不爭、「女兒國」的個個學富五車。都是作者基於學養想像出來的「虛構」情節。蓋作者有所感而有所思，假而虛構之，以反諷其所處人間的浮誇與自我膨脹之人生也。若是情節，往往一下筆就連綿數回，其中涉及音律、章句、練字等學業，讀之也無不令人悅服。因而有人詬病《鏡花緣》中的這些炫耀腹笥淵博的寫法，有損人物性格的塑造。

　　第二十、二十一回所寫麟鳳山上的九頭鳥與天狗鳥鬥強的情節，其中多九公一一解說他們所見各鳥的各類原始，一一如數家珍。如飛來的鸑鷟鳥，類同鳳凰，就是短小。多九公就是告訴林之洋：「此鳥名山雞，最愛其毛，每每照水顧影，眼花墮水而死。古人因牠有鳳之色，無鳳之德，呼作『啞鳳』。」他如「反舌鳥」，鳴叫得嬌嬌滴滴、悠揚婉轉，甚覺可耳。多九公就告訴林之洋說：「此是反舌鳥，又名百舌。」還引述《禮記・月令》上的話：「仲夏反舌無聲」來證此鳥竟在如今的仲夏日亂叫起來，與禮的說法不同，這裏的「反舌鳥」已不按月令鳴叫了。再如一隻形如鵝、身高兩丈、翼廣丈餘的鳥，有九條長尾、十頭環簇，只得九頭，攛至山崗，鼓翼作勢，霎時九頭齊鳴。多九公一看說：「原來九頭鳥出來了。」遂指著九頭鳥說：「此鳥古人謂之鶬鴰。一身逆毛，甚是凶惡。不知鳳凰手下那個出來招架？」登時西林飛出一隻小鳥，白頭紅嘴，一身青翠，走至山崗，望著九頭鳥鳴了幾聲，宛如狗吠。九頭鳥一聞此聲，早已抱頭鼠竄，騰空而去。此鳥也追入西林。林之洋問此鳥為何不作鳥鳴，偏學狗叫？看這九頭鳥，枉自又高又大，聽得一聲狗叫，牠就跑了？多九公便告訴林之洋，說：「此鳥名鴰鳥，又名天狗。這九頭鳥本有十首，不知何時被狗咬去一個。其頸至今流血，血滴人家，最為不祥。如聞

其聲，須令狗叫，牠即逃走。」……

　　有關《鏡花緣》中這些林中的鳥類相鬥的情節，看起來無不是荒誕的虛構，用來作反諷的文筆。若是一一考據這些神話，卻又大多取自古書，有根有據，都不是平空信口胡謅來的。關於《鏡花緣》所寫有關的「神話」部分，像這些鳥類名號，已有人從事尋根究柢，寫出了考證文章。[11]

　　其他如多九公在「黑齒國」，因輕視黑女，竟傲慢的拽文，因而受辱的情節。這一部分，作者寫出的文字聲韻，以及炫弄才學的筆墨，非具實學者，不克臻此。應知小說家在小說中炫耀腹笥，也得有豐饒學養為之根。否則，徒暴其短而已。

　　我簡略的說到此處，所例說的這些證見，足可說明小說家的小說寫作，其「虛構」問題，是怎樣下筆的？可以說小說家的小說，其中故事、情節，無論多麼的荒誕不經，武俠中的飛簷走壁、飛槍飛刀，神話中的騰雲駕霧、超山履海，事事超出常人所能，然卻有一點，那就是絲毫不能違悖人生情態也。

　　按《鏡花緣》一書，雖已寫明了只是人生中的「鏡花」、「水月」，全是一些眼睛看得見，用手得不到的一種「虛空」，然其一字一句，無不展現了作者李汝珍的治學根深，以及其才情之超人。再說，當中之所以談論到音樂、聲律等學問，正由於他曾立雪於當時學者凌廷堪門下。凌氏不但是一位文學家，且是音樂家、戲劇家也。仲尼有言：「蓋有不知而作者，我無是也。」試看李汝珍的《鏡花緣》，筆下「虛構」出的荒誕不經，無一筆不是出於作者的豐富學養。才情只是火

---

[11] 歐陽健的此一論《鏡花緣》文中，說到孫佳訊先生作〈鏡花緣與古代神話〉一文，對書中所寫鳥類常識，經過考證，無不有根有據，所言悉有所本。應知虛構亦不能「信口開河」也。

車、輪船以及飛機、火箭的推進器而已。

六　後贅辭（小說家應具備的寫作條件）

（一）天賦的才情與智慧是第一要件

在文學藝術門類中，小說與戲劇，應是在寫作上最難的藝術，因為這兩類具有相同的藝術目的，「塑造人物」——它們是寫人的藝術。在我看來，「小說」與「戲劇」是一對孿生兄弟或姊妹。它要呈現的藝術目的，是「塑造人物」。而且，它們可以長篇大論的去鋪張文辭。我們中國的戲劇還需要韻文去付諸歌唱，自然比詩歌、散文、論述要難些。比方說，「小說」與「戲劇」要是沒有鮮鮮靈靈的人物突出在裏面，還能稱之為「小說」，稱之為「戲劇」乎？

論詩者說：「詩有別才，非關書也。」那麼小說呢？似乎小說家也應具有「別才」，有如一般人說的「藝術細胞」。我倒忘不了曹丕寫在〈典論〉文中這番話：「文以氣為主。氣之清濁有體，譬諸音樂，曲度雖均，節奏同檢，至於引氣不齊，巧拙有素，雖在父兄，不能以移子弟。」這番話，就是嚴滄浪的「詩有別才」一語的源頭。意為父兄是詩家、音樂家，其子弟未必也是克紹箕裘者，「藝術」一事，不是世襲的。

說來，小說家委實應具備天賦的才情與超人的智慧。

如從古今中外之享大名的小說家來立說，也可以說成「藝有別才，非關書也。」這句話中的「書」，應是指的學歷與出身，不是指書本。等於今天這樣說：「小說家可以成為學人。但學人可不能必成為小說家。」換言之，有些大學問家，未必也是小說家。但有些小說家，卻也是大學問家。

（二）文學的素養更是必具的一項

　　我說大學問家未必能成為小說家，正因為那大學問家沒有寫作小說的「別才」。小說家之所以能成為大學問家，正因為那小說家書讀得多。換句話說，小說家不但要有視察人生、洞察世情的心眼，以及虛構小說故事情節的「別才」　更要有學富五車的腹笥，所以他有能力作出一部部的驚人說部。

　　作為一個真正可以被世人稱之為「小說家」的人物，絕不會連「世兄」一辭的稱謂也弄不清楚，連人生事物的情態，也寫不出適當的形容詞者。像「金聲而玉振地哈哈大笑」，像「蟬聲唧唧」，更不知明、清兩代的「進士」是何等人物。清光緒二十五年就有人從北京坐火車到濟南，再到南京，這樣「虛構」出的小說，能稱之為「小說」嗎？[12]

　　小說家必須具備的文學素養，就是有關史地上的各種常識。換言之，凡有關小說家要寫的題材，涉及時空（史地），必須去透澈那歷史背景的史地常識。其次，寫人、寫情、寫景，形容詞務必正確。[13]本來寫文章的人（所有從事藝術工作的人），無不出於一己的表現欲在作祟，方始產生了這種「賣弄」行為。小說家在小說中炫耀他一己的才學，乃人生的常態，古今中外的小說家，都不免有此炫耀一己才學的行為。說來，不應有所厚非。可是，總得有實學展現出

12　同前註。

13　小說中的史地，如與其所寫小說的歷史背景不符，又不是那小說藝術必須存在的「虛構」，那就是小說家的「師心自用」而「信口開河」，若是寫人、寫情、寫景，形容詞也不正確，這「小說」還能令知書的人讀下去嗎？在一次《聯合文學》的小說獎頒獎典禮上，擔任評審之一的小說家陳映真先生，曾語重心長地在致辭中，說到了這個文辭應寫得正確的問題。

來，不是抄幾句古書上文辭，就能炫耀了腹笥之淵深而廣袤的吧？

　　認真說，若想做一個合格的小說家，則應是通才也。

（三）唐代文士要求於小說家的

　　唐代的古文運動，包括「傳奇」（小說）的作品，悉是意在改革古文的寫作公式。因為「小說」必須「文備眾體」。此一問題，宋人趙彥衛已在他的著作《雲麓漫談》卷八說到。文云：「唐世舉人，先藉當世顯人以姓名達之主司，然後以所業投獻。逾數日又投，謂之『溫卷』。如《幽怪錄》傳奇[14]等皆是。蓋此等文備眾體，可見史才、詩筆、議論。」

　　今人史家陳寅恪先生在〈讀鶯鶯傳〉中說到：「〈鶯鶯傳〉中張生忍情之說一節，今人視之，最為可厭，亦不能解其真意所在。夫微之善於為文者也。何為著此一段迂闊議論耶？」遂引據趙氏的此段說詞，說：「據此，小說之文宜備眾體，〈鶯鶯傳〉中忍情之說，即所謂『議論』。會真諸詩文[15]，即所謂『詩筆』，敘述離合悲歡，即所謂『史才』，皆當日小說中不得不具備者也。」陳氏的此一詮釋，乃針對元微之的〈鶯鶯傳〉以及唐的人傳奇（小說）揆之，「小說之文，宜備眾體」，殆古今「小說」之不可移之語。我想，凡是汎覽過古今中外小說者，皆可體會到，「小說之文宜備眾體」一語的定理。

---

[14] 《幽怪錄》是唐代的小說選集，可在《說郛》中見到重編本。如《五朝小說》、《唐人說薈》，皆題為唐王惲撰。南宋之趙彥衛引說此書，當可推想此書在宋代即已流行世間。

[15] 陳寅恪：《陳寅恪先生全集》（臺北市：里仁書局，1979年），下冊，頁799。（讀者應知元微之的《會真記》，小說以外，另有《會真詩》，三十韻，兩者合而為一也。）

「小說之文宜備眾體」，就是我在前面說到的小說家除了應具備小說藝術家的天稟才能，還得在閱讀方面比一般專家學人廣袤。蓋小說的人生世界括乎全宇宙也。

唐人對於小說之「文備眾體」可見「史才、詩筆、議論」的詮釋，當今小說在歷史上，已發展進步了千年，從「文備眾體」可見到的這三大特點，應當另做詮釋了。按「史才」，應是指的小說中的「歷史觀」；所謂「詩筆」，應是指的小說中的文辭像詩樣的精萃；至於「議論」，應是指的小說家展現在小說中的各種深蘊的喻意。試問：「是不是？」

我說《金瓶梅》的歷史[編按1]
——給所有研究《金瓶梅》的朋友們

　　最早傳出《金瓶梅》一書的時間，是萬曆二十四年（1596）十月，由袁宏道（中郎）給董其昌的一封信上說到的。這情事，乃眾所周知，不必說了。可是，有兩件事，竟被大家忽略，一是這封信被刻入袁氏的《瀟碧堂集》，出版之後，方始披露於眾目。查《瀟碧堂集》刻於句吳袁氏「書種堂」《袁石公集》，梓行時間是萬曆三十六年秋，（這封信編在此集中，但袁小脩見到此集，已是萬曆四十二年八月）見《遊居柿錄》。二是收信人董其昌，則始終無片語隻字回應袁宏道這封信。這是什麼緣故？至今無人發現答案。

　　到了萬曆三十五年（1607）夏，袁宏道又寫了酒令《觴政》，於稍後一年，曾把刻成的《觴政》隨函寄給友人（袁無涯、潘景升、黃平倩），時在萬曆三十六年以後[1]。袁氏在《觴政》中寫到，說：「傳奇則《水滸傳》、《金瓶梅》等為逸典，不熟此典者，保面甕腸，非飲徒也。」與他給董其昌信中說的，大異其趣。信上說：「……雲霞滿紙，勝枚生〈七發〉多矣！」按枚乘〈七發〉，寫的是楚太子有疾，客人向之說古，迨說到第七事，「將為太子奏奇術之士，有資略者，若莊周、魏牟、楊朱、墨翟、便蜎，詹何之倫，使之論天下釋微，理萬物之是非。孔老覽觀，孟子持籌而算之，萬不失一，此天下之要言

<hr>

編按1　原載於《育達學報》第11期（1997年12月），頁1-3。

<hr>

[1]　見拙作：《金瓶梅探原》。

妙道也。太子豈欲聞之乎？」於是太子據几而起曰：渙乎若一，聽聖
人論士之言，涊然汗出，霍然病已。當可想知袁氏十年前所見之《金
瓶梅》已非《觴政》用為酒令之《金瓶梅》，所喻內容，畔然兩書也。
此一問題，從事金書研究者，置若罔聞乎？

　　展觀有關明代傳抄《金瓶梅》稿本的人，記入文字的時間全在萬
曆三十五年（1607）之後；換言之，全在《觴政》完成梓行之後。文
獻昭然也。

　　明代人有史料說到全書抄本者，除袁中郎外，計有：一、屠本
畯的《觴政》跋，文見《山林經濟籍》。此文考約作於萬曆三十六年
之後（據劉輝考）。二、是謝肇淛的《小草齋文集》（卷二十四）。謝
說他的抄本「於中郎得其十三，於丘諸城得其十五」，按丘諸城名志
充，萬曆四十一年進士，授工部主事，萬曆四十七年調升河南汝寧知
府。時謝在工部任司水郎中，抄本應於此時。三、是李日華的《味水
軒日記》（卷七）。時間記於萬曆四十三年十一月初五日。四、是沈
德符的《野獲編》（卷二十五）。此文寫作時間，當在丘氏卒後，已
是崇禎五年矣。五、是薛岡的《天爵堂筆餘》（卷二）。時間也在崇
禎。

　　他如袁中道（小脩）的日記《遊居柿錄》寫到全書，時在萬曆四
十二年八月。其他等人，全在金書梓行之後。無足論矣！至於袁宏道
寫於《觴政》的金書內容，何以與他十年前見到的《金瓶梅》大不相
同？又何以自萬曆二十四年到萬曆三十五年，這漫漫十年有奇的歲
月，又何以會失去《金瓶梅》的消息？問題出在哪裏？怎能不去探
究？（又何以復由袁宏道傳出一種其內容，竟可以配《水滸傳》為逸
典的《金瓶梅》？凡是研究《金瓶梅》者，能不疑而不究？）

　　固然，中郎之弟小脩在其日記《遊居柿錄》中，敘述到他們兄弟
手中的不全抄本的內容，與後來的刻本相類。且與董其昌之先於他們

見到此書，卻也牽扯上關係。兼之又有謝肇淛從中郎得其十三的抄本，所述內容，也與刻本故事類。但又怎能與其十年前袁中郎所見到「勝枚生〈七發〉多矣」的抄本連成一體？刻本中的故事情節，既不與枚乘的〈七發〉所「發」，相互呼應而音律諧和，怎能不疑？

　　尤其，由《金瓶梅》之前期抄本，到後期抄本的傳抄之間，有十一年歲月的斷層，但是，卻復由袁氏在《觴政》文中傳出，從此《金瓶梅》方始隨之而傳抄。斯一斷層問題，竟產生了前後期抄本之內容，有了迥異的問題。試問，我們是否應去涉入此一問題探究呢？

　　雖然，《金瓶梅》正式在世間傳抄，應在萬曆三十五、六年（1607、8）這一時代開始，但刻本卻到了萬曆丁巳（四十五）季冬，方行付梓。根據傳抄的史料觀之，有了抄本的人士，全是當時文壇上的知名之輩。而且，個個都與袁氏弟兄有著直接或間接的交往。沈德符說：「此等書必遂有人板行，一刻則家傳戶到……。」休說此書在萬曆二十四年即已出現，就是以萬曆三十五年起算，在萬曆朝那個淫縱的時代，似亦不應遲遲到十年之後，方始有人付梓，想來，誠是一大問題。在那個時代，縱然抄本不完整，也會有人為之補全的。鄭振鐸先生不是說過這麼一句話嗎？他說：「此書最早不可能在萬曆三十年以前流行於世。此書如果作於嘉靖間，則當早已懸之國門，不待萬曆之末。蓋此等書不可終秘者，而那個淫縱的時代，又是那樣的需要這一類的小說。」可以說《金瓶梅》的刻於萬曆末，從當時社會因素說，都顯得遲了些呢！

　　怪哉！刻於萬曆末、天啟初的這部《金瓶梅詞話》，竟然不見於明、清兩代的文史，直到民國二十一年（1932）始行在山西出現，世人始知《金瓶梅》的作者「蘭陵笑笑生」由其友人「欣欣子」敘述出來。這兩位有關《金瓶梅》的重要人物，已被當時的歷史現實，湮沒了三百餘年。

　　到了民國二十二年（1933），文學史上才有了「萬曆」與「崇禎」
這兩部大同而小異的《金瓶梅》刻本。

　　流行於清朝的「第一奇書」本，承繼的是「崇禎本」內容，清人
又加上了評批而已。於是《金瓶梅》刻本，到了民國二十一年發現了
《金瓶梅詞話》，大家方始知道明代有兩種明刻本。從梓行時間上
說，自然有了前期刻本與後期刻本之別。

　　香港的梅節先生對於明代這兩個本子，曾加詳細校勘，認為這
兩個本子的內容，可能在傳抄時代，就已經是兩種不同的底本。此一
發現，誠是從事金書研究者，應去進行推論的一大問題。

　　把《金瓶梅》的傳抄與梓行等史乘說到這裏，有關該書的成書年
代與作者是誰的問題，也都一一潛藏在上述的這些關乎歷史的川流
中。我們必須潛入其中從事淘濾工作，方能有所獲得。

　　我在本文前面，業已提出了一些問題。有關這些問題，曾在一
九九二年六月，出版《明代金瓶梅史料詮釋》一書，也曾提出了這麼
許多的問題。推論《金瓶梅》詞話於萬曆爺賓天，匆匆集稿付梓，刻
出後，遇上天啟召修《三朝要典》（萬曆朝的廷擊、天啟朝的移宮、
泰昌朝的紅丸），所以梓出後，未敢發行。（第一回中的漢高祖寵戚
夫人擬廢嫡立庶故事，極易惹起禍端，所未敢發行。）是以該詞話
本，存世極少。欣欣子、蘭陵笑笑生，縱有知者也喑啞而不敢言。適
崇禎繼位，短短數年之間，便有兩種不同的刻本問世。且繼之還有改
變版樣再印的版本，看來，不下三幾種之多。真格是沈德符說的：
「一刻則家傳戶到。」誠哉！證明了那時的社會之非常需要這部書。

　　這些問題，如不一一拾掇清楚，茫茫然循著興致，而落筆立
論，欲求論點正確，戛乎難哉！

附言

　　對於考證一事，前些年在金陵，曾與老友歐陽健兄聊過我的治學程序，一是歷史基礎，二是社會因素，三是訓詁方法。蓋凡任誰之文學作品，無不是其生活時代之產物。俗云作品反映時代者也。歷史，即時代之軌跡。古典文學之有版本學，即求史之本也。我之不能同意《金瓶梅》之成書嘉靖說，所基者，即此一歷史基礎的意念；史無文也。吳、鄭兩大賢之考證亦基乎此。至於社會因素，更是作者之直接問題。若晚明社會之淫靡，不干公禁，春畫、春藥、淫具，市肆公然出售。（有書可證。）像文獻上說的《金瓶梅》這樣的秘密傳抄，如無其他（政治）因素，夾雜其間，怎會遲遲無人付梓？三是訓詁方法，訓詁是解辭釋義的義理之學。對於小說，更其不易，小說語言駁雜，而且方言俚語充斥，釋義更難。譬如枚乘之〈七發〉，原文仍在，但訓釋，就會產生異訓。但無論如何異辭，原文尚存，而義理有規也。然乎哉？否乎哉？吾不費辭矣！

　　　　　　　民國八十六年（1997）六月二十一日於臺北安和居

附錄：「丘諸城」是丘志充

《小草齋文集》的丘諸城

　　近來，在幾袋有關研究《金瓶梅》的資料中，有一件江蘇徐州師範學院一九八七年第三期學報，刊有一篇顧國瑞作〈「丘諸城」是誰？（兼與馬泰來商榷）〉一文。我讀過馬泰來在日本各圖書館公幹，在明萬曆間人謝肇淛著《小草齋文集》卷二十四，載有〈金瓶梅跋〉一文。有句三：「此書向無鏤版，抄襲流傳，參差散失，唯弇州家藏者，最為完好。余於袁中郎得其十三，於丘諸城得其十五，稍微釐正，而闕所未備，以俟他日。」馬泰來作文錄布之，以資研究《金瓶梅》者運用。文中認定之「丘諸城」，乃謝肇淛在京城工部服務，（時在萬曆四十三、四等年）與萬曆四十一年進士丘志充（諸城人）任工部主事升郎中同在工部同事。馬氏遂認定丘志充（字六區）是謝在杭的《小草齋文集》之〈金瓶梅跋〉中的「丘諸城」。但這位顧國瑞先生的考據，洋洋灑灑，不下三千言，則否定馬氏之認定「丘諸城」是丘志充（六區），他則認定借與謝在杭的《金瓶梅》稿十五之「丘諸城」是丘雲嶸。時在萬曆三十三年，謝氏在山東東昌任職，作客於諸城時，向丘雲嶸借去的。在我說來，丘雲嶸並未中進士第，只是秋試舉人，雖任縣知事，還擔當不起「丘諸城」三字呢！

　　按明代文士筆下的以生地冠姓之稱呼，如嘉靖年間的大學嚴嵩，江西分宜人，曾稱之曰「嚴分宜」；萬曆間的大學士居正，湖廣江陵人，習稱之曰「張江陵」。明代各朝之大學士，率都以生地冠姓者稱之也。然一般中進士之後，在任職五品以上，彼此互通音問，亦往往以生地冠姓尊稱之。正如謝肇淛之稱丘志充（六區）為「丘諸城」

也。丘雲嶐僅中秋闈之舉人，官止縣令；擔不起稱之「丘諸城」也。乞再考正之正我。

第二輯
版本問題

《金瓶梅》刻本

說起來，《金瓶梅》的刻本，並不複雜，連同清康熙年間的張竹坡評批本，也不過三種；且竹坡本的底本乃明之「崇禎本」（《新刻繡像批評金瓶梅》）。實際上，《金瓶梅》的小說內容，有異者只有兩種：

（1）《新刻金瓶梅詞話》。

（2）《新刻繡像批評金瓶梅》。

前者有東吳弄珠客寫於萬曆丁巳（四十五）年冬的序文，故習稱之為「萬曆本」，後者則稱之為「崇禎本」。（根據鄭振鐸的〈談金瓶梅詞話〉一文之論說。）

雖然版本不多，但光是這兩種版本所糾結出的問題，反而比《紅樓夢》還要複雜得多。

譬如《新刻金瓶梅詞話》是十卷本（十回一卷，百回十卷）、《新刻繡像批評金瓶梅》是二十卷本（五回一卷，百回二十卷）。這版本上的十卷與二十卷之分，是否還隱藏著與作者有關的問題呢？

此一問題，非常值得探討。

一　先說《新刻金瓶梅詞話》

由於此一刻本，卷前有「新刻《金瓶梅詞話》卷之〇」，以及前置詞與目錄前等處，悉有此等字樣。因而大陸學人劉輝先生則據以推斷該刻本乃二次翻刻於萬曆四十七年者；「第一次刻本」，則刻於萬曆四十五年（丁巳）。即沈德符《萬曆野獲編》說的「未幾時，而吳

中懸之國門」的那一部。

　　劉輝先生的論點是：

　（1）沈德符文中的「未幾時」，是馬仲良（之駿）司榷吳關的萬
　　　　曆四十一年（1613）以後的「未幾時」。是以「吳中懸之國
　　　　門」的《金瓶梅》，應是「東吳弄珠客」序予萬曆丁巳（四
　　　　十五）季冬的《金瓶梅詞話》。否則，在萬曆四十三年
　　　　（1615），沈德符的侄子沈伯遠不會仍以抄本《金瓶梅》借
　　　　給李日華。

　（2）薛岡（《天爵堂筆餘》作者）於萬曆四十四年（1616）與其
　　　　友人包嚴叟一道由京南歸。他們九月離京，一路風雪冰
　　　　凍，水途坎坷，抵瓜州已是臘盡冬來。來到江南兩人分
　　　　手，薛岡經錢塘返里（鄞縣）；包嚴叟因途中跌傷，暫時滯
　　　　留，然後去錢塘。換歲，正是東吳弄珠客序刊《金瓶梅詞
　　　　話》問世的一年，包嚴叟此時恰在吳中一帶。所以，這個
　　　　時候，包把刻本全書《金瓶梅》寄給薛岡，是合情合理的
　　　　事。

　　劉輝先生的這兩條理由，祇是為「新刻」兩字找出的烘托。他用
這條理由，來說明沈德符與薛岡兩人看到的刻本，乃《金瓶梅》最早
刻本，不是今之《金瓶梅詞話》。因為傳今之《金瓶梅詞話》有欣欣
子序，他們全沒有題到「欣欣子」與「蘭陵笑笑生」。而且，傳今之
《金瓶梅詞話》，有「新刻」兩字。遂據以斷定這部《新刻金瓶梅詞
話》，是第二次翻刻本。欣欣子序是後加上去的。刻於萬曆四十七
年。

　　（關於劉先生的此一論斷，本文不需要去從事辯論，因為劉先生
認為這部「新刻」本是「翻刻」，既是「翻刻」，行款及內容，都是
相同的。並不影響本文的立說。所以此處不費辭了。）

　　若據劉輝先生的此一推論來說，今見之《新刻金瓶梅詞話》，就是「吳中懸之國門」的那一部，只不過加上了一篇欣欣子的序文而又補上「新刻」兩字之翻刻本而已。並不影響大家把它看成初刻本的相關內容。

　　如此說來，這部十卷本的《新刻金瓶梅詞話》，正是沈德符從袁氏兄弟手上抄來的廿卷本的另一抄本。

　　那麼，這一十卷本的抄本，來自何處呢？

　　當然，我們需要去追尋一下。

（一）十卷本的來處

　　從史料上看，藏有二十卷抄本的，有袁氏兄弟、沈德符、丘志充、謝肇淛（還有董其昌）等人。

　　其他如屠本畯在王肯堂（宇泰）、王釋登（百穀）兩處各看到的「二帙」，是十卷本還是二十卷本？無有明證，無從獲知。至於傳說中的王世貞（鳳洲）兄弟家以及徐階（文貞）家的所謂「全本」？是十卷本還是二十卷本？甚而此一傳說是真是假？今悉缺少文獻為證。

　　那麼，沈德符《萬曆野獲編》耳食來的袁中郎之說：「今惟麻城劉延白承禧家有全本；蓋從其妻家徐文貞錄得者。」此一路線的本子是幾卷本呢？

　　今據大陸學人陳毓羆先作〈金瓶梅的傳抄、付刻及作者新探〉一文[1]，則認為《金瓶梅詞話》的底本，來自麻城劉家。而且說，經手由麻城劉家借出《金瓶梅》全稿抄本的人，推想是馮夢龍。

---

[1]　陳毓羆：〈金瓶梅的傳抄、付刻及作者新探〉，《河北師範學報》第 3 期（1986 年 9月）。

陳毓羆先生的此一推論，雖多聯串的虛疑，卻也不無道理。先不論此一十卷本之《金瓶梅詞話》，是不是來自麻城劉家，然而它應是沈德符《萬曆野獲編》文中的「未幾時而吳中懸之國門矣」的那一部。即傳今之《金瓶梅詞話》，應是毫無問題的。

至於這部十卷本《金瓶梅詞話》，是否來自麻城劉家？糾結的問題甚夥，容待另文討論。

不過，此一十卷本，卻又另有說詞，說它是二十卷本之後的刻本呢！

（二）十卷本後刊於二十卷本說

香港友人梅節先生，從事校勘《金瓶梅詞話》，首先發現到它與所謂「崇禎本」，有太多不同之處。兼且發現了它們是從兩個不同的底本而來。他說：

> 在輾轉傳抄過程中，開始出現兩種本子，一為十卷本，一為二十卷本。……

又說：

> 二十卷本面世風行一時，書林人士見有利可圖，乃梓行十卷本《金瓶梅詞話》。為了招徠讀者，除錄入二十卷本之弄珠客序廿公跋外，另撰欣欣子序，作為公關手段。十卷本《新刻金瓶梅詞話》雖更接近評話底本，它的刊行卻在二十卷《金瓶梅》之後。……

梅節先生這番話的第一點，乃其此次從校勘工時的一次創見，指出《金瓶梅》一書，在傳抄時代就有兩種不同的底本。此一創見，

業已證實，從謝肇淛之〈金瓶梅跋〉文中的一語「為卷二十」，即已肯定了。

今又見到了刻木十卷本《新刻金瓶梅詞話》與廿卷本《新刻繡像金瓶梅詞話》；也正好是兩部卷次不同而內容亦有異趣的刻本。足以證明這兩部刻本，乃來自傳抄時代的兩種不同底本。這一點，也是肯定的。

梅先生又說十卷本後於廿卷本《新刻繡像金瓶梅詞話》，他主要理由，也與其他人士一樣，認為所有明代人論及《金瓶梅》的人士，無人題到「欣欣子」與「蘭陵笑笑生」，遂認為十卷本《新刻金瓶梅詞話》是後刻，梓行在廿卷本《新刻繡像金瓶梅詞話》之後。此一說法，似乎不能成立。

第一，沈德符手上的《金瓶梅》是廿卷本，已有謝肇淛的〈金瓶梅跋〉作證。那麼，沈德符《萬曆野獲編》文中的那句：「未幾時而吳中懸之國門矣」的那一部，當然是另一抄本作為底本的。如從時間因素上說，「吳中懸之國門矣」的這部《金瓶梅》，應該是今見之十卷本《新刻金瓶梅詞話》。應該是大家已經公認的第一次《金瓶梅》刻本。它不可能刻在二十卷本《新刻繡像批評金瓶梅》之後。

第二，再查《新刻繡像批評金瓶梅》，刻有崇禎帝的避諱字「檢」字改為「簡」（見第九十五回），足證此本是崇禎間刻本。可是十卷本的《新刻金瓶梅詞話》，則無避諱字，如「校」（天啟諱）「檢」（崇禎諱），全刻如字。這一點，也可以證明《金瓶梅詞話》之梓行，先於廿卷本。

再說，《新刻批評金瓶梅》的大不同於十卷本《金瓶梅詞話》之處，是改寫了第一回，又刪削了詞曲，略去細節，還有回目的文辭以及回前詩詞，也全刪改了。若是後刻於十卷本的痕跡。

說來，還有其他論及《金瓶梅》等文的寫作時間呢！更是一些長

有枝枝節節的問題。我們將會在其他篇目中論到，此處不枝節了。

　　總之，傳今之十卷本《新刻金瓶梅詞話》，應是《金瓶梅》一書傳抄了二十年後的第一次刻本。在沒有新證據提出時，此說應是肯定的。

二　新刻繡像批評──金瓶梅

　　這部廿卷本《新刻繡像批評金瓶梅》，向被稱為「崇禎本」。雖有人提出懷疑，如劉輝先生在其所寫〈金瓶梅版本考〉一文[2]，曾以北大藏本之一。一圖上，刻有回道人（李笠翁）題辭，遂基之論斷該本應是清順治年間的刻本。

　　實際上，祇要去翻檢該書之第九十五回，查出「吳巡檢」一律改刻為「吳巡簡」，就不致有此懷疑而做此推論了。

　　可以說，傳世之四種《新刻繡像批評金瓶梅》，全是崇禎年間的刻本，應是肯定的。問題是，何以十卷本《新刻繡像批評金瓶梅》梓出未久，另一部二十卷本又連連梓出了出種呢？

　　這一問題，方是我們要討論的呢！

（一）十卷本與二十卷本的出版之時間差距

　　十卷本《新刻金瓶梅詞話》，梓行的時間，最大的上限也祇是萬曆四十五年（1617）季冬（年杪矣），二十卷本的梓行時間，最大的上限，也祇是崇禎元年（1629）。兩者間的時間差距已達十年。

2　劉輝：〈金瓶梅版本考〉《金瓶梅成書與版本研究》（瀋陽市：遼寧人民出版社，
　　1986 年）。

　　試想，十卷本的《金瓶梅詞話》，出版後已十年，不惟祇它一種刻本，雖有證據（毛利氏棲島堂本之第五回末葉有半葉異辭）證明該刻本，曾經再印。卻也印證不上沈德符《萬曆野獲編》的那句：「此等書必遂有人板行，一刻則家傳戶到」的說詞。如以十卷本《金瓶梅詞話》來說，它出版後，似未受到廣大讀者的歡迎。到如今，傳世的三部零二十三回，證明它們全同版印出的同一種刻本。

　　可是，二十卷本的《新刻繡像批評金瓶梅》，在崇禎這荒亂的十五、六年間，居然有了四種不同的刻本。足可想知「此等書」在當時社會上，之廣受大眾歡迎。否則，怎會有四家競相梓行？

　　如論內容，兩者雖有不同處，但差異極小，算來不過十之一二而已。可以想知讀者大眾的熱愛，似非為了十卷本的內容，沒有二十卷本可讀性高，當是十卷本刻出後，未敢公開發行吧？

　　從十卷本之第一回還保留著政治諷喻的這一內容來說，便不得不令我們想到十卷本之祇有一種刻本的原因，當是礙於政治諷喻的問題，而未敢發行也。

　　那麼，從十卷本與二十卷本的這一出版差距，以及兩者的梓行情形，一冷一熱的大不相同這一問題來說，也可以據以推想到十卷本上的「欣欣子」序文，之所以始終未被明代論《金瓶梅》者題到，似乎不是劉輝與梅節兩位先生推論出的原因。關於此一問題，應從明代各家論及《金瓶梅》的文辭中，再去尋求答案。

　　第一，可以說所有論及抄本的人，竟無任何人題及《金瓶梅》的「序」與「跋」。這一情事的答案有二：

（1）傳抄本的《金瓶梅》，既無序文也無跋文。

（2）保有全本的人，大都知道作者是誰。稿本上雖有序跋等文，也都會同隱瞞了。

　　第二，承認讀到刻本的人，數來祇有沈德符、薛岡兩人，也祇

有薛岡說到東吳弄珠客的序，明示了他讀到的刻本，無欣欣子的序；東吳弄珠客的序就在「簡端」（第一篇）。

（他如寫《陶庵夢憶》的張岱，序《三遂平妖傳》的張譽，以及馮夢龍的《魏忠賢小說斥奸書凡例》，雖也說到《金瓶梅》，但俱未說明是刻本還是抄本？縱係刻本，也不知是十卷本還是二十卷本？除張譽之序作於泰昌元年冬至，其他兩人則寫於崇禎間。）

照這樣看來，從各家所寫文辭，仍舊不能獲得答案。那麼，我們再從各家論及《金瓶梅》的寫作時間，去尋求此一答案。此一答案，應從後期傳抄本說起。

初期傳抄本，祇有袁宏道、中道兩人說到，連董其昌也竟無一字說起。且已確定初期傳抄本始於萬曆二十四年（1596）前後。

（1）屠本畯（田叔）的《觴政》跋文，作於萬曆三十五、六年間，最遲也不得遲於萬曆四十一年。因為屠本畯編的這部《山林經濟籍》上，有校閱者柴懋賢寫於萬曆四十一年（1613）的序[3]。屠氏卒年約在天啟初。可能見到刻本。

（2）謝肇淛（在杭）的〈金瓶梅跋〉（《小草齋文集》），論者多推想寫於萬曆四十四年至四十六年（1616-1618）間。因為他曾向丘志充（諸城）借到《金瓶梅》抄本十之五，丘是萬曆四十一年進士，任工部主事，與謝是工部同事。但謝於萬曆三十九年（1611）調張秋治河，再返工部已是萬曆四十四年（1616）初，四十六年（1618）秋又離京矣。丘在京任職則到四十七年底，始行離京出任河南汝寧知府。美國學人馬泰來先生寫〈諸城丘家與金瓶梅〉一文[4]，推想

3　劉輝：〈屠本畯的山林經濟籍與金瓶梅〉，《金瓶梅成書與版本研究》。
4　馬泰來：〈諸城丘家與金瓶梅〉，《中華文史論叢》（1980年）。

謝之從丘錄得《金瓶梅》抄本，時間當在萬曆四十四年至萬曆四十六年間。此說雖合邏輯，然謝氏卒於天啟四年（1624），他的《小草齋文集》，編成於天啟七年（1627）臘冬，刻於崇禎間。這篇〈金瓶梅跋〉作於何年？尚無文獻予以確定。若以時間論，謝在世時，能未見《金瓶梅》刻本乎？何不補充說明？

（3）李日華的《味水軒日記》，說到《金瓶梅》在萬曆四十三年（1615）十一月。李卒於崇禎八年（1635），更應看到《金瓶梅》刻本。但李氏卻未再提到該書。

前三人，都應該見到《金瓶梅》刻本，何以他們都無下文呢？說明他們見到《金瓶梅》刻本的人，祇有兩位：沈德符《萬曆野獲編》與薛岡《天爵堂筆餘》而已。

沈德符看到《金瓶梅》刻本的時間，問題最多。魯迅、吳晗、鄭振鐸等人之所以肯定《金瓶梅》初刻於萬曆三十八年（1610），就是根據的沈氏《萬曆野獲編》的說法。後來，我把此事弄清楚了馬仲良（之駿）「司榷吳關」的時間，是萬曆四十一年（1613），遂又配合上了東吳弄珠客序刻的《金瓶梅詞話》，把沈德符看到《金瓶梅》刻本的時間，改為萬曆四十五年（1617）。遂肯定沈德符《萬曆野獲編》論《金瓶梅》這番話的寫作時間，放在崇禎纔是正確的。因為這番話的末句云：「丘旋出守去，此書不知落何所？」（指《玉嬌麗》。）按丘志充調任河南汝寧知府，是萬曆三十七年（1609）間，（抵任在萬曆四十八年。不到十年升任到二品布政，遂思及還京，以行賄手段行之。夫其秘而大下獄判死刑，崇禎五年棄市。故沈氏之大牢事。）

再說《金瓶梅》的刻本

　　正因為所有明代人士論及《金瓶梅》者，都不曾說到「欣欣子」與「蘭陵笑笑生」，遂有人因之懷疑這部刻有「欣欣子」序文的《金瓶梅詞話》，是否比《繡像批評金瓶梅》（崇禎本）早？

　　關於此一問題，若是根據今見之《金瓶梅詞話》與《繡像批評金瓶梅》這兩種刻本的版本情況來說，《金瓶梅詞話》刻於前，《繡像批評金瓶梅》刻於後，應是毫無問題的事實。

　　第一，《金瓶梅詞話》刻有一篇〈東吳弄珠客序〉，寫明「序於萬曆丁巳（四十五）季冬」，而且其中無避諱字。依據版本學的說詞，只能說它是「萬曆本」。

　　第二，《繡像批評金瓶梅》，則有避崇禎皇帝的避諱字（「檢」字刻為「簡」字），堪以證明此一刻本，刻於崇禎，應稱之為「崇禎本」。

　　據此事實，我們對傳於今世的這兩種刻本，應是《金瓶梅詞話》梓行在前，《繡像批評金瓶梅》梓行在後。當是毋庸懷疑的。

　　可是，這些明代人士，論及《金瓶梅》，何以無人說到「欣欣子」與「蘭陵笑笑生」呢？於是，有人據以懷疑，做出了這樣的推論：

　　　　二十卷本面世後，風行一時，書林人士見到有利可圖，乃梓
　　　　行十卷本《金瓶梅詞話》。

　　說到這裏，另一個問題又產生了。不惟「欣欣子」與「蘭陵笑笑生」無人說起，連「東吳弄珠客」其人，也無人說起。祇有薛岡的《天爵堂筆餘》，引述了東吳弄珠客序中的話，而且說是「簡端」，不用

問，他讀到的《金瓶梅》，第一篇序文就是東吳弄珠客的序，並無欣欣子的序。

若是根據版本學家的著錄，我們知道《金瓶梅》的版本，《金瓶梅詞話》有兩序一跋，（欣欣子與東吳弄珠客的序及廿公的跋），「崇禎本」《繡像批評金瓶梅》則只有東吳弄珠客的序及廿公的跋。那麼，我們認為薛岡讀到的《金瓶梅》，是「崇禎本」，似乎比認為他讀到的是《金瓶梅詞話》，還要正確些吧！

關於此一問題，美國學人馬泰來先生，寫有一篇〈有關金瓶梅早期傳播的一條新資料〉[1]一文，考證薛岡在京城讀到抄本《金瓶梅》的時間，應為萬曆二十九年（1601），時陝西三水文在茲，中該年辛丑科進士，選庶吉士。薛岡文中的「文吉士」，應為文在茲，不應是文翔鳳。因為文翔鳳未當選庶吉士。

（此一問題，筆者保留原來的看法，認為薛岡文中的「文吉士」，可能是對文翔鳳中進士後，尚未選官時的尊稱。）

（本文，且以馬氏的此一證說，來研判此一問題好了。換言之，承認馬泰來先生的此說。）

如果，薛岡讀到的《金瓶梅》刻本是《金瓶梅詞話》，那就肯定了早期的刻本《金瓶梅詞話》，是沒有「欣欣子」序文的。要不然，薛岡的文庫，不會把東吳弄珠客的序文，說成「簡端」。這樣看來，我們今天讀到的多了一篇「欣欣子」序文的《金瓶梅詞話》，是怎麼回事呢？

從明朝出版界的出版情形，來推想《金瓶梅詞話》與「欣欣子」序文這件事，可以說刻有「欣欣子」序文的這一種《金瓶梅詞話》，是沈德符文中的「未幾時而吳中懸之國門矣」的後印本。在後印時，

---

[1]　馬泰來：〈有關金瓶梅早期傳播的一條新資料〉，《光明日報》，1984 年 8 月 14 日。

補刻進去的。

劉輝先生的〈金瓶梅版本考〉[2]，認為《金瓶梅詞話》有兩種刻本，在今之兩序一跋《金瓶梅詞話》之前，纔是薛岡與沈德符等人見到的《金瓶梅》。「現存《新刻金瓶梅詞話》，是詞話本的第二個刻本。」劉先生的這一推論，雖有推論的理則，卻無現實社會的推論基礎。試想，像《金瓶梅詞話》這麼巨大篇帙的書，怎能想刻就去再刻一部？

若是依據晚明的出版情況來說，我們今見之欣欣子序，「蘭陵笑笑生」作的《金瓶梅詞話》，應是同一刻版的後印，欣欣子的序，乃後印時補刻進去的。後印的時間，可能在「崇禎本」梓行之後。

不過，此推想，也有問題。那就是傳於今世的三部《金瓶梅詞話》，全有欣欣子的這篇序，而且全是兩序一跋，三部《金瓶梅詞話》相同。這就足以證明《金瓶梅詞話》梓行時，欣欣子的序文，便在「簡端」了。又怎能說有「欣欣子」序文的《金瓶梅詞話》是後印的刻本呢？

何況，這存世的三部《金瓶梅詞話》，還有一部第五回末葉異版。這一點，也足證《金瓶梅詞話》的刻版，且曾先後印過兩次。都有欣欣子序文。

若從此一情事看來，認為最早梓行的《金瓶梅詞話》，並無「欣欣子」的序文，很難成立。最低限度無有證據來這樣肯定的說。

如今，我們祇能肯定的說：

第一，《新刻金瓶梅詞話》，十卷，兩序一跋，僅有一種（現存三部又二十三回殘卷），乃今見之《金瓶梅》最早刻本。從內容看，

2　劉輝：〈金瓶梅版本考〉，《金瓶梅成書與版本研究》（瀋陽市：遼寧人民出版社，1986 年）。

此一刻本當刻於泰昌或天啟初。其中無避諱字。

第二，《新刻繡像批評金瓶梅》，二十卷，今見之存世者，共有四種：日本內閣文庫藏本；日本天理圖書館藏本；北京首都圖書館藏本（原孔德本）；北京大學圖書館本（原馬廉本）。此四種刻本的行款，內閣本與北大本同，天理本與首都本同。內閣與天理兩種，都有避崇禎帝之避諱字，「檢」改刻為「簡」，足證刻於崇禎筆間，前已言之矣！

由上列兩事看來，《新刻金瓶梅詞話》之梓行時間，應在《新刻繡像批評金瓶梅》之前，似無問題。不過，若要把此一問題加以肯定，尚須再費唇舌。下面，我們一一析論這些問題。

《新刻金瓶梅詞話》雖說，論《金瓶梅》者，都說今之《金瓶梅詞話》是第一次刻本；咸已認定在萬曆四十五年（1617）以前，無其他《金瓶梅》刻本。

但大陸學人劉輝先生，卻否定了此一已成定論的說法，他認為今之《金瓶梅詞話》乃第二次刻本，第一次刻本是沈德符《萬曆野獲編》文中的那句「未幾時而吳中懸之國門矣」的那一部；刻於萬曆四十五年，即東吳弄珠客序的這一部。但卻不是我們今天看到的這一部。我們今天看到的這一部，是《新刻金瓶梅詞話》。

論《金瓶梅》兩種明代刻本

　　如從這部二十卷本《新刻繡像批評金瓶梅》之刻有崇禎皇帝的避諱字來說，它的出版在十卷本《新刻金瓶梅詞話》之後，應是不爭之論。但從謝肇淛（《小草齋文集》）、沈德符（《萬曆野獲編》）的說辭來說，《金瓶梅》在傳抄時代，即有了「十卷本」與「二十卷本」之別。至於這兩種傳抄本的成書，來自同一作者或有後人介入？雖很難推論，然從今見之兩種刻本的內容上，仍能尋得一些分曉。

一　第一回

　　二十卷本的第一回，與十卷本大不相同，是徹底改寫過的。這兩種刻本，雖所編卷帙不同，一作十卷、一作二十卷，但兩種刻本的內容與情節，則仍為一百回。二十卷本雖有刪節，如與《水滸傳》或《三遂平妖傳》比起來，還說不上有「繁」、「簡」之別。蓋二十卷的字數，短於十卷本，不過三兩萬言。

　　如十卷本中的戲曲與小唱，二十本刪去了不少。他如第八十四回的「宋公明義釋清風寨」這段故事也刪去了，算得是「割掉贅瘤」（鄭振鐸語）。但像第一回這樣徹底改寫過的情形，其他各回尚無有。更有不少各回前後的證詩，十之九都全部更換過了。若是情形，似乎不是鄭振鐸〈談金瓶梅詞話〉所意想的「也不過為便於一般讀者計」而進行改寫的。顯然的二十卷本的改寫，有其重要的目的。

　　關於此一問題，我曾寫專文論及，認為十卷本（《金瓶梅詞話》）第一回的入話（劉邦寵戚夫人有廢嫡立庶意）按到《金瓶梅》的頭上，

乃是「一頂王冠」，戴不到西門慶頭上去的[1]。我想，正由於此一原因，二十卷本把它徹底改寫過了。

從謝肇淛的《小草齋文集》與沈德符的《萬曆野獲編》論及《金瓶梅》的文辭來看，我們確實知道袁氏兄弟及謝、沈等人手上的《金瓶梅》抄本，是廿卷本。至於這一「為卷二十」的說辭，始於初期傳抄？還是始於後期（萬曆三十四年以後）傳抄？今雖缺少文獻可徵，但如從初期傳抄到後期傳抄，之間竟有十年有奇的空宕而無聲無闃的這一情況來作推想，這「為卷二十」的產生，可能非初期傳抄時代所曾有，或許是在這「十年有奇的空宕」裏改寫而成的。

香港的學人梅節先生從事這兩種刻本的校勘，發現這兩種刻本來自兩種不同的底本。益發可以使我們認定二十卷本《新刻繡像批評金瓶梅》，雖梓行在後，改寫則可能在十卷本《新刻金瓶梅詞話》之前。梅節先生懷疑二十卷本梓行在十卷本之前，答案可能在此。基於上述演論，可以認定二十卷的改寫完成，在十卷本之前。且十卷本還殘餘的那多有關政治諷喻的情節，就是有力的直接證據。

那麼，二十卷本的第一回，之所以徹底改寫過了，其目的，就是刪去「政治諷喻」；換言之，摘去那頂戴不上西門慶頭腦上的王冠。

二 第四十八回

當苗青案賄放之後，夏提刑便從清河縣李大人（縣令）那裏，抄得了巡按山東監察御史曾孝序的參本「邸報」，知道他們正副提刑，都被巡按大人參劾了。

按「邸報」，一如今日的政府公報，亦稱「邸抄」（鈔）。明朝稱

---

[1] 參閱拙作《金瓶梅的問世與演變》。

之為「邸報」、「邸抄」、「邸鈔」，其「邸」乃指「內閣」，由內閣抄出的上諭之謂。雖說「邸報」一辭，唐時人即稱之。據《日知錄》之〈雜事〉記「邸報」云：《宋史》〈劉奉世傳〉：『先是進奏院每五日具定本報狀上樞密院，然後傳之四方，而邸吏輒先期報下，或矯入家書，以入郵置』云云。〈呂溱傳〉：『儂智高寇嶺南，詔奏邸，毋得輒報。』溱言：『一方有警使諸方聞之，共得為備，今意人不知，其意何也？』〈曹輔傳〉：『政和後，帝多微行，始民間猶未知。及蔡京謝表，有「輕車小輦，七賜臨幸。」自是邸報聞四方。』邸報字見於史書，蓋始於此時。」照此說來，十卷本的第四十八回，寫夏提刑說：「學生令人抄了個邸報在此，與長官看。西門慶聽了，大驚失色。急接過邸報來，燈下觀看。」此處使用「邸報」兩字，正合史實。蓋此時正是宋道君的政和年代。但到了二十卷本，竟把「邸報」兩字改了。改為「底本」，改為「底報」矣！讀至此，能不令人疑而問之：「為啥要改呢？」

　　此一問題，稍諳明史者，必知萬曆間內閣文書，較之前朝而「邸報」四方者普遍，是以今日有《萬曆邸鈔》一書傳世。明代其他各朝均無之（無邸鈔成書傳世）。基乎此，我們當能知其改「邸」為「底」的因子矣！

　　實無他，有恐「投鼠忌器」也。遂改「邸報」、為「底本」為「底報」。想來，也未免謹慎太過。

　　總之，二十回本的此一改寫，絕非手民之誤，亦非抄者誤書。深恐關係上政治諷喻吧！

三　五十三回至五十七回

沈德符《萬曆野獲編》說：

> 然原本實少五十三回至五十七回，遍覓不得，有陋儒補以入
> 刻。無論膚淺鄙俚，時作吳語，即前後血脈，亦絕不貫串，
> 一見知其贗作矣！

關於這幾句話，本文的前章，也引述過了。且也是《金瓶梅》研究者，討論最多的幾句話。凡是引論這幾句話來演述問題的人，率以十卷本《新刻金瓶梅詞話》為本，尟有以廿卷本《新刻繡像批評金瓶梅》為則者。蓋大家咸認十卷本是沈德符《萬曆野獲編》說的那部「未幾時而吳中懸之國門矣」的最早刻本。是以乏人拿二十卷本來作比勘。

自從香港學人梅節先生進行兩種刻本之校勘，打算校正出一部正而無誤的標準本，方始發現今見之兩種刻本乃來自兩種不同的底本，因而使我發生了探討此一問題的興趣。終於在進行了半年之後，不惟發現了梅先生的此一看法正確，兼且發現了沈氏口中的這句「有陋儒補以入刻」的這五回，可能指的是二十卷本不是十卷本。這麼一來，需要去討論的問題可多了。今經粗略的比勘了這兩種刻本的情辭起結，以及內容的變動情況，歸納如下：

第一，（二十卷本）竟徹頭徹尾把十卷本的情節與內容，都改寫過的，只有第一回的前半目之「景陽岡武松打虎」，易以「西門慶熱結十兄弟」。這一部分大家均已說到了。

第二，徹頭徹尾把十卷本的情節與內容，略有刪改，又重新改寫了的，只有第五十三、五十四兩回。這一部分，不曾有人說到。十卷本五十三回「吳月娘承歡求子息（誤刻為「媳」），李瓶兒酹願愿

保兒童」，二十卷本則易為「潘金蓮驚散幽歡，吳月娘拜求子息」。五十四回「應伯爵郊園會諸友，任醫官豪家看病症」，二十卷本則易為「應伯爵隔花戲金釧，任醫官垂帳診瓶兒。」

第三，僅僅刪去了結尾的情節，祇有第八十四回的「宋公明義釋清風寨」這一部分。大家也都說到了。

其他，如刪去頭尾的贅辭（跳出情節以外的閒話）以及證詩者，也有許多回，還有刪去十卷本中的詩詞、戲曲、小唱等情者，也有許多回。大都與情節無損，不礙本文立論，這裏都不列舉了。

祇有第五十六回的〈別頭巾文〉，二十卷本刪除了。卻有關本文立論，我們會特別論說這一問題。

總之，二十卷本的故事與情節，與十卷本頗有差異之處，勘來卻祇有首回及五十三、五十四兩回，再加上第五十六回的〈別頭巾文〉，本文需要推論，茲一一述之。（第一回早已論之又論，此處不贅。）

四　專論第五十三回

甲　十卷本

按十卷本第五十三回所寫情節，計有一、銜接上一回潘金蓮代李瓶兒看小孩，卻丟下孩子跑到山子洞去與陳經濟幽會，被貓兒諕著了，哭個不停，又打冷戰。吳月娘到李瓶兒房裏去探望官哥好些沒有？回房時經過照壁，竟聽見照壁後潘金蓮與孟玉樓說他巴結李瓶兒，沒有志氣，自己沒的養，偏去強遭魂的呵卵脬。月娘聽了，氣得回房後偷偷兒悶聲哭泣。因而引發起吳月娘取出王姑子為他整治的妊子藥物出來，端詳又端詳、祈禱又祈禱，對天長歎說：「若吳氏明日

壬子日，服了薛姑子藥便得重子，承繼西門香火，不使我無祀的鬼，
感謝皇天不盡了。」下面再話頭一轉，轉到了上一回西門慶到劉太監
莊上，赴黃主事的宴約。二、由此一西門慶到劉太監莊上宴飲的話
頭，再銜接上昨日陳經濟與潘金蓮不曾在山子洞得手，再寫到今天他
們得到了這個西門慶不在家的機會，於是到了黃昏時，又跑到捲棚後
幽會去了。下面便寫到陳經濟第一次得手，兩人都達到目的了。繼著
寫西門慶由劉太監莊上回家，醉醺醺的跑入吳月娘房中，吳月娘為了
明天纔是壬子日，藉詞不願留他。西門慶便轉到潘金蓮房中，雖寫了
一段閨房之趣，卻也不忘與潘、陳的淫縱呼應上。跟著便是一夜過
了，次日即是壬子日。寫月娘一早起身梳洗後的服藥情形，西門慶又
來探望，疑心吳月娘昨晚生他的氣。於是應伯爵來，替李三、黃四借
銀。完了這件事，又是安主事收到禮物後的謝帖，一一處理完後，已
是掌燈時分。下面便寫西門慶到月娘房內宿了一晚。翌日早，潘金蓮
見了西門慶還奚落一番。這一回的上半情節「吳月娘承歡求子息」，
至此便結束了。再轉便是這一回的下半情節「李瓶兒酹願保兒童」。
三、自從吳月娘聽了潘金蓮背後說他巴結有孩子的李瓶兒，已兩日不
去探望李瓶兒，李瓶兒就跑來說官哥日夜啼哭打冷戰不住。吳月娘就
要李瓶兒自作擺布，早些料理好孩子。許許願、敬敬神，於是「李瓶
兒酹願保兒童」的情節便開始了。先是請施灼龜來，折騰了半天，再
請劉婆子來，說是唬著了，要收驚，又折騰了半天。再到城隍廟謝
土，又折騰了一些時候。最後，又找了錢痰火來，再折騰了半天。到
了第二天，西門慶又冠帶起來，挑起豬羊到廟裏去謝神。因為應伯爵
替李三、黃四借錢，得了中人錢，應允請客，遂前來邀請西門慶等弟
兄們去聚一聚。引出下一回「應伯爵郊園會諸友」。

乙　二十卷本

按二十卷本第五十三回所寫情節，銜接上　回的事，只有一句：「話說陳經濟與潘金蓮不曾得手，悵快不題。」下面便寫西門慶赴黃、安兩主事宴。他不在家，陳經濟與潘金蓮遂有這一幽會的空隙。情節同於十卷本，但乏十卷本的寫實生動。跟著寫西門慶由劉太監莊上回來，到月娘房中，月娘藉詞不留他，再到金蓮房，閨情同於十卷本，但不如十卷本寫的真實而生動。再下面便寫到吳月娘求子息的情節。雖也寫有黃、安兩主事的回拜（十卷本無回拜事，只是書童送來兩位主事收到禮後的謝帖），應伯爵雖然來了，卻未寫替李三、黃四借款事。再下面寫到西門慶到月娘房中住了一夜。第二天，吳月娘還為西門慶備了羊羔美酒與補腎之物，吃了後再上衙門。衙門回來，到李瓶兒房裏去看官哥，談到還願的事，叫玳安去喊王姑子來，為官哥做些好事。應伯爵常時節來，這纔談到借銀子的事。（只不過三言兩語，也未借給。）應伯爵請西門慶吃飯。王姑子到來，西門慶告訴王姑子找他來，要做些什麼事。一要酬報佛恩，二要消災延壽。王姑子便告訴西門慶先拜（印？）《卷藥師經》，再印告兩卷《陀羅經》。又附帶央及王姑子為李瓶兒在疏意裏邊帶一句。這一回，就這樣結束了。（三一一）

五　專論第五十四回

甲　十卷本

這一回的情節，十卷本處理的極為簡單而扼要。除了一下筆寫了一句「西門慶在金蓮房裏起身」，下面便寫「應伯爵郊園會諸友」，

一直寫到第十頁，書僮趕來，報告「六娘身子不好的緊」，方始結束
了這一上半的回目。再下回，便寫西門慶上馬回家，到了李瓶兒房
裡，疼得至為苦楚。遂馬上著人去請任醫官。以下的四頁篇幅，所寫
全是任醫官看病與取藥的情形。情節完全符合回目的「任醫官豪家看
病症」。（這一回的情節雖不周折，內容則極為豐富。尤其是上半段
的「園遊會」，更是情趣橫生。這一點，我們後面再論。）

乙　廿卷本

　　一開頭寫王姑子和李瓶兒、吳月娘商量起經的事。原教陳經濟
來跟去禮拜禮拜。陳經濟知道明天西門慶要去門外花園吃酒，推說爹
已留他店裏照管。吳月娘遂改派了書僮。下面便寫西門慶吩咐了郊外
飲酒的事。第二天一大早，便乘轎到觀音庵王姑子那裏做「起經」的
事。回來，應伯爵等人已來邀請，便一同到城外一個內相花園去飲
酒。也像十卷本一樣，寫大家一起吃酒行令聽歌說笑等玩樂情形。酒
令、笑話，都與十卷本所寫不同。祇有應伯爵戲弄妓女韓金釧撒尿濕
了褲腰的情節相同。在此插寫陳經濟與潘金蓮的約會未能成功，被小
玉出來進去的那一趟給驚散了。於是下面便寫西門慶辭身回家，到李
瓶兒房裏歇了。聽到李瓶兒向他訴說自從有了孩兒，身上一直不乾
淨，如今飲食也不想，走動也閃朒了腿一般。於是，方始寫到請任醫
官為李瓶兒看病這一情節上去。方始完成了這一回下半回目「任醫官
垂帳診瓶兒」。

　　從兩種《金瓶梅》刻本的這兩回（五十三、五十四）內容來說，
再以沈德符《萬曆野獲編》的這句「有陋儒補以入刻」的五回（五十
三至五十七）作為口實，那麼，「有陋儒補以入刻」的刻本，應是二
十卷本《新刻繡像批評金瓶梅》，可不是十卷本《新刻金瓶梅詞話》。

蓋二十卷本的這兩回（五十三、五十四），比起十卷本來，這兩回的內容，在小說在藝術成分上，距離未免太大了。

六　綜論第五十三、四兩回

甲　先說第五十三回

論結構，從第一筆吳月娘等人混了一場，身子也有些不耐煩，逕進房去睡了。與上一回的情節銜接，一直在一折折周轉到結尾，寫到西門慶應允了應伯爵的邀請，到郊外一家庭園去赴宴，引起了下一回「應伯爵郊園會諸友」，可以說無不折折周轉得嚴嚴實實，已到了風不透雨不漏的情景。本文沒有必要細說這些。就是對人物性行的塑造，現實情景的描繪，亦無不栩栩如生、景物如見。如寫吳月娘的慈母心腸：「醒時約有更次，（一覺醒來的一更天光景），又差小玉去問李瓶兒，道：『官哥沒怪哭嗎？叫奶子抱得緊緊的，拍他睡好，不要又去惹他哭了。奶子也就在炕上，吃了晚飯，沒待下來又丟放他在那裏。』李瓶兒道：『你與我謝聲大娘！道：自進了房裏，只顧呱呱的哭，打冷戰不住。而今纔住得哭，磕伏在奶子身上睡了。額上有些熱刺刺的，奶子動也不得動。停會兒我也待喚他起來吃夜飯淨手哩！』那小玉進房，回覆了月娘。」再寫吳月娘無意聽到潘金蓮在背地裏說他未生養，竟去巴結有了孩子的李瓶兒。晚上，獨自悶坐房裏，說道：「我沒有兒子，受人這樣懊惱！我求天拜地，也要求一個來，羞那賊淫婦的屁臉。」於是，走到後房文櫃梳匣內，取出王姑子整治的頭胎衣胞來，又取出薛姑子送的藥看。……用韻文形容那妊子藥物在吳月娘心目中艷美，真是精采極了。這些，廿卷本全沒有。

吳月娘吞食妊子藥物，兩種刻本都有描寫。這裏，不妨錄來比

較一下。請看：

> ……就到後房，開（匣）取藥來。叫小玉嬰起酒來，也不用
> 粥，先吃些乾糕餅食之類。就雙手捧藥，對天禱告。先把薛
> 姑子一丸藥用酒化開，異香觸鼻。做三兩口服完了。後見王
> 姑子製就頭胎衣胞，雖則是做成末子，然終覺有些注疑，有
> 些焦刺刺的氣子，難吃下口。月娘自忖道：「不吃他，不得見
> 效；待吃他，又只管生疑。也罷，事到其間，做不得主了，
> 只得勉強吃下去罷。」先將符藥，一把罨在口內，急把酒來。
> 大呷半碗，幾乎嘔將出來，眼都忍紅了。又連把酒過下去，
> 喉舌間，只覺得有些膩格格的。又吃了幾口酒，就討溫茶來
> 漱淨口，睡向床上去了。（十卷本）

> 然後箱內取出丸藥，放在桌上，又拜了四拜。禱告道：「我吳
> 氏上靠皇天，下賴薛師父王師父這藥。仰祈保佑早生子嗣。」
> 告畢，小玉燙的熱酒，傾在盞內。月娘接過酒盞，一手取藥
> 調勻，西向跪倒。先將丸藥嚥下，又取末藥也服了。喉嚨內
> 微覺有些腥氣。月娘迸着氣一口呷下，又拜了四拜，當日不
> 出房，只在房內坐的。（二十卷本）

這兩下一對照，豈不是優劣立見？連解說都用不著了。這裏不
好意思再去錄那一段色情描寫。有興趣的人，不妨對這兩種刻本，對
照讀一遍，我認為也是優劣立見的。

乙　再說第五十四回

這一回的上半回目是「應伯爵郊園會諸友」，所以十卷本一下筆便寫：「西門慶在金蓮房裏起身，就吩咐琴童玳安送豬蹄羊肉到應二爹家去。」這天，雖是應伯爵作東主，還是西門慶出人、出東西。（佣人是西門慶家的，彈唱的也是西門慶的面子叫的，食物也是西門慶準備的。烘襯西門慶在幫會弟兄中的豪氣。）先寫弟兄們在應家聚會玩樂，人眾未到齊時，常時節與白來創兩人下棋消遣，應伯爵要兩人賭東道，於是一賭扇子、一賭汗巾，應伯爵作明府。跟著謝希大（吳典恩也）到，參加了棋賭，一下注常時節勝，一下注白來創勝。寫兩人下棋悔子、寫兩人輸贏的風度表情、寫妓女們的調笑歌唱、寫兄弟們的笑談詼諧，讀來如身臨其境、身在其中。（恰似我們就在他們大家夥身邊一一看到、聽到似的。）寫西門慶之不得不離開那個歡快的場合。只不過這樣輕輕一筆：「正吃得熱鬧，只見書童搶進來，到西門慶身邊，附耳低言，道：『六娘身子不好的緊。快請爹回來，馬也備在門外接了。』西門慶聽得，連忙起身告辭。……雖然應伯爵認為這種耳報法極不好，便待喝住。西門慶以實情告訴他。就謝了，上馬來。」試看這種上下回目的情節轉折，夠多麼的自然。不僅此也，西門慶之後，還寫了應伯爵隔著籬笆眼用草戲弄韓金釧撒尿的淫趣。跟著寫大家笑了一番，即寫西門慶留下的琴童，代應伯爵收拾家活，下舡進城，眾人謝了。然後再寫西門慶返家後的請醫官為李瓶兒看病的情節。

像這種處理小說情節演變的高明手法，真說得上是神理的筆墨。但到了二十卷本，這些地方，則呆滯死僵得無一絲生氣矣！

（這裏只有一個缺點，論兩人下棋輸贏的，把東道物寫錯了。常時節的扇子，寫成白來創的了。）

二十卷本的這一回，一下筆寫過請王姑子「起經」的事，便是按下不題，「且說西門慶和應伯爵常時節談笑多時，只見琴童來回話道：『唱的叫了吳銀兒，有病去不得，韓金釧兒答應了，明日早去。……』」再寫第二天「起經」，再寫應伯爵常時節來請。實則，用不著再來請的，頭一天已經說好了，何必再多此一舉。刪去了上午在應家的那場玩樂，便逕行到郊外劉太監園中。在園中的遊樂，雖也寫得是飲酒行令、說笑聽唱，若與十卷本一比，情趣的濃淡厚薄，讀者準能感味到的。

應伯爵說的幾個笑話，也不是十卷本所有的。他竟一連講了兩個罵富人的笑話，頭一個以「賦」字諧「富」，罵富人有點「賊」形。又講了一個西狩獲麟，孔子夜哭不止，弟子怕老師哭壞了身體，便尋一個牯牛，滿身掛了銅錢哄他。孔子見了說：「這分明是有錢的牛，卻怎的做得麟！」光是這一點，也就證明了這位作者不配做小說家。像應伯爵這個幫閒而深受西門慶寵愛的人物，怎會說出這類罵西門慶的笑話。比起十卷本的那個「吃素」的笑話。乃是因為韓金釧吃素，方始引發應伯爵說出來的情節，又怎能兩相比擬呢！

丙　兩回內容牽涉到的兩種刻本上的問題

我們從上述這兩回的兩種刻本之情節不同情況來說，再來印證沈德符《萬曆野獲編》的那句「原本實少五十三回至五十七回，遍覓不得，有陋儒補以入刻」的話，雖不能全部印證上，但這五十三、五十四兩回的不同於十卷本，誠可以「陋儒補以入刻」之說論之而不必疑。

此一問題，最令我不解的，就是沈德符《萬曆野獲編》的這句話（「有陋儒補以入刻的五回」），經過兩相比勘，確確實實有了其中兩

回（五十三、五十四）是改寫過的，而且改寫的不如十卷本遠甚。但根據謝肇淛《小草齋文集》中的「為卷二十」這句話，堪以據而推論出沈德符手上的《金瓶梅》是二十卷本。那麼，沈德符《萬曆野獲編》文中的「陋儒補以入刻」者，會是這部二十卷本嗎？

今見的四種二十卷本《新刻繡像批評金瓶梅》，日本內閣文庫本與天理圖書館本，都是崇禎間刻本，有文中避崇禎帝名諱字為證（「由」字也避為「繇」）。而十卷本《新刻金瓶梅詞話》則未避崇禎或天啟二帝諱。再說，從刻本的字形、行款來看，十卷本也不像是刻在二十卷本之後的刻本。

那麼，此一問題的最合理解釋，應是十卷本刻於二十卷本之前。梓行的時間，當在泰昌、天啟間。因為遇上天啟詔修《三朝要典》，其中的政治諷喻，怕惹上麻煩，不敢發行，遂把刻本隱藏起來了。得到印本的人，也只是參予改寫的這班人，自也隱而不言。所以明朝人沒有論及「欣欣子」與「蘭陵笑笑生」者。（三－二）

七　沈德符《萬曆野獲編》的矛盾語言

關於沈德符《萬曆野獲編》說的「有陋儒補以入刻」的這五回，我們已經發現到二十卷本《新刻繡像批評《金瓶梅》》中的第五十三、五十四兩回，有「補以入刻」的情況。這麼一來，沈德符《萬曆野獲編》的話，與謝肇淛《小草齋文集》的話，便又產生了新的矛盾與衝突。

依據沈說，他手中的抄本來自袁氏兄弟；依據謝說，他手中的抄本，「於中郎（袁）得其十三，於丘諸城得其十五」，且說明「為卷二十」（乃二下卷本）。

在此先不說沈德符說他於萬曆三十七年間向袁小脩（中道）抄來

的《金瓶梅》全本有所牴觸（袁氏兄弟僅有十其三），就是此一「有陋儒補以入刻」的五回之說，也因之產生了問題。

第一，如果沈德符手中《金瓶梅》二十卷本，缺五十三至五十七這五回，他讀了刻本又怎麼判斷出這五回是「陋儒補以入刻」的？他說的：「無論膚淺鄙俚，時作吳語，即前後血脈，亦絕不貫串，一見知其贋作矣！」這些情況，也不能在二十卷本的這五回中，印證得上。如從此一說詞來看，不惟這個二十卷本非沈氏這些話所指的那個刻本，十卷本更是對照不上。雖然於十卷本的五十四與五十五回之間，有重疊不契之處，卻又怎能是「陋儒」之咎，陋儒也不會陋到上一回剛寫過任醫官看過病也拿過藥煎好吃了，跟著下一回再寫任醫官又來一次，又不是再來複診。（此一問題我早已說過。）認真說來，這「陋儒補以入刻」的這句話，雖能用到二十卷本的這兩回（五十三、五十四）之補寫頭上來，但沈德符《萬曆野獲編》寫了這句話的起因，似乎另有來由。是以難與沈說印證得上。

第二，如對照謝肇淛《小草齋文集》、袁小脩《遊居柿錄》的話，沈德符不可能有全本。如據李日華《味水軒日記》的話，沈德符手上確實有《金瓶梅》的全本，似乎不是從袁氏兄弟抄來。從何處抄來？沒有證據也是推想不易的呢！在此也只有留疑了。（屠隆與沈父沈自邠是同年進士。）

第三，從二十卷本的這兩回（五十三、五十四）所顯示的它之不同於十卷本的這兩回來看，尤足以證明《金瓶梅》在傳抄時代，就有兩種不同的底本，這部二十卷本缺第五十三、五十四兩回。至於沈德符《萬曆野獲編》說的「遍尋不得」的話，也可能有此原因。蓋二十卷本的這兩回，內容情節，確有與十卷本的這兩回不相一致之處。也足以說明在付刻時，這兩回不曾參閱過十卷本的這兩回，否則不會另行改寫。

　　第四，最難解的一個問題，是我們可以從廿卷本的文辭上，見到它有沿襲十卷本的刻本之誤刻情形，如前曾引述的第三十九回的「鈎」字誤刻為「釣」。看來，這二十卷本之付刻，似是打從十卷本的刻本而來。難道，在二十卷本付刻時，連十卷本的刻本，也難睹其全乎？

　　第五，今已查出沈德符《萬曆野獲編》論及《金瓶梅》的這段話，其寫作的時間？若以「丘旋出守去，此書不知落何所」的語意究之，則此文當寫於天啟七年或崇禎五年。因為丘志充在山西右布政使任內，因案於天啟七年下獄，崇禎五年棄市。（前已述及。）如以此文之寫作時間來說，則凡所述及《金瓶梅》的傳抄與付刻的時間過程，可就大有問題了。

（1）沈說他於萬曆三十七年在京中向袁小脩抄得《金瓶梅》全稿，攜回家鄉。可是袁小脩寫於萬曆四十二年八月的日記《遊居柿錄》，只說他於萬曆二十五、六年間，「見此書之半」。謝肇淛寫於萬曆四十四年以後的《金瓶梅》跋上說，他也不曾讀到《金瓶梅》全本。悉可證明沈說是謊言。

（2）沈說「有陋儒補以入刻」的五回（五十三至五十七），經過比勘，不能與最早刻本《新刻金瓶梅詞話》（十卷本）印證上。雖能與《新刻繡像批評金瓶梅》（二十卷本）的五十三、五十四兩回印證上，但二十卷本刻於崇禎年間，有避諱字為證。在時間上，不能與沈說之「未幾時而吳中懸之國門矣」的時間符契。

　　這樣看來，我們又怎能不認為沈氏《萬曆野獲編》的這一段話，幾乎字字語語都隱藏著暗示。就像這句：「原書實缺五十三回至五十七回，遍尋不得。有陋儒補以入刻」的話，想來，也是一句暗示。他暗示的可能就是他口中的那位「陋儒」吧？

八　有陋儒補以入刻的關鍵問題

我們如能撇開了沈德符《萬曆野獲編》這段話中的時間因素不論，只從語意與尋求暗示，那麼，沈說的這五回，除了五十三、五十四兩回的情節，不同於十卷本，才藝也遠遜於十卷本，其他尚有第五十六回中的〈別頭巾文〉。雖然這篇〈別頭巾文〉並不在二十卷本，它已刪去另換了一首〈黃鶯兒〉曲牌的詞，又何嘗不是沈德符《萬曆野獲編》的暗示！

他要暗示的，就是始我們端出一根去尋找《金瓶梅》作者的線索。那就是〈別頭巾文〉的作者其人也。

〈別頭巾文〉在十卷本《金瓶梅詞話》第五十六回，這篇文章還刻在《開卷一笑》與《繡谷春容》兩種消閒類書中。前面我們已引論過了。在此應該再予提出的，就是它在《開卷一笑》中，是一篇署有作者名字的文章，作者名叫「一衲道人」；乃屠隆的筆名，前面也已說到了。

「一衲道人」乃屠隆的別號，有他手寫的七言詩卷為證，誰也無法否認。問題是這篇〈別頭巾文〉是不是屠隆的作品呢？今雖未能見到確切的證據，但縱係偽託，也是一件可貴的證據。因為它直截了當的指出了《金瓶梅》的作者是屠隆。

〈別頭巾文〉既是屠隆的作品，已有《開卷一笑》為證，縱係別人偽託，這位偽託的人，亦必是屠隆以後的人。屠隆卒於萬曆三十三年（1605），便足以證明十卷本《新刻金瓶梅詞話》之成書，當在萬曆年間，這話，我在前面已經說過了。

也許這篇〈別頭巾文〉既是別人偽託屠隆作的，但它之刻入十卷本《金瓶梅詞話》第五十六卷，偏偏沈德符《萬曆野獲編》又說這五十三至五十七等五回，是「陋儒補以入刻」，那麼，〈別頭巾文〉也

包括在「陋儒補以入刻」的範圍之內。所以我認為沈德符《萬曆野獲編》文中的這個「陋儒」，或許只是在暗示那位「補以入刻」的偽纂者吧？

我認為袁宏道這一夥人，全知道《金瓶梅》的原作者是屠隆，他們在屠隆卒後，就計畫改寫《金瓶梅》，在改寫過程中，就有著兩種不同的改寫竟見。那就是十卷本與二十卷本之別。

若以性行論，馮夢龍應是站在十卷本這一邊的人物。他在萬曆四十年（1612）到四十八年（1620）之間，曾三次往還麻城，且在麻城設館授舉子業。陳毓羆先生推想他與劉承禧有所往還。劉承禧之父劉守有是屠隆的恩人，劉家的《金瓶梅》全本，可能直接由屠隆得來。「吳中懸之國門」的那一部，應是這部十卷本《金瓶梅詞話》，後來何以再刻二十卷本？可能十卷本的版已經燬了，不得不重行付梓。

沈德符《萬曆野獲編》的話，字字語語悉暗示也。我們如能若是從「暗示」上去推想這些問題，當可了解到許多問題的答案。其然乎！（三－三）

九　兩種《金瓶梅》刻本的底本

今之「崇禎本」《繡像批評金瓶梅》，確是刻於崇禎年間，有第九十五回之「吳巡檢」之「檢」字，刻為「簡」，以避崇禎帝之諱。斯乃「崇禎本」之證。

由此看來，無論《金瓶梅詞話》刻於萬曆也罷，刻於天啟也罷，我們認為它的梓行時間，在「崇禎本」之前，已成不爭之論。問題是：何以明代的當時人士，竟無任何一人，題到《金瓶梅詞話》上的「欣欣子」序？以及作者「蘭陵笑笑生」？

關於此一問題，我的推論是：

（1）《金瓶梅詞話》之梓行，正好遇上了天啟三年，詔修《三朝要典》，怕的牽連上麻煩，未敢發行。所以社會間無人知道。

（2）論及《金瓶梅》的這夥人，全是袁氏兄弟的公安派交友，全知道作者是誰？故為作者諱也。

此一推論的重要證據是：第一，《金瓶梅詞話》在民國二十一年冬未被發現之前，數百年來，未嘗有人說到「詞話」本及「欣欣子」與「蘭陵笑笑生」。顯然此一版本，未曾發行。第二，《金瓶梅詞話》被湮沒了三百餘年，在民國二十一年冬被發現後，方始逐步陸續又出現了兩部零二十三回；且全在日本。我中國僅有一部。第三，日本京都大學的殘卷二十三回（也不全），則是重裝藏書時，從一部佛經的襯頁中發現到的。斯亦是證《金瓶梅詞話》一書，雖已梓出，卻未發行。所以被毀棄了。要不然，怎會把這麼一部大家爭相傳抄、求之未能得的書，毀棄了作另一部書的襯頁。

所以我認為《金瓶梅詞話》是一部刻妥後，未經發行的想法，這推論應是正確的。

同時，日本毛利家的那部《金瓶梅詞話》，第五回有半葉，乃重行補刻上去的。這也足以證明此一版本，也曾暗中印售海外。偏偏國內的這些熱中於此書的人，竟不知有「欣欣子」序的《金瓶梅詞話》。若不是這幾位文士故為作者諱，何以會有此種情事！

沈德符《萬曆野獲編》說，他手上的底本，雖未應梓人之求，但卻「未幾時而吳中懸之國門矣」。沈德符的這句話，便說明了「吳中」的刻本，乃另一底本。卻又說明了「吳中」的這一刻本，其中「五十三回至五十七回」，是「陋儒補以入刻」的。但睽之與今見之《金瓶梅詞話》及「崇禎本」《繡像批評金瓶梅》，並不能符節。

第一，按《金瓶梅詞話》與「崇禎本」《繡像批評金瓶梅》，兩

者間的「五十回至五十七回」，在情節鋪敘上，雖有不同，卻不是沈德符說的那種不同。

第二，按《金瓶梅詞話》與「崇禎本」《繡像批評金瓶梅》，兩者間情節最大的不同處，是一回，還有其他各回前的證詩，以及情節中的戲曲、小唱等辭，「崇禎本」卻全刪改了。

這兩點最大的不同，沈德符《萬曆野獲編》卻未說到。沈德符說的那個「吳中」刻本，是不是這部《金瓶梅詞話》呢？真是很難予以肯定。難道，在《金瓶梅詞話》之前，當真還有另一部刻本《金瓶梅》嗎？（此一問題，留待下一節再來推論。）

先不論刻本兩種（詞話本與崇禎本）的梓行問題，但傳抄時代的《金瓶梅》稿本，就有兩種了。

香港友人梅節先生，進行校勘《金瓶梅詞話》與「崇禎本」《繡像批評金瓶梅》，便發現了這兩種版本，所依據的底本，不是來自同一抄本。梅先生不但在信上連連說及，見面時更一一舉證證之。

關於此一問題，我曾根據兩種刻本之第三十九回（第二頁）中的一句：「老爹有甚鈞語吩咐？」詞話本把「鈞語」之「鈞」字，誤刻為「釣」字。經查日本內閣本與天理本之「崇禎本」，都一律刻為「釣」字。顯然的，此一事實可以證明「崇禎本」是從「詞話本」的刻本，沿「誤」而來。

可是，此一證據，卻不能證之「崇禎本」的全部底稿，都是由「詞話本」的刻本而來。換言之，「崇禎本」是從「詞話本」的刻本改寫而成。此一證據，只能證明，「崇禎本」的刻本，有一部分依據了「詞話本」的刻本。這種情事，也是可能的。

再從明代當時人論《金瓶梅》的言論來說，更加可以證實《金瓶梅》一書，不但今之刻本是兩種不同的版本，它們的底本，也不是同一種。蓋在傳抄時代，就是兩種不同的底本了。

欣欣子的《金瓶梅詞話》序

一

　　距今八年前，對於欣欣子的這篇序文，我就一句句的論釋過。認為這篇序文，可能是《金瓶梅》最早稿本的原序，是以與《金瓶梅詞話》的故事情節，已不相符契。可以肯定的說，今見的《金瓶梅詞話》，已是改寫過的。從殘餘在《金瓶梅詞話》中的某些情節來看，如第十七、八回中的賈廉、賈慶、西門慶問題，第四十七、八回的苗青問題——牽涉到的苗員外、苗小湖等問題，以及林太太母子的有頭無尾等問題。在在都證明了欣欣子的這篇序文，可能是《金瓶梅詞話》以前的那部袁中郎讚說「勝枚生〈七發〉多矣」的《金瓶梅》原序。

　　試想，今見之《金瓶梅詞話》的故事情節，有哪一部分可以符契枚叔的〈七發〉？顯然的，今見的《金瓶梅詞話》已不是袁中郎讀過的那殘卷《金瓶梅》。這一點，應是肯定的。事實上，今之《金瓶梅詞話》，無〈七發〉意想。

　　雖說，袁小脩寫於萬曆四十二年八月的日記《遊居柿錄》，所說他們手中的〈金瓶梅〉是西門慶、潘金蓮與春梅等人的故事，謝在杭的〈金瓶梅跋〉也說是托之西門慶的故事，可是，這些文字的寫作時代，距離袁中郎見到《金瓶梅》的時間，幾近二十年或已超過二十年了。何況，若把所有明代論及《金瓶梅》的文字，一一抄來次第在一列，便會發現他們各自的說詞，簡直就是日本小說家介川龍之介的《羅生門》人物的說詞。無不各有隱瞞。

　　此一問題，在我的此一研究中，一開始時便這樣提出來了。容後再來詳明判論。

二

　　正由於明代所有論及《金瓶梅》的人（限今日所能見到的文字史料），都沒有說到這位寫序的欣欣子，於是，香港的友人梅節先生，認為這部十卷本《金瓶梅詞話》刻於廿卷本《金瓶梅》之後。北京的友人劉輝先生，認為在這部「新刻」《金瓶梅詞話》之前，還有一部《金瓶梅》刻於萬曆四十五年（1617）吳地。這一部只有東吳弄珠客序，沒有欣欣子序與廿公跋。帶有欣欣子序與廿公跋的這一部《新刻金瓶梅詞話》，「大約刻於天啟初年」。

　　那麼，這兩說能不能成立呢？

（一）先論梅說

　　第一，廿卷本《新刻繡像批評金瓶梅》，刻於崇禎年間，有避諱字可證（檢刻作簡）。這一點，任誰也否定不了的。

　　第二，十卷本《新刻金瓶梅詞話》，既無崇禎帝避諱字，也無天啟帝避諱字，更無泰昌、萬曆帝避諱字。按明朝之有避諱字，始於天啟元年（1621）方行頒令實施。在明代刻本上之有避諱字，其書大都出版於天啟三年之後。這一點，也有證可以稽考。只此兩證，即足以否定廿卷本刻於十卷本之後的推論。其他，都不必費辭。

（二）次論劉說

　　第一，若因明代人無論及欣欣子序者，便據沈德符《萬曆野獲編》的「未及時而吳中懸之國門矣」之說，推想那東吳弄珠客序於萬曆丁巳（四十五）年季冬的《金瓶梅詞話》，初刻並無「欣欣子序」與「廿公跋」，到了天啟初年再刻時，方始加上這一序一跋的。所據只憑薛岡的《天爵堂筆餘》的幾句論及《金瓶梅》的話來做此判斷，但卻忽略了一個事實上的社會因素。那就是此書既已有人板行，在不旋踵間又有一家搶著再刻一種，果如是，則此書的流行情況，勢必暢銷，一如沈德符說的：「一刻則家傳戶到。」可是事實上，十卷本《金瓶梅詞話》並未流行，存於今世的只有三部與殘卷二十三回中的部分。而且，我中土只有一部，湮沒了三百餘年始被發現。日本的殘卷二十三回部分，還是在另一部當中的襯頁中取來的。這些已被發現的十卷本《金瓶梅詞話》，全是同一塊刻版刷印出來的。這些情況，豈不足以證明這一十卷刻本，並不是一部在社會上暢銷的書。既不是一部暢銷的書，也就不會有人搶著再刻第二次，在明朝那個時代，刻這麼一部上千版的大部頭書，要耗費多少時間、多少銀子？都是應去考量到的社會因素。更顯然的是：傳世的這三部《金瓶梅詞話》，不但是同版印出來的十卷本，也都全有欣欣子的序與廿公跋。今天，我們委實沒有理由去推想這部十卷本《金瓶梅詞話》之前，還有一部沒有欣欣子序與廿公跋的《金瓶梅》，已經懸之國門。

　　第二，如果說《金瓶梅》在當時不是一部被書商搶刻的書，卻也不然。另一種廿卷本有關有評的《金瓶梅》，卻在社會進入亂象的崇禎年間，有了不同刻本踰十種。試想，此一事實，究是根據什麼樣的社會因素形成的？豈不就是沈德符《萬曆野獲編》的那句：「此等書必遂有人板行」的話，指出的那個「社會因素」嗎？此一問題，近人

鄭振鐸的〈談金瓶梅詞話〉一文中的這句:「蓋此等書非可終秘者。而那個淫縱的時代,又是那樣的需要這一類的小說。」也回答了這個問題。崇禎本的盛行,就證明了「那個淫縱的時代」的非常「需要這類的小說」。那麼,我們為什麼不去追想十卷本《金瓶梅詞話》在萬曆丁巳季冬序刻後,何以不能像廿卷本那樣,有許多種刻本出現?我們又為什麼不去推想此書何以傳抄了二十年有奇,居然原有人梓行它?我們又為什麼不去推想它在傳抄時期,居然從萬曆二十四年到萬曆三十四年,整整十年間,竟銷聲匿跡而音訊杳然?若此情形,難道不是一大問題,應去探索推論的原因呢?

　　第三,明代論及《金瓶梅》,又直承讀到刻本的人,只有沈德符與薛岡兩人。可是這兩人所寫的此一史料,時間最早都在崇禎初年了。按沈德符在《萬曆野獲編》中的那段論及《金瓶梅》的話,說到山東諸城丘志充(六區)由工部出守,遂說「此書(《玉嬌李》)不知落何處。」

第三輯
研討問題

今年吉林大學的《金瓶梅》研究會^{編按1}

　　比年以來，《金瓶梅》一書已成顯學，世界各國，都有研究《金瓶梅》的學人。大陸各地，研究者更是風起而雲湧，徐州於一九八七年成立「《金瓶梅》學會」，會員遍全國，人數已踰千人（必須有研究作品發表者，始得申請入會）。今年是第五屆會議了。

　　今年的會議，由長春吉林大學主持會務的召開，時間訂在八月五日至十日，為了招待參與會議者到長白山旅遊，又增加了四日的行程籌備，開了兩輛大轎車，於十一日晨五時許啟程，馳向長白山。雖然行程不過五百餘公里，由於前些日子的大雨，沖壞了路上的橋拱，還在修築中，因而行程的時間增加，來去都得奔馳十五小時左右。好在路面平坦，車輛也是新的。溫度二十五度上下，一路行來，尚未感受到顛簸之苦。來回三天，直到八月十四日晚，參加會議的百來位客人，方始一一離開長春。頭尾竟勞累了吉林大學的朋友們十日之久。回想起來，頗有不安之感。

　　與會的學者，來自全國各地，由於江南的水患，如湖、廣、黔、貴等地，卻也因為陸上交通的不方便，未能到會，其他如贛、閩、川、陝、豫、魯、冀、燕，以及兩浙，都有人來，是以會議席上還是座無虛位的。

　　會議的進行，分專題報告與分組討論兩種，逐日進行。學者所提論文，也相當豐贍，數踰百篇，論點無不各創新意。一向所謂的「南北之爭」（《金瓶梅》的作者是南方人或是北方人的論辯）在此次

編按1　原載於《中國書目季刊》25卷2期，1991年9月，頁75-76。

會議上，並無任何爭論。會議論文，亦多從事內容探討，如人物、社會、飲食、服飾，以及宗教、藝術；還有老問題，如版本、語言等，也有不少篇。其中要以寧波師範學院的鄭閏，從地緣上發現到《甬上屠氏宗譜》，尋得的一些有關屠隆與屠本畯的資料，頗能引起一些與會人士的注目。

這次會議，雖不是國際性的，但卻有兩位日本友人與會，一是以《中國通俗小說書目》名世的大塚秀高先生，一是日下翠女士，他的論文仍持《金瓶梅》作者是李開先說。雖然持南人說的黃霖（浚旦）、張惠英（中國社科院語言研究所）以及我老朽，均未起而有所爭辯。與我同行前往參加會議者當有陳益源、李壽菊兩人。可以說，「南北之爭」已將逐漸成為過去。

原已決定參加此會的老教授，有北京的吳曉鈴先生、王利器先生，還有杭州大學的徐朔方先生，都因為臨時為他事羈絆，未能到會。只有天津的朱一玄教授到了，他比我大六歲。吳曉鈴先生為了印度泰戈爾的學會牽羈住了；王利器先生到四川為鄉人捧場去了；徐朔方先生也為了手頭工作放不下，不能分身。徐先生還特別拍了一通電報給我，我撥了電話去，在電話上聊了一會兒。他希望我到杭州去住幾天。而我的行程卻已安排就緒，連上海寧波之行也取消了，遂約以明春。再去杭州，我一定不會再把電話記錯（今春三月我到杭州，便是記錯了電話，未能見面）。這事，居然為中新社記者顧方東先生記入訪問，還上了報呢！香港的梅節先生飛機票都買好了，卻也臨時有事未能到會。

明年的國際會議，在山東棗莊召開。我答應山東的朋友，明年一定來。山東的朋友聽了，都咧開了大嘴笑說：「歡迎！歡迎！」

這次的《金瓶梅》會議，各方送達大會的論文之外，還有各地編印的成書十種，在會中一套套分發給參加會議的人士。這十種書籍

是：

1. 《金瓶梅研究》（第二輯）　中國《金瓶梅》學會編　江蘇古籍出版社印行

2. 《金瓶梅藝術世界》　吉林大學文化研究所編　吉林大學出版社印行

3. 《金瓶梅及其他》　包振南、寇曉偉、張小影編　吉林文史出版社出版印行

4. 《金瓶梅人物大全》　魯歌、馬征編　吉林文史出版社印行

5. 《金瓶梅詩詞解析》　孟昭連著　吉林文史出版社印行

6. 《金瓶梅探索》　王汝梅　吉林大學出版

7. 《我與《金瓶梅》》　周鈞韜編　成都出版社出版

8. 《金瓶梅紅樓夢縱橫談》　沈天佑著　北京大學出版社印行

9. 《金瓶梅資料匯編》　侯忠義、王汝梅編　北京大學出版社印行

10. 《金瓶梅資料續編》　北京大學出版社出版

　　另外，還有一本魯歌與馬征夫婦合著的《金瓶梅及其作者探秘》。這次會議，先是《金瓶梅》一書的專題論著就有九種、資料編纂兩種，書帙之厚重，最少者也踰兩百頁，多者踰五百頁，堪可謂之豐盛。十日間的相聚（同住在吉林大學賓館），除在會議席上，私下裏的聚談更多。由於我已年踰古稀，大會對於我的照料，特別周到。尤其是長白山的三日行程，在我身邊總有三五青年朋友相伴，爬高下低，形影不離。上天池，途路坎坷，堅拒我徒步登山，遂租車行之。

　　雖然，登長白山觀天池，良是艱苦旅程，多謝友朋一路照拂，遂一如壯年樣興去興回。餘興存藏心頭，將終生難忘，何可言謝了之也。

《金瓶梅》的問答題

——為寧波舉行之國際《金瓶梅》會議作

這幾年來，研究《金瓶梅》的人，越來越多。提出的問題，可以用「萬花筒」作比喻，真個五光十色，耀眼欲花。但人各有「志」，誰也不能非之，卻也很難是之。譬如我，專心於是，孜孜矻矻已踰二十載，成書十六種，除了小說兩種，提供的史料以及研出的成果，也有十四本之多。不算斷簡零篇（已發表的），已踰三百萬言。卻是之者尠焉！

當然，字數多，並不代表成就，而我這二十餘年來，發現到的問題，則是值得研究《金瓶梅》去仔細推敲的。

我已出版的《金瓶梅》研究各書，大陸的朋友，擁有完完整整全部者，不止三、兩人。惜乎未能對拙作提出質疑而批判，只是零零星星的斷章取義，作為資料，用之於文，成之於書。是以頗感失望。

今者，藉參加會議之便，提出有關《金瓶梅》尚須解答的問題，書之於下，期之答案也。憾所提問題，悉我舊說耳！

我的答案，附作參考。

一　版本方面

（一）傳抄問題

一、《金瓶梅》最早傳抄於萬曆二十四年（1596）十月，只有袁中郎的一封給董思白的信。知此書由董氏處得來。

　　此一問題，到萬曆四十二年（1614）八月，中郎的三弟小脩提到往年董其昌在翰林院任職時，說到《金瓶梅》。可證明董氏見過《金瓶梅》。問題是：此消息，悉由袁氏兄弟傳出。小脩的這番說，距離其兄中郎見到《金瓶梅》，已十八年矣！

　　袁中郎說到《金瓶梅》這封信，雖然寫在萬曆二十四年，但此信公諸於世，已是萬曆三十六年秋[1]，其弟小脩見此書時，已是四十二年八月[2]。

　　二、此一傳抄問題是：

　　（一）袁中郎最早說到《金瓶梅》，只是一封私函。此函到十二年後方行公諸於世（實際上，公諸於世的時間是萬曆四十二年）。

　　（二）自從袁中郎在萬曆二十四年十月讀到這部《金瓶梅》半部，（謝肇淛說只有「十其三」）。一直到萬曆三十四年秋後，又是袁中郎把《金瓶梅》寫作《觴政》作酒令，以《金瓶梅》配《水滸傳》為逸典，《金瓶梅》書名，始行公諸於世。已整整十年了。

　　（三）請問：從萬曆二十四年（1596）十月到萬曆三十四年秋後，這整整十年之間，有誰寫過片語隻字說到《金瓶梅》？

　　（四）今已發現到的所有有關行之於文的《金瓶梅》史料，全是寫在萬曆三十四年《觴政》問世之後。

　　我上述的這一傳抄問題，乃白紙黑字，昭昭然也。

　　請問研究《金瓶梅》的朋友們！這些傳抄上的問題，能視而不見？聽而不聞？食而不知其味？此一問題，我早已寫出答案，印在書上。

　　我的答案是：

1　見袁氏書種堂《瀟碧堂集》卷四。
2　見《遊居柿錄》。

　　（一）袁中郎最早讀到的《金瓶梅》，是有關政治諷喻的小說，諷諫的是當今皇上。以當時社會推想，題材的依據，可能是涉及萬曆帝之廢長立幼問題。所以誰也不敢張揚。前十年間，可能只有三數人見到《金瓶梅》部分抄稿。不惟見者乃文士，不敢張揚，也不敢輕易示人。自然知者少，知者也不敢公諸筆墨。

　　（二）可能在袁中郎寫了這封信之後不久，即已獲知作者是屠隆。可能建議屠氏改寫，借用《水滸》的情節，重賦《金瓶梅》，此一改寫問題，可能未完成，屠氏即輟筆，移情於戲曲。據鄭閏作《屠隆年譜》稿，記屠氏於萬曆二十五年（1597）娶女伶為妾，即醉於戲劇，不理他事。其族孫屠本畯於萬曆二十九年棄官歸里。即：行同車，坐比席。屠本畯曾參預《金瓶梅》之改寫，自屬意料中事。

　　屠隆於萬曆三十三年（1605）八月二十五日辭世。袁中郎默默十年，怎的突然於屠卒後心血來潮，寫《金瓶梅》配《水滸傳》於《觴政》，何其巧而合之耶？斯時，袁氏兄弟尚未見到《金瓶梅》全稿，又無刻本問世，怎的大筆一揮，驅《金瓶梅》於酒令耶？還說：「不熟此典者，保面甕腸，非飲徒也。」如不知《金瓶梅》將付梓行，怎會說出這句話？又怎的會以之配《水滸》為酒令？

　　（三）屠本畯的〈觴政跋〉，在指摘袁中郎將未成書之《金瓶梅》寫入《觴政》之不當。前面一再強調其所知《金瓶梅》尚無全書，所以後面寫了一句：「如石公而存是書，不為托之空言也。否則，石公未免保面而甕腸。」屠田叔的這段話，在字裏行間，業已顯明的不滿袁中郎發布了《金瓶梅》的存在。劉輝判定屠氏此文作於萬曆三十六年（1608）。

　　（四）屠隆死時，留有遺言。其中一段說：「平生一罪，多言多

語；《鴻苞》等篇，盡付一炬。」[3]按《鴻苞集》今存四十八卷，編於
屠氏故後。可以推想，此《鴻苞》定非屠氏遺言中的《鴻
苞》，此《鴻苞》四十八卷，無一文有干違礙，非應付之一炬的書。這一點，極可
能屠之後人編定《鴻苞集》時，已將此一遺言語辭，改換成「鴻苞」。
後人尚極力在避去《金瓶梅》一書乎？我是這樣推想。

（五）按已發現之明代人論及《金瓶梅》的史料，行文的時間，
全在萬曆三十四年之後。我們怎能不去推想從萬曆二十四年到三十四
年這整整十年之間，竟無第二人行文出《金瓶梅》一書於字裏行間？
這也是我答案中的提案。

（六）謝在杭在其〈金瓶梅跋〉中說，他抄來的《金瓶梅》「為
卷二十」。今見之《金瓶梅》詞話刻本，是十卷本，崇禎年間刻之批
評《金瓶梅》，是二十卷本。可是，這兩種在回目上、情節上均有不
同之處的版本，而十卷與二十卷之分，只是回目上的五回一卷與十回
一卷之別。以及回目文辭之小有不同。值得研究的問題不大，只是先
刻後刻的問題。可以下結論的是：十卷本與廿卷本，在萬曆三十四年
以後的傳抄時代，或可能已各別在傳抄著了。不過，二十卷本在付刻
時，曾依據所見十卷本殘本有所更改。殘缺的部分，也是從十卷本抄
過去的。如第三十九回中的「釣語」之誤，可證。

上述的問題，以及我的推想答案，是否正確？敬請群賢推演作答。

（二）刻本問題

說起來，《金瓶梅》的刻本，並不複雜，十卷本《金瓶梅詞話》
一種，廿卷本《繡像批評金瓶梅》有兩種（九行二十二字一種，十一

3　見《鴻苞集》張書文作屠氏傳。

行二十八字一種）。其中的問題，也不是沒有。

　　一、十卷本《金瓶梅詞話》，上有東吳弄珠客序一篇，寫明序於萬曆丁巳季冬，丁巳即四十五年（1617）。遂被稱為「萬曆本」。可是，明代人筆下的《金瓶梅》史料，提到刻本的人，除了序者欣欣子、東吳弄珠客，以及廿公跋。其他只有《萬曆野獲編》的沈德符，《天爵堂筆餘》的薛岡兩人。再另外呢，就是泰昌元年（1620）的《三遂平妖傳》、天啟二年（1622）的《韓湘子傳》〈渡韓昌黎〉、崇禎二年的《幽怪詩潭》、崇禎初年的《魏忠賢小說訴奸書》、崇禎七年的《陶庵夢憶》、崇禎中末葉的〈今古奇觀序〉。提及刻本的人，全在萬曆之後說的。

　　二、東吳弄珠客序於萬曆丁巳冬的刻本，如流行於萬曆序刻的第二年，抵萬曆宴駕，尚有兩年有半（按明神宗崩於萬曆四十八年七月二十二日，泰昌常洛登基於八月一日。九月一日崩）。請問，《金瓶梅詞話》如在萬曆四十五年冬就刻出發行了，何以無人在萬曆年間說到《金瓶梅》刻本？

　　三、十卷本《金瓶梅詞話》，有一篇欣欣子序，至今尚無人發現明代人說到欣欣子序文的史料。何以明代無人提到欣欣子這篇序文？

　　四、崇禎間薛岡提到的刻本《金瓶梅》，「簡端」的序是東吳弄珠客的序文。顯然的，薛岡見到的刻本是崇禎本。雖然他文中說到二十年前，曾在友人「關西文吉士」處見到不全抄本。萬曆二十九年中第選為庶吉士者，誠有「關西」三水人文在茲當選庶吉士。一般論者認為薛岡筆下的這位「文吉士」，當是文在茲無誤。而我則獨持異議？我的理由是，薛岡的關西友人，是文翔鳳，不是文在茲。（文在茲是文鳳之叔。）在薛岡的文集筆下，只有文翔鳳這位姓文的關西摯友，集中並無隻字與文在茲往還記述。文翔鳳是萬曆三十八年（1910）進士，這年因狀元韓敬被人檢舉等問題，這一年未公布庶吉

士。文翔鳳到第二年秋後，始選任萊陽縣令赴任。竊以為薛岡筆下的
「關西文吉士」，應是萬曆三十八年的進士文翔鳳。

　　我的此一推想，若是事實，則薛岡之文吉士手中抄本，當是萬
曆三十八、九年間，二十年後所見刻本，正是崇禎本梓行時日。崇禎
刻廿卷本《金瓶梅》，簡端正是東吳弄珠客序。（萬曆三十八年庚戌
科未公布所選庶吉士，文翔鳳或在名內。再者萬曆三十八年春文翔鳳
中第，三十九年春夏間，尚未派官，尊其進士第為「吉士」，不無可
能也。明代人稱謂，多以所憶之當年職司為稱。以志其時。）

　　五、十卷本上的欣欣子敘，未書寫作年月。由於明代人的史
料，竟無任何人說及，因而令人揣測多端，莫衷一是。此一問題，很
難有充分理由說他不是隨同十卷本《金瓶梅詞話》一同剞劂出的。請
問，在明代人談到十卷本《金瓶梅詞話》刻本的人，誰能肯定是哪一
位？沈德符手中的抄本，如果《萬曆野獲編》的話，全部可信，他的
抄本是廿卷本。那「未幾時而懸之國門」的是十卷本《金瓶梅詞話》
嗎？何以他說的「五十三回至五十七回」是「陋儒」補以入刻的話，
竟然與傳今的十卷本《金瓶梅詞話》不符呢？

　　為了沈德符的這句話，已浪費了不少人的精力，去替沈氏尋「註
腳」，我呢，還為了這句話寫了一本書：《金瓶梅五十三回至五十八
回之比勘與解說》[4]（同時還有專文〈金瓶梅這五回〉於《金瓶梅》
第一次會議上發表時為一九九八年六月）。勘明沈氏說的這五回有陋
儒補以入刻的情況，並不確實。十卷本《金瓶梅詞話》，並無沈氏說
的這種情況。相反的，廿卷本的《繡像批評金瓶梅》之第五十三、四
兩回，則有這種「陋儒補以入刻」的情況。這兩回是改寫過的。

　　六、以上所述及的兩種刻本，產生這種情事，不是極大的問題

4　拙作：《金瓶梅五十三回至五十八回之比勘與解說》。

嗎？此一問題，我在二十二年前一開始進行研究時，就發現到此一問題，提出了《萬曆野獲編》的這一段話，前後自相矛盾，言之不實[5]。至今，尚有人挑剔我寫的這番話。後來，留美學人馬泰來指出沈德符文中的丘光充（六區），離京出守於萬曆四十八年（1620，實為泰昌元年），當可認定《萬曆野獲編》的這番話，寫作時間，最極上限，也是萬曆四十八年，下限則是丘志充犯法棄市的崇禎五年（1631）。由此看來，則我於距今二十二年前指出沈氏在《萬曆野獲編》中的這番話，其所以矛盾一再重出而不實，蓋有所暗示也[6]。

　　上述的有關版本的問題，我推論的答案是：

（1）十卷本《金瓶梅詞話》，於萬曆爺賓天之後，匆匆付刻。刻出於天啟初年時，適巧遇上詔修《三朝要典》（梃擊、紅丸、移宮三案），不敢發行（因第一回有劉邦寵戚夫人有廢嫡立庶事），遂焚書毀版。是以此本流傳極少。（今存世者僅有三部，襯紙之二十三回乃廢棄者。）

（2）迨崇禎登基魏閹已滅，二十卷本之批評《金瓶梅》，竟繪圖增潤。殘缺者，若無十卷本故物可參考者，則補寫之。

　　是以二十卷本問世，銷路奇佳，遂有兩種版型本刻出，又有挖刻評語體式者，盜版刷之。此即二十卷本之崇禎變亂十餘年間，尚有多種刻本行世的基因。然否？

　　敬請群賢推演作答。

5　此文作於一九七三年，集於一九七九年四月出版之《金瓶梅探原》。

6　見拙作《金瓶梅的幽隱探照》，頁113。

二　成書方面

關於《金瓶梅》的「成書」，也應分作兩部分說：

（一）最早傳抄於世的時間

《金瓶梅》三字最早傳之於世的時間，是萬曆二十四年（1596），至今尚未發現比袁中郎這封信更早的史料。不過，《金瓶梅》的正式傳抄，則在萬曆三十四年《觴政》問世之後。前面業已說明。但此時還只是不全的稿本。

（二）最早傳出有了全稿的時間

（一）《金瓶梅》有了全稿，是李日華在《味水軒日記》萬曆四十三年十一月初五日記載的。這部《金瓶梅》抄本，似乎是全部。也許就是沈德符在《萬曆野獲編》中說的那部缺五回的抄稿。

（二）其他，雖有幾家說徐家有全本、王家有全部、劉家有全本，都是傳說之辭，並無實證。

（三）如以史料判之，則《金瓶梅》成書時間，應在萬曆四十三年之前，或許在袁中郎作《觴政》時，就有了《金瓶梅》全稿了。否則，怎的敢將《金瓶梅》配《水滸傳》寫入酒令？還非要酒徒熟知此典不可？

（三）《金瓶梅》的成書年代

（一）一向的傳說，是王世貞作。這一傳說問題，我同意吳晗先

生的那篇〈金瓶梅的著作時代及其社會背景〉一文，已將此說之謠諑批駁。鄭振鐸的那篇〈談金瓶梅詞話〉一文，說得更加清楚。「沈德符以為《金瓶梅》出於嘉靖間。但他在萬曆末方才見到。……束吳弄珠客的序，署萬曆丁巳（四十五年）。則此書最早不能在萬曆三十年以前流行於世。此書如果作於嘉靖間，則當早已懸之國門，不待萬曆之末。蓋此等書非可終秘者。而那個淫縱的時代，又是那樣的需要這類的小說。所以，此書的著作時代，與其說在嘉靖間，不如說在萬曆間更合理此。」我從事該書研究，倏倏已踰二十載，卻始終沿循著吳、鄭這兩位先賢的這兩篇論文的指標，一步步向前發展著。我祇是在這條路上，發現了更多支持這兩位先賢的史料與問題而已。

（二）譬如鄭先生的這一段話，考據一事，應以「歷史基礎，社會因素，訓詁方法」為最高原則。鄭先生的這段話，便是以「歷史基礎」、「社會因素」為論點說的。他下面說的一段「欣欣子序」上的辭義詮釋，便是「訓詁方法」。怎能忽略歷史基礎、社會因素？

（三）再說，考據之學，還有個主要的理則，那就是「先破而後立」。就像《金瓶梅》的王世貞作之說，嘉靖間大名士作之說，既有吳、鄭兩位先賢批駁了「嘉靖作」的非是。今者，吾儕若想重建《金瓶梅》乃嘉靖人作之說，就得先破了吳、鄭先賢之說，不然，如何在同一基地建築之也？

（四）《金瓶梅》一書，至今尚無人發現在萬曆二十四年之前，還有人論及《金瓶梅》一書的史料。此一情事，持《金瓶梅》一書乃嘉靖間人作，則缺乏「歷史基礎」矣！何況，十卷本中之凌雲翼萬曆十六年還在官。

三　作者問題

關於《金瓶梅》的作者，說來相當複雜。數年來，大家都在「猜謎」。被提出的作者名單，有人真格是猗與盛哉！而我則響應黃霖的「屠隆說」。

屠隆是前期抄本《金瓶梅》作者的判斷，提出的史料，壘積起字數來，定超出百萬言。然而，我提出的證見，簡要言之，不外以下數端。

茲一一縷述如下：

（一）屠隆是萬曆五年（丁丑科）進士，選穎上令遷清浦令。兩任六年後遷禮儀制司主事。屠氏愛詩酒、喜交遊，遂與功臣之後西寧侯宋世恩結交。常在宋府飲酒賦詩為樂。雙方認為通家之好。屠氏在青浦令時，得罪時為舉人的俞顯卿，萬曆十一年中進士，選任刑部主事。知屠在宋府往還密，遂以詩酒放浪為由，越位上劾。皇上始行交吏部查報，兩人自辯書上。未待查報，皇上即下諭，屠、俞兩人均除籍。西寧侯爵俸半年。

（二）屠隆認為受到不白之冤，到處寫信向友朋呼冤。認為朝廷這樣做，是「必除之而後快」為什麼？「斯其故不可知已！」到了萬曆十七年間，還有一位太史王胤昌主動寫信給屠氏，建議屠氏「宜如子長之報任安書，李陵之與蘇屬國，刳腹腸於紙上，寫涕淚於毫端。」可以想知屠隆的罷官，並非只是為了俞顯卿的參劾。屠氏的文友吳稼 在《玄蓋副草》詩集中。有一首寫屠隆的五言長句，其中有句云：「君昔遊京華，秉禮兼稱詩。侯王及庶士，交結篆等夷。觚爵飲無算，藻翰縱橫飛。謠詠一興妒，深宮攢娥眉。」此詩作於萬曆二十年前後，詩句業已說明了屠之罷官，乃得罪了萬曆寵妃鄭氏。這時，尚未發生群臣要求皇上立儲的事。這年是萬曆十二年十一月。可是皇長子常洛，已於萬曆十年八月十一日出生。這時，屠氏在青淺令

任上，一時興奮，擬作了〈賀皇長子誕生〉文四篇（其他三篇賀皇上及兩宮太后）。不知皇上不喜此一宮女誕生此子。俞顯卿的參劾事一發，自然扯出了屠氏的這四篇為賀皇長子誕生的賀辭，遂觸怒了皇上及寵妃鄭氏。可以據此推想，屠隆罷官，乃「深宮擯蛾眉」。屠氏在不少書牘中說他罪在「雕蟲一技」，自是指的這四篇文章。遺言中的「平生一罪多言多語」，想必也是指的這事。

（三）他在寫給朋友的信中，曾說：「譬之候蟲，時未至而暗暗無聲，時至而嘖嘖不已。」在萬曆二十二、三年間，正是群臣疏請立太子一再延宕的高潮時期，萬曆二十二年准許太子出閣講學育教。嚴冬日月，竟在天微明上課，且連火爐也不為之備（朱國楨曾將此事寫在《涌幢小品》中）。袁中郎於萬曆二十四年首見《金瓶梅》抄本，豈非正其時乎？屠隆於斯時傳出《金瓶梅》稿，嘖嘖之鳴，正其時也。

（四）從屠氏死時留下遺言中的《鴻苞》等篇，盡付一炬」一語觀之。這假名《鴻苞》等篇」的《金瓶梅》二十篇，可能家人已遵囑燒去了。

（五）屠氏早期傳出的《金瓶梅》不是今見的《金瓶梅》，不但袁氏的這句：「勝枚生〈七發〉多矣」可證，欣欣子的序言，更其堪證。請看欣欣子序中的小說情節，「如離別之機，將生憔悴之容，必見者所不能免也。折梅逢驛使，尺素寄魚書，所不能無也。患難迫切之中，顛沛流離之傾，所不能脫也。」今見之《金瓶梅》悉無此所論情節。欣欣子必是蘭陵笑笑生之摯友也。鄭閏先生拈出屠本畯劇作《飲中八仙記》有一句家門：「家住洗墨溪畔明賢里」，判斷欣欣子是屠本畯。我同意。

從上述史料看，《金瓶梅》作者應具備的各種條件，有誰比得上屠隆？〈別頭巾文〉，都不必說進來了。敬請群賢推演作答。

民國八十二年（1993）八月十五日於臺北安和居

梅在瓶下而金其上乎？

　　袁小脩說：「所云金者，即金蓮也；瓶者，李瓶兒也；梅者，春梅婢也。」竊以為斯乃表面文章，非書之本意也。若以名論，瓶在梅下而金其上。若以書之內容觀之，則金瓶各有隱喻之義，梅在金瓶中也，試思之。

一

　　「你怎的想著要去研究《金瓶梅》呢！」這是不少朋友向我提出的一句畫上驚歎號的問題。

　　我說朋友們向我提出的此一問題，是畫上了「驚歎號」的，自然是我的推想。事實上，朋友們的此一問題，確實是畫上驚歎號的。這「驚歎號」中包容此什麼想法，我可不能以小人之腹度君子之心。不過，有兩件事，倒是可以在此直說的。

　　一是老作家蘇雪林先生發表在《新生報》副刊的一篇短文，（大距今五、六年前，記不清確實年月了。）其中有一句說：「魏子雲研究《金瓶梅》令人難耐。」（大意如此，手頭未留此稿，學生剪寄給我的，閱後也就一笑置之。）我相信，直到今天，蘇雪林先生似乎不曾讀過我的有關《金瓶梅》研究的論文。

　　二是《○○日報》的一封讀者投書。這件投書，承蒙編者印寄，卻還存在手頭。不妨照錄於此：

　　　　xx 先生：隨函寄上貴報副刊一紙，載有魏子雲，談《金瓶梅》

語言者，此本係每週隨報贈送訂戶。鄙收到後認為不宜舍下
少年人閱讀，特奉請臺處。《金瓶梅》一書，雖其序言故為開
脫，有仁人見之生憐憫，禽心見之生貪欲之說，惟內容實乃
「文字春宮」，若非身體老化、心如止水，鮮有不因之敗行喪
志，最低影響也要搖蕩心情，有誤課業進修。魏某到處為此
書拉馬牽線，強調其文學價值，為鄙所不齒，久不願家存其
文。願　先生亦多以貴報青年讀者為念，是幸！即頌

　　大安！　　　　　　　　　　　　　　　一讀者九月二十七日

　　這是我從事《金瓶梅》一書的研究，二十年來在各報章雜誌發表
論文數百篇，第一次接到的這麼一件讀者投書。該報的這一副刊，是
專刊學術性論文的，我已在這學術性副刊上，發表了不少短文，長者
七、八千言，分兩期刊出，短者四、五千言，則一期登完。確有三、
兩篇是討論有關《金瓶梅》考索作者與成書年代問題的論述。這些論
文，不要說中學生接觸不上，就是大學中的文史科學子，也不會對它
發生興趣。除了有關於與這方面有相關的研究生，都不會去接觸它。
我寫的有關這一問題的論文，已成書出版十餘種，以字數計，已踰兩
百萬言。它們的銷路，除《金瓶梅詞話註釋》及小說《潘金蓮》曾經
再版。這兩部書大陸也印行了且也再版，銷行已過十萬冊。其他還有
十多種，均未再版。可以說連一千冊也未售出。何以？因為我的《金
瓶梅》研究，是學術性的、是專門性的，凡是不曾涉及這部書的人，
縱然讀過這部書，也不曾涉獵了這部書有關的文史學識，他縱然是位
教授（踏踏實實的教授），也未必能透透徹徹的懂得我的那些論文層
次。所以我感於這位「一讀者」先生的這一投書，只是他個人與我個
人之間的一點牙疵不愉而已。

　　我之所以能全心志的在這本書上鑽研了二十年，至今不懈，且

日起有功。正因為我有一個美滿的家庭。我四子一女，個個教育成人（都已大學畢業），可以說妻賢子女無不肖。家居一向局促，在臺生活的前三十年，一張書桌，全家人共用。我的原版《金瓶梅》，由於要隨時翻閱，隨手亂放，且不止一種，一部部都光明顯著的插在書架上。但據我所知，四子一女祇有一個小兒子，曾經在書架上抽出，拿去閱讀過。那時他已是大學生。我曾問過他：「你讀了《金瓶梅》？」答說讀了一點點。再問他怎的不讀完？他便回答：「讀不懂嘛？」別說只是一位大學生，就拿我來說，已經一字不落的讀了九遍了，有些地方曾不厭其煩的讀了二十遍、三十遍也不止。有些文字，究竟是什麼意思我還解答不來呢？

　　這位「一讀者」說此書「實乃『文字春宮』」，縱然光是對其中那些誇大描寫性事的文辭來說，似乎也不是一個具有「大學教授資格」而卻無文學修養的人，可以一目看去，就能使他「搖蕩心情」的。他說我「魏某到處為此書拉馬牽線強調其文學價值」，因此使他「不齒」。不知指的是我寫的哪些作品？二十年來的研究，直到今天，還沈淫在「成書年代」與「作者是誰」兩大問題上。應編者之約，談到該書「色情」者，只有兩篇，一刊《文訊》第五期，一刊〈聯合文學〉七十七年三月號。兩文均已收在《小說金瓶梅》一書中[1]。讀者先生不妨看看，看看我寫的是些什麼？

　　《金瓶梅》是一部有文學價值的書，還用得著我魏某去「強調」嗎？

---

[1]　拙作：《小說金瓶梅》。

二

　　我第一次接觸到《金瓶梅》一書，在抗戰期間，一位同事在駐地的一位聯保主任（等於今日的區長）家見到這部書，借來看時我順便讀到的。是光連紙石印本。雖經這位同事興興致致的指點了其中幾處性描寫給我讀，而我並未發生什麼興趣。那時，我喜歡的是老舍、張天翼、沈從文等人的小說。還有蕭紅的《呼蘭河傳》、駱賓基的《北望雲的春天》，再有就是高爾基的《童年》，屠格幼夫的《父與子》、《羅亭》，史坦培克的《人與鼠》、《月亮下去了》等等。對於那種線裝石印形式的書本，早就厭了。是以直到民國五十五、六年間，逛臺北牯嶺街舊書肆，見到了兩部那種在抗戰期間見到同樣形式的石印本《金瓶梅》兩部，引發了我當年失去閱讀機會的補償心理，雖索價每部兩百元，卻也兩部都買了下來，另一部讓給了朋友。

　　由於本子是翻印的，印刷太差，字跡模糊，讀了不到十回就失去了繼續閱讀的興趣。但卻翻翻檢檢的獲知了一個故事的梗概。有一天，讀袁中郎（宏道）全集，讀到他給董其昌的信，提到《金瓶梅》，到中央研究院讀書，在書名卡上查到有《金瓶梅詞話》一部，調出書來一看，雖是縮小的影印本，卻也比我手頭的石印本清晰多了，尤其是字體也大得多。把我的本子拿去一對，第一回就不一樣，其他等回，分別也很大，「詞話」本有的，我的石印本沒有。從這裏開始，我去查尋有關《金瓶梅》的資料，漸漸地，我知道了有關《金瓶梅》的版本種種。於是去讀沈德符的《萬曆野獲編》，竟發現了沈德符《萬曆野獲編》中的這段論及《金瓶梅》的話，頗多矛盾。嗣後又讀了郭源新（鄭振鐸）發表於民國二十二年七月《文學》第一期上的〈談金瓶梅詞話〉一文。益發感於《萬曆野獲編》說的「未幾時而吳中懸之國門矣」的時間有問題。魯迅、吳晗、鄭振鐸都根據了《萬曆野獲

編》的話，判定《金瓶梅》初版於萬曆三十八年（1610）。我對此一判斷，非常懷疑。後來，終於在《蘇州府志》以及馬仲良（之駿）的《妙玄堂集》，查明了馬仲良（之駿）「司榷吳關」的「時」，在萬曆四十一年（1613）間。於是，被大家承認了四十年的《金瓶梅》初刻於萬曆三十八年之說，便從此不存在了。

此一問題，是魯迅、吳晗、鄭振鐸等先賢之誤判嗎？竊以為不是。實由於《萬曆野獲編》的這段話，在行文的語意上，有含混的問題。當然，也誤在當年這三位前賢都沒有在查馬仲良「司榷吳關」之「時」。但縱以全日的情況來說，我們雖已有了馬仲良「司榷吳關」的正確年月，但也無法與《萬曆野獲編》這段話的「語意」循次印契起。何況，這段話還有其他問題呢！

起先，我並無意要在《金瓶梅》這部書上立下什麼「志向」，只是懷疑沈德符《萬曆野獲編》的這段話，一定隱藏著一些什麼問題？懷疑沈德符可能與《金瓶梅》的作者，有些什麼關係？遂寫了一篇〈金瓶梅的作者是誰？〉這篇文章，也祇是指出了許多可疑而值得探討的問題而已。

遺憾的是，這篇不算短（約兩萬言）的文庫，在《聯合報》副刊登了四天，除了老友高陽讀後寫了一封短簡給我，指正了我懷疑沈德符是《金瓶梅》作者的不可能。其他問題迄無反響。那篇文章，並沒有去追尋馬仲良的「司榷吳關」之「時」。當我查到了馬仲良的「司榷吳關」之「時」，肯定了《金瓶梅》不可能在萬曆四十一、二年（1613、4）之間有刻本問世，遂益發的有興趣來堅定信心，要去探索其他問題。就這樣，我的《金瓶梅》研究，不得不繼續下去了。

三

　　從事《金瓶梅》這部書的「成書年代」問題，以及「作者是誰」的問題？幾是從事《金瓶梅》研究者，人人都在追尋的兩個問題。但基於各人的觀照不同、理念有異，以及學識之別，再加上各人的稟賦也有差距，因而立說的基心與作成的立論，遂也紛然雜陳而五花八門，儼然戰國遊士的百家爭鳴，各有主張。被推想出的《金瓶梅》作者，可能要超出三十名了罷？

　　總結起來，論「成書年代」，也不過嘉靖、萬曆二說（近始有隆慶之說）；論「作者是誰」，也不過南人、北人二說。照目前的情勢看來，成書萬曆說與作者南人說，在理論上已逐漸肯定起來。俗云：「真理愈辯愈明」。這話應是從實驗的哲理上得知來的。

　　二十年來，我一直在這兩個問題上追尋，大可用「上窮碧落下黃泉」這話來作比況，好在一開始邁步，我就沒有把方向弄錯。一開始，我就從語言上，否定了鄭振鐸判定的作者必是山東人的說法[2]。又從「蘭陵笑笑生」的「蘭陵」地名與荀子的「蘭陵令」問題，推演到此一「蘭陵」一詞，可能是附貼荀卿的「性惡論」[3]。我認為《金瓶梅》的語言駁雜，主要的語言是「官話」（北方語話），卻雜有不少的吳語、越語以及燕語，推想這位作者是一位「南人北宦」，既未忘南方人的母語，又熟知北方官話與燕語的人。指摘鄭振鐸說《金瓶梅》是用山東土白寫的這一說詞的不合理則。山東一百餘縣，不要說魯東魯西、魯南魯北，語言的差異特大，就一縣一城的城內城外，也有東西南北的不同語言，怎能以「山東土白」四字來概稱《金瓶梅》

2　參閱拙作：〈金瓶梅詞話的作者〉，《金瓶梅探原》，頁 19-33。
3　拙作：〈論蘭陵笑笑生〉，《金瓶梅探原》，頁 149-157。

的語言？近十餘年來，研究《金瓶梅》的學者，越來越多了，語言學家也加入了。張惠英教授的幾篇討論《金瓶梅》語言的文章，對於此一問題，最為著力。如〈金瓶梅用的是山東話嗎？〉[4]、〈金瓶梅中杭州一帶用語考〉[5]、〈金瓶梅中值得注意的語言現象〉[6]。已把《金瓶梅》有關吳語、越語的辭彙，列出不少例句，加以解說。近又讀到《復旦學報》一九九〇年二期周維衍先生的一篇〈關於金瓶梅的幾個問題〉，更把有關的「杭州話」，列出了更多。且因而認為該書作者是杭州人田藝蘅。

　　他如陳昌恆、葉桂桐、陳毓羆諸位先生的研究，指出的成書年代與作者，雖與黃霖和我的論點稍有不同，但成書萬曆說與作者南人說，則是同一方向的。何以？書中的現實，與歷史的資料，兩相比對，推演不出它是嘉靖間的作品，更推演不出它是北方人的作品。

　　我是出身於桐城學派的講求義法、審問神理、以訓詁為探索手段的徒眾之一，行文立說，首先要追問的是，此一立論有無歷史基礎？其次要問的是，它有關的社會因素如何？所以，當我們發現到一個問題，獲得了創見，打算把這一創見，予以立說來完成結論的時候，絕不能忽略了這兩件事——歷史的基礎，與社會的因素。若是考量到你發現到的此一創見，沒有歷史做你的基礎，又無社會因素做你這創見的支柱，請問，我們憑著什麼來立說論述？就憑著我們束拾西撿來的那大堆資料嗎？

　　譬如《金瓶梅》成書嘉靖說，就是尚缺歷史基礎，又失社會因素的一個假設。按情理，是不能下筆立說的。

---

[4]　張惠英：〈金瓶梅用的是山東話嗎？〉，《中國語文》第 4 期（1985 年）。

[5]　張惠英：〈金瓶梅中杭州一帶用語考〉，《中國語文》第 3 期（1986 年）。

[6]　張惠英：〈金瓶梅中值得注意的語言現象〉，《語文研究》第 3 期（1986 年）。

　　雖然，在明朝人論及《金瓶梅》的史料上，有三人說它是嘉靖間人的作品，一是屠本畯的《山林經濟籍》，說：「相傳嘉靖時，有人為陸都督誣奏，朝廷籍其家。其人沈冤，託之《金瓶梅》。」二是謝肇淛的《小草齋文集》，說：「相傳永陵中有金吾戚里，悲怙忞汰，淫縱無度，而其門客病之，採摭日逐行事，彙以成編，託之西門慶者。」三是沈德符的《萬曆野獲編》，說：「聞此為嘉靖間大名士手筆。」這三則史料，都是閒言語，兩者說「相傳」，一者說「聞此」，都是道聽塗說來的。所以歷史學家吳晗先生說：「『嘉靖間大名士』是一句空洞的話，……」，所以吳晗先生認為類似《野獲編》與康熙本《第一奇書》的謝頤序，《寒花盦隨筆》、《缺名筆記》以及蔣瑞藻的《小說考證》等，其實一切關於《金瓶梅》的故事，都只是故事而已，都不可信。應該根據真實的史料，把一切荒謬無理的傳說，一起剔開，還給《金瓶梅》一個原來的面目。雖然，吳晗先生的這番話，是針對著那時（距今五十年前）的「作者王世貞說」而發的，可是他的這一番話，仍可用在今天。像上舉的屠本畯、謝肇淛、沈德符所說的作者是嘉靖間人的說詞，若依據歷史基礎看來，也可以說那些全是聽來的故事，「都不可信。」「應該根據真實的史料，把一切荒謬無理的傳說，一起剔開。」也正是今天從事研究《金瓶梅》者，應去遵守的一個立論基礎——歷史的紀錄。

　　像《金瓶梅》一書，它問世的最早歷史紀錄是萬曆二十四年（1596）十月，直到今天，還沒有人發現在這一時間之前有《金瓶梅》一書的紀錄。更有人說它是嘉靖間「說書人」的底本。試想，像《金瓶梅》這樣的小說，若在嘉靖間就在「說書人」口中傳說看了，它該是一部多麼風行的書。何以社會間的文士，竟無任何記述它一言片語呢？

　　再說，像明朝那個淫靡的社會，正德皇帝的荒淫是出了名的，

嘉靖、萬曆的不上朝理事，也是出了名的。由正德到崇禎這百來年的晚明社會，淫書、春畫，不干公禁，都市上公開出售性事器物的店舖，也多得是。請問，像這麼樣的一個淫縱無禁的社會，像《金瓶梅》這樣的書，能在文士手中秘密傳抄了幾十年，竟無人梓行它嗎？

這種被稱為「決當焚之」的淫書，自萬曆二十四年（1596）問世，居然到了二十年後始有刻本行世，已竟是個大大的問題了。還需要再向上推到嘉靖去嗎？

我的《金瓶梅》研究，之所以一開始，就死釘看明代人的一件件史料，合併起來一一研判，卻又特別在沈德符的《萬曆野獲編》上著眼著力，正因為我出身於桐城學派，學得了桐城學派的治學之道，懂得以歷史為考據的基心，以社會現象為尋證的基因，以訓詁為考索問題的方法，以義理為義法合一的立論。所以，當我決定要繼續來探討《金瓶梅》這部書，就開始去尋究嘉靖、萬曆這幾朝的歷史與其社會現象。

我的《金瓶梅》研究，連兩本小說（《潘金蓮》、《吳月娘》）都算上，從開始到現在，都是沿循著一個完整的體系，脈脈絡絡下來的。說來，未免自詡矣！

四

《金瓶梅詞話》一書，它的成書年代在萬曆，從歷史基礎上說，應是一個無可爭論的問題。第五十六回中的〈別頭巾文〉，就是一件鐵證。第一，這篇文章另在《開卷一笑》、《繡谷春容》兩類書中，也收有此文。第二，這兩部類書，都刻於天啟。這篇〈別頭巾文〉，在《開卷一笑》中，署有作名「一衲道人」，這是屠隆的別號。按屠隆卒於萬曆三十三年八月二十五日，這篇文章，縱係委託屠隆所作，

委託的時間也在屠隆死後。那麼，《金瓶梅詞話》的成書，也必在萬曆三十三年之後。我們若認為不是委託，此文就是屠隆所作呢！也無法把《金瓶梅詞話》的成書，上推到嘉靖去。如果說，第五十三回至五十七回是「陋儒補以入刻」的，不能以此〈別頭巾文〉為證言。但廿卷本《新刻繡像批評金瓶梅》的第五十六回，則無此文。該本刻於崇禎年間，出版在十卷本以後，應該說是二十卷本刪去了的，或者說，二十卷本在傳抄時就無此文，因此可以說十卷本的此一《別頭巾文》是十卷本的傳抄者或梓行者加上去的。偏偏的，這五十三回至五十七回五回二十卷本的五十三、五十四兩回，則有明顯的改寫痕跡，十卷本的這五回，並無改寫的痕跡。這又怎樣來圓說此一情況呢？

　　為了此一問題，我曾不厭其煩的把十卷本的五十二回至五十八回七回，比了兩相對照的比勘與解說，而且印出書來[7]，兼且還寫了一篇專論〈金瓶梅這五回〉一文，三萬餘言，收入拙作《金瓶梅散論》[8]。這也是基於我家桐城學派的義理原則，把大家糾纏不清的問題，予以條次出來，有如推牌九，一方方把牌掀開來，紅幾點黑幾點，豈不一目瞭然嗎？這也正是歷史學家吳晗說的：「應該根據真實的史料，把一切荒謬無理的傳說（說法），一起剔開，還給《金瓶梅》一個原來的面目。」說來，我的這一本又一本的《金瓶梅》研究，全是為了「淘真」，把問題一一提出來，把原貌一一洗清出來，明明白白的告訴研究《金瓶梅》朋友們，去認清《金瓶梅》的真正問題何在？去認清《金瓶梅》的本來面目，是怎樣的一部書？它可能會在嘉、隆、萬三朝那樣一個淫縱的社會裏，秘密在文士手上傳抄了二十多年都沒有人去梓行它嗎？這不是問題嗎？這問題不應該去探討嗎？

7　拙作：《金瓶梅研究資料彙編》，下編。

8　拙作：〈金瓶梅這五回〉，《金瓶梅散論》。

　　關於此些問題，我曾寫了一封信給上海的友人陳韶兄，提出了十大問題，認為凡是從事《金瓶梅》研究的人，必須把這十大問題先作成了答案，然後方能去尋求創見來立說。這封信，我隨之又整理成文，發表在一九九〇年二月十二日《中央日報》長河版，今又收在《金瓶梅散論》作為代序。我之所以這樣苦口婆心的做，只是祈求從事《金瓶梅》的研究者，應去切切實實而徹徹底底的去認清《金瓶梅》的應去研究的問題何在？應去針對著應研究的問題，去尋據立說，萬別想到哪裏就寫到哪裏。浪費了許許多多寶貴的時間、浪費了許許多多寶貴的精神，豈不可惜！

　　《金瓶梅》在一開始問世，在文人手上傳抄時，便產生了問題。試問，它於萬曆二十四年（1596）冬初首次被袁宏道傳出，居然一連十年無聲無闃，毫無蹤影，也就是說，在這十年之間，至今沒有發現有其他任何人談到《金瓶梅》這部小說。到了萬曆三十四年（1606）秋，整整十年過去了，卻又偏偏的再被袁宏道傳播出來，他已把《金瓶梅》這部小說，寫入了《觴政》（酒令），配《水滸傳》為「逸典」，作為酒場甲令。還說：「不熟此典者，保面甕腸，非飲徒也。」根據他弟弟袁中道寫於萬曆四十二年八月的日記《遊居柿錄》，說是還是在萬曆二十五、六年間，隨同中郎在真州時，見此書之半。再根據袁宏道的進士同年謝肇淛的《小草齋文集》，約寫於萬曆四十四年間的〈金瓶梅跋〉，也說他尚未獲得全本，僅在中郎手上，得其十三，在諸城丘志充手上，得其十五，欠缺的十二還要俟之他日。都已清清楚楚的說明了，袁中郎（宏道）弟兄手上的《金瓶梅》祇有十之二多麼的不合情理呀，袁宏道居然把一本在自己也沒有見到的全本的書，（休說是沒有出版了。）寫入了《觴政》〈酒令〉，要飲者在行令時，配《水滸傳》，作為酒令的典故，豈不是強人所難！還說：「不熟此典者，保面甕腸，非飲徒也。」袁中郎怎麼會這樣不講情理呢？

　　試問，袁中郎為什麼要把一本連他自己也未抄得全稿的小說，寫入酒令，要飲者用作酒令的典故，這不是一個大問題嗎？

　　再說，自從《觴政》之後（萬曆三十四年〔1606〕之後）議論《金瓶梅》的文字，方始繼袁中郎之後，一一出現。換言之，我們今天讀到的有關明朝人議論《金瓶梅》的文字，除了袁中郎寫給董其昌的那封信之外，其他等人的議論，寫作的時間，全在萬曆三十四年之後。

　　試問，這不是一大問題嗎？

　　（袁中郎那封寫給謝肇淛還《金瓶梅》的信件，是後人偽託的。我有專文考證[9]。）

　　像上述這些問題，都是我這多年來，一絲絲縷出來的。這些問題，如不先去求得合乎情理而又有憑有據的答案，那就很難為「成書」問題「作者」問題來作正確的立說。

五

　　二十年了！我孜孜矻矻的、孤孤獨獨的，像一個獨入荒山的瘋漢似的，在《金瓶梅》這座迷宮中，尋尋覓覓，而且冷冷清清，好在並不慘慘淒淒，而是在尋覓中把迷宮中的道路，越摸越熟，還在企圖把出入迷宮的道路門徑，來指引所有的同道出入呢！

　　今年，我已是七十三歲的老人。多年以來，我都是獨自一人孤獨的探索。吳曉鈴先生說我的《金瓶梅》研究，是在「獨學無友」中進行著的。但又何止如此？寫出來的一篇篇，連我那身邊的最忠實的讀者老伴兒，也不理睬，他一看我寫的是考據，便說：「這種文章我不要看。」當然，報章雜誌也很少垂青於它。像那部近四十萬言的

9　見拙作《金瓶梅審探》。

《金瓶梅詞話註釋》，寫完後連一文稿酬也不曾獲得。轉售給臺北學生書局出版，剛剛再版；河南鄭州的中門古籍出版社印了大陸版，獲得了版稅兩千八百餘元（人民幣），今雖再版，一間版稅不過人民幣一百二十元。至今尚未料理。臺北的學生書局，卻不再版了。還有《金瓶梅箚記》、《金瓶梅幽隱探照》、《金瓶梅第五十二回至五十八回的比勘解說》，以及《金瓶梅這五回》，都是寫完了就送給出版者付梓。百分之十的版稅，半年一結，所獲版稅，有時連買書的錢都不夠付。每半年售出不過十、二十本而已。喜是孩子們已成人，各有生活職業，不用我為他們勞心勞力了。我的退休俸，半年一領，維持兩老的生活，也還差不多。孩子們也按月補貼些。因而我在家庭中，從不過問生活瑣事，每週四堂課的教授鐘點費，足夠我買書以及友情往還的應酬。如今，老人的睡眠是早睡早起。每天早上四點多就起身了，起身後就坐到書案後，繼續在《金瓶梅》的迷宮中尋尋覓覓，或有關戲曲方面的有興探索。就這樣，我的生活過的非常充實。每週，或兩週，總要有一天去圖書館，把讀書錄下的問題，查考其他史料。自己總覺得有「日起有功」的開展。

　　自從海峽兩岸的文化開放交流，我這老人的生活是更加充實了。同好的朋友們，越來越多。識者與不識者，彼此通訊頻繁。讀到的研究鴻文，也越來越多，幾有目不暇給之感。古人有言：「展卷有益」。誠然，最近這幾年來，我在獲得《金瓶梅》有關的問題上，又獲得了許多前時不曾想到的問題，卻能從新的史料中，開發出一條條新的門徑，啟示了一絲絲新的線索。說來，我已不是吳曉鈴先生說的「獨學無友」的時代，我已步入了同道之友遍天下的時代了。

　　雖然，我已是年逾古稀的老人，但粗體尚健，記憶當未減退。總還有幾年與友朋們相切相磋。有一點要說明的，我這老實人愛說老實話。千萬別罪我哦！

《金瓶梅》的作者問題
——寄所有研究《金瓶梅》的朋友們

　　直到今天，《金瓶梅》的作者是誰，仍在各言其是。指出的作者，有姓有名而又年籍俱詳者，陳詔先生的統計，已踰二十人。近數年來，又有增加，已不下三十之數。真是猗歟盛哉！

　　《金瓶梅》的作者是王世貞，而且還編了一篇感人的孝子報父仇的故事。此一說詞，流傳了近三百年。迨《金瓶梅詞話》一書出世，史家吳晗、鄭振鐸兩人，據書研判，作文立說，可以說早期傳說多年的王世貞一說，業已攤出史實，一一駁之。是從吳、鄭兩位史家之文的論證觀之，王世貞作《金瓶梅》之說，應不存在。然後，四十年後，還有人持此故說，咬定王世貞纔是《金瓶梅》的作者。

　　按考據一事，若是同一問題，已有論者占先，後論者若認為前之論者有失，立論不能存在，應舉證破之，斯所謂「先破而後立」也。不然，雖有其言麗矣！其語巧矣！亦勢難成其家室，蓋無建地以築之宮也。

　　近些年來，《金瓶梅》一書之研究，踵之《紅樓夢》，而風起雲湧，尤有過之。雖作者問題的審探，已成繁瑣之說，理其端緒，亦不外嘉靖、萬曆二說，即嘉靖年代人作與萬曆年間人作，祇此二說耳。

　　持嘉靖說者，以山東人李開先作之說，聲勢最盛。立說者有吳曉鈴、徐朔方、卜健，卜氏且有纍然巨著，肯定作者是李開先，無可疑者。持萬曆說者，人數極眾，所舉人選，從屠隆、屠本畯、賈三近、王稚登、馮夢龍，還有乃山西人作，以及說書人的底本，等等諸說，極難枚舉。而我之作此小文，未敢妄斷是非，只在學理上，提出

一些問題。此一理念，業已苦心孤詣數年矣！

　　凡所論及《金瓶梅》作者的諸公，從來不去想想《金瓶梅》三字問世後的演變問題。都是蘿蔔、白菜、豆腐、細粉一鍋煮。真格是大家都吃慣了大鍋菜養成的麼？

　　《金瓶梅》一書的最先見諸文字，是萬曆二十四年（1659）冬十月光景，袁宏道寫給董其昌的一封信上，首先說到了《金瓶梅》這本未完的書稿。我們應知道這是一封兩者友朋間的信件。這一封信件，刻在句吳袁無涯書種堂印行的《袁石公集》中的《瀟碧堂集》，梓行的時間，是萬曆三十六年（1608）秋。事實上，《袁石公集》到萬曆四十二年秋纔面世。這之間，萬曆三十四年（1606）秋，袁宏道離開他家鄉的柳浪湖，赴京選補儀曹職時期，寫了一篇《觴政》〈酒令〉，曾寫信給友人抄附《觴政》一編寄覽。在《觴政》一文中，寫了「以《金瓶梅》配《水滸傳》為逸典」的文詞，可以說，《金瓶梅》一書，實際上傳播於世人之口，時間已在《觴政》問世的同時，時間已是萬曆三十五年之後，去袁氏與董氏的那封信，已十年過矣！

　　我們再看明代文人在文字上寫到《金瓶梅》的時間，除了袁宏道寫給董其昌的那封信，為時最早（萬曆二十四年冬初），其次又是袁宏道寫入《觴政》中的次早，時間約在萬曆三十五年前後。他如屠本畯在《山林經濟籍》寫的〈觴政跋〉，說到《金瓶梅》，時在《觴政》以後。袁中道寫在《遊居柿錄》（日記）中的時間，已是萬曆四十二年八月。謝肇淛寫於《小草齋文集》中的〈金瓶梅跋〉，應在袁中道之後，最早也只能在萬曆四十二年以後。李日華寫於《味水軒日記》中的《金瓶梅詞話》，是萬曆四十三年十一月初五日。

　　至於薛岡寫於《天爵堂筆餘》中的話，時間已是天啟或崇禎，更晚了。沈德符寫於《萬曆野獲編》的話，也應在天啟末、崇禎初。他如馮夢龍的《三遂平妖傳》、張岱的《陶庵夢憶》，還有《韓湘子》、

《幽怪詩譚》、《魏忠賢小說斥奸書》、《今古奇觀》等等書上，也寫到《金瓶梅》一書，全在袁氏的《觴政》之後。東吳弄珠客的序，書明是萬曆四十五年季冬。

從史實上所有的文獻紀錄來看，結論業已呈現得清清楚楚。那就是：《金瓶梅》一書，最早出現於萬曆二十四年前後，是一部不完全的抄本。其內容若以袁宏道的那句「雲霞滿紙，勝枚生〈七發〉多矣」來作論判，可以肯定的說，袁宏道（中郎）最早讀到的《金瓶梅》，應是一部關乎政治規諫的說部。但在十年之後，袁宏道寫《觴政》以「《金瓶梅》配《水滸傳》為逸典」的時候，足以證明這時的《金瓶梅》已是與《水滸傳》的姊妹淘矣！

我們從這些史料上看，《金瓶梅》一書的公諸於世，歸功於袁宏道的《觴政》一編。論說到《金瓶梅》的明代人，除了袁宏道一人，其他人等，說到《金瓶梅》一書的時間，全在《觴政》之後。在《觴政》以前，《金瓶梅》的不完全抄本，除了袁宏道與董其昌兩人之外，未見隻字涉及第三人。連董其昌其人，也未見有隻字反應。說起來，董其昌只是不聞不問，只能算得表示沈默而矣！應知「沈默」也是意見，不表示是「默認」也。

基乎此，我《金瓶梅》一書的抄本，分作前期後期。前期是萬曆二十四年冬到三十五年夏。後期是三十五年夏到萬曆四十八年冬。前期抄本，悠悠然沈默了十年有餘。後期抄本，全在文士之間傳抄。更奇特的是，這些傳抄到手的文士，十之八與袁氏兄弟有直接或間接的交往。試問，這些問題不去研究它嗎？

這一抄本，居然有了刻本，而且有了兩種，相間的時間，不過數年。大家都說得出的，一是「詞話」、一是「崇禎本」。

這兩種刻本，自然是從抄本而來。那麼，在明代萬曆三十四年之後的傳抄本，無一人手上是「全本」。刻出的兩種刻本，相異之處

極大。因而有人說是來自兩種不同的抄本，遂認為《金瓶梅》在傳抄時代，就有兩種不同的底本在傳抄。擬一推想，不能說不是一個問題。這問題，自也牽涉到作者，那就是，何以有兩種不同的抄本？怎麼來的？試問，應去研究一番吧。

我把話簡明扼要的說在這裏，請問，關於《金瓶梅》的作者問題，不是挺複雜嗎？若以現有的史料來說，我們研究《金瓶梅》的作者是誰？首先要想到的應是抄本與刻本之間的問題，抄本有前期、後期的牽連問題，刻本也有前期、後期的牽連問題。

前期抄本何以默默十年無人傳抄？也無人提及它？後期抄本何以悠悠十年只傳抄在文士之間？這些傳抄到《金瓶梅》的朋友，何以十之八九都是與袁氏兄弟有關聯的人物？

前期刻本何以刻出後流傳甚少？何以內容與欣欣子序說不同？後期刻本何以同時刻行兩種？何以十餘年間即流變成十餘種之多？

前後期刻本之內容不同，是源自後期抄本有異？還是出版者的為出版多銷而改寫？

從事《金瓶梅》研究的朋友，若想去探尋《金瓶梅》的作者是誰？總應該把我上述的這些問題，一一探討清楚，纔能去論作者是誰？這作者，是前期抄本的作者？還是後期抄本的作者？

那麼，這作者是前期刻本的作者？還是後期刻本的作者？還有，《金瓶梅》在後期傳抄中，就有兩種不同的底本嗎？試問，豈不是應該把這許多問題，一一探討清楚，然後才能去寫作你的論點呢？說起來，傳世的《金瓶梅》兩種刻本中的問題，都相當多。

譬如《詞話》第六十五回中的凌雲翼、狄斯彬，都是《明史》列傳中的人物，凌雲翼在萬曆二十年前後還活著。說這書是嘉靖間的作品，這些類似的明代人物不只一位，能丟下不管？李開先的戲曲《寶劍記》作於嘉靖二十六年，萬曆間人當然能引錄到作品中來。明代嘉

靖以後，社會淫靡，公府不禁春情文字，連賞圖也任由市肆懸之架上。所以鄭振鐸說：「而那個淫縱的時代，又是那樣需要這一類的小說。所以，此書的著作時代，與其說在嘉靖間，不如說是在萬曆間為更合理些。」前一見解，指的是歷史基礎，後一說法，指的是歷史因素。我曾經與朋友們談到治學的方法，尤其是小說方面，論者立論，必須掌握到的歷史基礎、社會因素，另一項便是訓詁方法。我們為了要把前人的論述，引來作我們立論的輔佐，往往穿鑿附會，訓詁成與己有利的文意。這一點，也是治學的禁忌。當然，把章句、文義，訓詁錯了，那也是很慚愧的。

　　這簡短的說帖，請朋友們權作參考可也。

　　　　　　　　　　　　　　民國八十五年（1996）一月二十三日

李瓶兒葬禮上的壇場與法事
——《金瓶梅》的宗教觀

　　我國在姬周以前，尚無所謂「宗教」一辭，所宗者只是敬天地、祀鬼神而已。在人們心目中，天最大，所謂「昊天罔極」，認為天是無邊無際涯的。而且，風雨雷電，來去無時；地生萬物，而旱潦靠天，蟲之益害亦靠天。有時地也震怒而塌陷，且水淹火焚。這些天地間的神與魔，是人不能禦的。只有崇敬天地間之神，而求之驅魔降福下祐。

　　死去的親人，離開了人世，成為鬼物。遂也建廟而祀之，設立以祀之[1]。於是人們有了敬天地、祀鬼神之禮儀，筆之於書矣。

　　迨老聃昌人生應法自然之理，弘論治人安命，應以自然為道。蒙周起而大力闡揚，挾鯤鵬翼翅水空之長才[2]，於焉「道也」名之矣！從此，人生有了仙家之境，有了不老長生之望。人能不老而長生，復誰不期？自有人利而用之，立教義焉！設法壇焉！建觀院焉！煉金丹焉！老聃李子，遂成教宗，尊之為君，祀之為神、為仙。

　　漢之張道陵不是依照這一人之心理道路，為老子的道經五千

---

[1] 死去的長輩，稱之為「祖」，建廟以祀之。封建時代，裂土分封，以爵分立先代之位多寡。禮訂天子七廟，自太祖直到第七代，以太祖為宗廟居中，謂之「太廟」。其次是左昭三、右穆三，之後則遞次一一升入太廟，立位侍祀太祖左右。（姬周則在太廟左右，建文武二王廟，永存不毀，是以周有七廟。）諸侯五廟，大夫王廟，士一廟，庶民祀於室。老百姓只能立祖先牌位於正堂廳中。不可立廟。

[2] 見《莊子》〈逍遙遊〉：「北冥有魚，其名為鯤，鯤之大，不知其幾千里也。化而為鳥，其名為鵬，鵬之背，不知其幾千里也。怒而飛，其翼若乘天之雲。……」

言，立下了「道教」[3]的嗎？

　　佛家之教義，傳自外邦（來自印度人所共知），其時也在漢朝，而昌盛則在李唐。佛家教義，講宿命，論因果；善有善報，惡有惡報。此一教義，正適合人類的現實人生，自能獲得大眾的崇仰與信賴。

　　由於儒家的禮儀，乃人文主義的先祖，所論者悉為人與人之間的「禮」之「宜」（義）。何謂「宜」（義）？天下人都認為對的那個「理」字，就是「宜」（義）。故所講「禮者，理也。」又所謂「義者，宜也。」然而，「禮的本義（也可以說是本質）是甚麼？」仲尼先生說：「禮之用和為貴，先王之道斯為美。」蓋禮的本質，就是個「和」字。然而這個「和」字，卻得以樂和之。我們常說的「禮樂之教」，即指此。

　　「禮」，法也；繩其外。「樂」，和也；理其內。宗旨是「法天」、「法人」。所謂「法天」，乃法乎天理；日出日落，四季循環，此天理也。所謂「法人」，乃法乎情，父子有親，君臣有義，夫婦有別，長幼有序，朋友有信，此人情也。天理，怎能違！是以仲尼云：「獲罪於天，無可禱也。」同樣的，人情怎能違，違則人生之序亂。若人生之序亂，國也，必無寧日。

　　正由於我們中國在此一「法天」、「法人」的政教合一之「禮樂」[4]教育社會中，生活了數千年。這被稱之為「儒」的人生意念，在我們中國人的心目中，可以說是「根深柢固」。那麼，儘管兩漢以後，有

3　道教創於東漢末沛人（豐縣）張道陵，尊李耳「老子」為道家。據《道德經》五千言弘為道書。子孫相傳，後代帝王崇道者，加封名號。道教遂為之昌盛。

4　按「禮樂」之教，始於堯舜之郅治，姬周雖禮而弘之，無乃增五音（宮、商、角、徵、羽）為七。（加文武二弦於五弦之上，遂改五弦琴而為七弦琴）於焉也，「六律」（六呂六律）無能正「七音」，禮與樂，不相協矣！

所謂由儒學分枝出的「道家」，以及由外來的「佛家」（釋家）等「宗教」觀，滲入了我們中國人的生活意識中，人生觀有了修道成仙與人人都有佛性都能成佛的思潮，卻也只能匯入了儒學之「法天」、「法人」淵海中合而為一。

於是，這「三教合一」的人生觀，便在我們中國社會間形成。此一「三教合一」的人生觀，形成之始，固可上推到魏晉，或更遠些，但突出的表現在大量文學作品的時代，竊以為當推宋明這一朝。其代表作，應推《金瓶梅》為魁首。

何以？一是長篇小說始於明代，二是明代幾大長篇小說中，描寫現實社會人生者，獨有《金瓶梅》一書[5]。

按《金瓶梅詞話》一書，乃明代萬曆中葉產物。

這一部描寫現實社會人生的小說，呈現出的宗教觀，已是極為鮮明的三教合一。雖然，孔孟之論，僅以「仁」之一字期人，期人「修己復禮」以成大我利眾之仁人君子；推己以及人。此一行為規範，可以說不易在《金瓶梅》一書的字面上尋得，然卻唔唔嗯嗯隱寓於語調餘音之間，穿插於故實情節之上。譬如在危難到來突感避之無路、藏之無處時，就會脫口喊天[6]。受了對方欺凌，就會想到「要憑天理」[7]。儘管成天唸經求和尚做法事，生了孩子寄名道觀做小道士，卻也會說「人死如燈滅」[8]。老婆偷人，也會脫口罵出「那沒人

---

[5]　以現實之社會人生筆之於小說，且洋洋灑灑達百萬言，且鞭辟入裏，質之宇寰，亦無不推之《金瓶梅》為鼻祖

[6]　第三十九回潘金蓮思念西門慶自彈琵琶唱的曲子：「論殺人好恕，情理難饒，負心的天鑑表。」雖是前人句，卻在潘金蓮口中唱出。

[7]　該「詞話」本第二十六回，宋惠蓮責西門慶：「你也要（合）憑個天理。……」

[8]　同書第六十二回，西門慶向李瓶兒說：「人死如燈滅，這幾年知道他往哪裏去了。」（指死去的花子虛）。

倫的豬狗」[9]。這些，都是我儒家的人生觀。此一人生觀，應說是我們中國人的人生根本意念，根深而柢固。由於它不是宗教，沒有嚇阻作惡者的地獄之設，也沒有西天極樂世界的天堂之望，更無修道可以成仙，理佛可以成佛的教理弘揚。孔孟之說，只是教人應去做一個與禽獸有別的人而已。若僅是外著人之衣冠而心禽獸之行，則人類之「衣冠禽獸」矣！

　　那麼，若以此一意念來讀《金瓶梅》，則所寫之人生，乃以儒家哲思為之根也。至於所寫釋、道兩家，大都直筆寫其真而且實的場面。但如以比量來說，則又以描寫道家者較多。自是當時社會的現實樣相。

　　這裏，舉出兩處立論。（其他當有道家法事大場面。）

一　潘道士登壇

　　按《金瓶梅詞話》所寫有關道家的情節，比釋家多。由道家的道士，到西門家設壇打醮做法事，較大的有兩處，一是第六十二回：「潘道士解禳祭登壇」，二是第六十六回：「黃真人煉度薦亡」。都是為李瓶兒安排的，第一次為李瓶兒的病解禳。第二次為李瓶兒的死薦亡。

　　這潘道士是五岳觀的，他治病的法術是「符水」[10]，療效是「遣邪」[11]。這時病入膏肓的李瓶兒，神志業渙散，只要一閉眼睛，就看

9　同書第二十五回，來旺罵他老婆宋惠蓮：「有人親（眼）看見你和那沒人倫的豬狗有首尾。」

10　畫符於黃色紙上，以火焚之。留下紙灰以水噴入口中，然後噴水出之，現出異相。說是天神下降。

11　「遣邪」意即驅走邪魔。這五岳觀的潘道士，外號說叫：「潘捉鬼」。

到花子虛抱著官哥來接他，說是：「房子」已買妥了。所以要請五岳
觀的潘道士前來「遣邪」。

　　西門慶領了那潘道士進來，就寫了一大段文字，描寫那潘道士
的形相：

　　頭戴雲霞五岳觀，身穿皂布短褐袍。
　　腰繫雜色綵絲絲，背上橫紋古鋼劍。
　　兩腳穿雙耳麻鞋，手持五明降鬼扇。
　　八字眉，兩個杏子眼，四方口，一道落腮鬍。
　　威儀凜凜，相貌堂堂；
　　若非霞外雲遊客，定是蓬萊玉府人[12]。

　　那麼，這潘道士是怎樣來作法的呢？下寫：

　　只見進入角門，剛轉過影壁，恰走到李瓶兒房，穿廊臺基
　　下。那道士往後退訖兩步，似有呵叱之狀。爾語數四，方纔
　　左右揭簾，進入房中。向病榻而至，運雙睛努力，似慧通神
　　目一視。仗劍手內，掐指步罡，念念有辭，早知其意。走出
　　明間，朝外設下香案，西門慶焚了香，這潘道士，焚符喝道：
　　直日神將，不來等甚，噀了一口法水去。見一陣狂風所過，
　　一黃巾力士現於面前。但見黃羅抹額，紫繡羅袍。獅蠻帶緊
　　束狼腰，豹皮鱗牢拴虎體。常遊雲路，每歷罡風。洞天福地
　　片時過，岳瀆酆都撚指到。業龍作孽，向海底以擒來。妖魅
　　為殃，劈山穴而提出。玉皇殿上，稱為符使之名。北極車
　　前，立有天丁之號。常在壇前護法，每來世上降魔。胸懸雷

12　「玉府」，即道家玉皇大帝所居之處。亦即「三清」之「玉清」，為元始天尊。（非
　　《周禮》之官名。）

部赤銅牌，手執宣花金蘸斧。

那位神將，拱立墀前，大言召吾神，那廂使令？潘道士便道：
「西門氏門中，李氏陰人不安，投告於我案下，汝即與我拘當
坊土地，本家六神，查考有何邪祟，即與我擒來。毋得遲
滯！」言訖。其神不見。須史，潘道士瞑目變神，端坐於位
上。據案擊令牌，恰似問事之狀。久久乃止。

這一段關於潘道士之登壇作法的描寫，用的半文半語的文體。
不但寫出這位潘道士的穿著，打扮得與平常人不一樣，寫到他的本
領，卻又幾乎是能召一位天上的大神下世。說：「業龍作孽，向海底
以擒來；妖魅為殃，劈山穴而提出；玉皇殿上，稱為符使之名，北極
車前，立有天丁之號。常在壇前護法，每來世上降魔。胸懸雷部赤銅
牌，手執宣花（似為化）金蘸斧。」他召來的是一位「黃巾力士」。
說是這位「黃巾力士」（神將）到來，站立階前，竟「大言召吾神，
那廂使令？」於是潘道士便命令這位神將為西門李氏去「拘當坊土
地，本家諸神，查考有何邪禁，即與我擒來，毋得遲滯！」這潘道士
還「端坐位上，據案繫令牌，恰似問事之狀。」此一道士登壇作法的
情態，誠然大神在行令。

那位在潘道士一口法水「噴出」，便「一陣狂風所過」，這位「黃
巾力士」（神將）便現身壇前。未免今之「大魔術家」的行事。這位
潘道士可真是有一手也。

（在前一回（六十回），寫李瓶兒的病容，是「面如金紙，體似
銀條。……喪門弔客已臨身，扁鵲盧醫難下手。」則是打從《水滸傳》
第五十四回寫柴皇城的病態那段辭采錄來。想來，此段文字，似也是
打從別處錄來。）

行法之後出來，西門慶讓至前廳捲棚內。問其所以，潘道士答

說：「此位娘子，惜乎為宿世冤愆，所訴於陰曹，非邪祟也。不可擒之。」西門慶道：「法官可解禳得麼？」潘道士說：「冤家債主，須得本人。可捨則捨之。雖陰官亦不能強。」因見西門慶禮貌虔切，便問「娘子年命若干？」西門慶道：「屬羊的，二十七歲。」潘道士說：「也罷，等我與祭祭本命生壇，看他命燈如何？」西門慶問幾時祭，潘道士說：「今晚五更正子時，用白灰界畫，建立燈壇，以黃絹圍之，鎮以生辰壇斗，祭以五穀棗湯。不用酒脯，只用本命燈二十七盞，上浮以華蓋之儀，餘無他物。壇內俯伏行禮。貧道祭之，雞犬皆關去，不可入來攪。可齋戒青衣在內（指西門）。」這西門慶都一一備辦停當，就不敢進入。在當房中沐浴齋戒，換了淨衣。那日應伯爵也不家去了，陪潘道士吃齋饌，到三更天氣，建立燈壇完畢。

　　潘道士高坐在上、下面就是燈壇。按青龍白虎朱雀玄武。上建三臺華蓋。周列十二官辰。下首纔是本命燈。共合二十七盞。先宣念了投詞。西門慶穿青衣。俯伏階下左右盡皆屏去。再無一人在左右。燈燭熒煌。一齊點將起來。那潘道士。在法座上披下髮來。仗劍口中念念有詞。望天罡取真炁。布步訣躡瑤壇。正是三信焚香三界合。一聲令下一聲雷。但見晴天星明朗燦。忽然一陣地黑天昏。捲棚四下皆垂著簾幙。須臾起一陣怪風。所過正是：

　　非干虎嘯。豈是龍吟。彷彿入戶穿簾。定是摧花落葉。推雲出岫。送雨歸川。鴈迷失伴作哀鳴。鷗鷺驚群尋樹杪。嫦娥急把蟾宮閉。列子空中叫故人。

　　大風所過三次。一陣冷氣來。把李瓶兒二十七盞本命燈。盡皆颭盡。惟有一盞復明。那潘道士。明明在法座上。見一個白衣人。領著兩個青衣人。從外進來。手裏持著一紙文書。呈在法案下。潘道士觀看。卻是地府勾批。上面有三顆印信。諕的慌忙下法座來。向前喚起西門慶來。如此這般。說道官人。請起來罷。娘子已是「獲罪於

天，無可禱也[13]。」

那西門慶聽了，低首無語，滿眼落淚，哭泣哀告，萬望法師搭救則個。潘道士道：「定數難逃，難以搭救了。」就要告辭。西門慶再三款留，等天明早行罷。潘道士道：「出家人草行露宿，山棲廟止，自然之道。」西門慶不復強之，因令左右捧出布一疋、白金三兩，作經襯錢。潘道士道：「貧道奉行皇天至道對天盟誓，不敢貪受世財，取罪不便。」推讓再四，只令小童收了布疋，做道袍穿。就作辭而行。囑咐西門慶：「今晚官人，卻忌不可往病人房裏去，恐禍及汝身。慎之慎之！」言畢，送出大門，拂袖而去。

從這段描寫的潘道士在壇上作法，委實像神仙似的。他能「一聲令下一聲電」。這時，所見及的天象是：「晴天，星月明燦。」卻忽然「一陣地黑天昏，捲棚四下皆垂著簾幙」，竟須臾颳起一陣怪風（還寫了一段駢文形容這陣風）。

這大風所過三次，一陣冷氣來，把李瓶兒二十七盞本命燈，盡皆颳盡。惟有一盞復明。這道士還能看見一個白衣人領著兩個青衣人從外進來。手裏還拿著一紙文書，呈在他法案下。「卻是地府的勾批。上面還有三顆印信。」

好在這裏寫的都是「那潘道士明明在法座下」見到的，不是西門慶等人的眼也見到的。然而，那「雷聲」、那「一陣天黑地暗」、那捲起簾幙的「一陣怪風」。那「怪風」，連嫦娥也急把蟾宮閉，列子飛在空中，也會叫「故人」救援。

（這裏卻未寫在場的西門慶有所驚懼之情。與漢人張平子的《兩都賦》的描寫，在文字藝術上，毫釐千里矣！）

（這一大段描寫，想必也是從他處移植而來。）

---

[13]　語出《論語》〈八佾〉，意為人之行事，不可違悖天理。悖天理，則求助無門。

　　（這位潘道士，只是清河附近五岳觀的道士。外號「潘捉鬼」，由應伯爵推薦而來，本不是一位有高深道學的道士。然所寫作法的氣派，縱以魔法論之，潘道士已非等閒之輩，怎的還在小地方為人「捉鬼」為生？）

　　（想來，若是等處，似乎都不是《金瓶梅》的原抄本情節。）

二　黃真人煉度薦亡

　　李瓶兒的命，是討不回來了。五岳觀的潘道士已查明這是「宿世冤愆，非邪祟也。」因為那「冤家債主」必須要本人了卻冤債。這「冤鬼」是擒不來的。那麼，再從「本命燈」上求得一線之光呢？也求不來了。因為「地府」已經「勾批」，且已蓋過了「三顆印信」。李瓶兒的償命冤債，業已判決定案。享年二十七歲，一命嗚呼！

　　李瓶兒死了，西門慶為了要把喪事辦得夠體面，免得社會人等說閒話。（李瓶兒帶了大批金銀財寶來的。）除了棺木選最好的，出殯時的場面，更得加以鋪張，佛家、道家的法事，更是不可少的了。

　　湊巧，朝廷派了一位名叫黃元白，稱為「黃真人」的道士，到泰安州玉皇廟，進金鈴吊掛御香，要在玉皇廟建七晝夜羅天大醮。趁著他尚未起阜離去，應伯爵便建議西門慶教吳道官請他到來，做高功領行法事。圖他個名聲也好看。於是，西門慶便接受了此一建議，而且要全堂加添二十四眾道士，做一晝夜齋事。至於原定的吳道官的齋事，仍由吳道官主行，只請黃真人做「高功法事」就是了。問題只要西門慶多費幾兩銀子。就這樣，道場上的法事，又多了一個黃真人。

　　次日早起往衙門中去。早有玉皇廟吳道官。差了一個徒弟。兩名鋪排。來在大廳上鋪設壇場。上安三清四御。中安太乙救苦天尊。兩邊東嶽酆都。下列十王九幽。冥曹幽壞監壇神虎二大元帥。桓劉吳

魯四大天君。太陰神后。七真玉女倒真懸司。提魂攝魄。一十七員神將。內外壇場。鋪設的齊齊整整。香花燈燭。擺列的燦燦輝輝。爐中都焚百合名香。周圍高懸吊掛。經筵羅列。幕走銷金法鼓高張架。彩雲鶴旋繞。西門慶來家。看見心中大喜。打發徒弟鋪排齋食吃了。回廟中去了。隨即令溫秀才寫帖兒。請喬大戶吳大舅。吳二舅花大舅。沈姨夫孟二舅。應伯爵謝希大。常時節吳舜臣。許多親眷。井堂客。明日念經。家中廚役。落作治辦齋供不題。

　　次日五更。道眾皆挨門進城。到於西門慶家。叫開門進入經壇內明起燈燭。沐手焚香。打動響樂。諷誦諸經。敷演生神玉章。鋪排大門首掛起長旛。懸吊榜文兩邊黃紙門對。一聯大書。東極垂慈。仙識乘晨而超登紫府。南丹赦罪。淨魄受煉而逕上朱陵榜上寫著。

　　大宋國山東東平府。清河縣。某坊居住。奉

　　道追修孝夫信官西門慶。合家孝眷人等。即日皈誠。上干慈造。意者伏為室人李氏之靈。存日陽年二十七歲先命辛未相。正月十五日午時受生。大限於政和七年。九月十七日。丑時分身故。伏以伉儷情深歎鳳鸞之先別。閨門月冷。嗟琴瑟以斷鳴。徒追悼以何堪……憶音容而緬想。光陰易逝。五七俄臨。欲拔幽魂敬陳丹悃。謹以今月二十日。伏延官道。爰就孝居。建盟真煉度齋壇。庸頒玉簡。演九轉生神。寶範奏啟琅函。逈獅馭以垂光。金燈破暗降龍章而滅罪。鐵柱停酸。爰至深宵度。綵橋而鳴玉珮頻澮沆瀣。登碧落而謁金真。伏願玉陛垂慈青宮降鑒。廣覃惻隱之仁。大賜提撕之力。亡魂早超逍遙之境滯爽咸登極樂之天。存歿眷屬。均沐休祥。願親人等。同登道岸。凡預薦修。悉希元化。故榜。　　政和年月日榜。

　　上清大洞經錄。九天金闕大夫。神霄玉府。上筆判。雷霆諸司府院事。清微弘道。體玄養素。崇教高士。領太乙官提點皇壇知磬。

兼管天下道教事。高功[14]黃元白奉行。

　　大廳經壇。懸掛齊題二十字。大書：「青玄救苦頒符告簡。五七轉經。水火煉度薦揚齋壇。」即日，黃真人穿大紅。坐牙轎，繫金帶。左右圍隨。儀從喧喝。次日高方到，吳道官率眾接至壇所。行畢禮。然後西門慶著素衣絰巾拜見迎茶畢。洞案傍邊。安設經筵法席。大紅銷金卓幃。粧花椅褥。二道童倚立左右。其其人儀偉容貌戴玉冠。韜以烏紗。穿大紅斗牛衣服。靸烏履。登文書之時，西門慶備金段一疋。金字登壇之時，換了九陽雷巾。大紅金雲白鶴法氅。與袖飛鬉。腳下白綾軟襪。朱紅登雲朝舄。朝外建天地亭。張兩把金傘。蓋金童揚煙。玉女散花。執幢捧節。監壇神將。三界符使。四直功曹。城隍社令。土地祇迎。無不畢陳。高功香案。上列五式天皇。號令召雷皂纛天蓬。玉尺七星寶劍。淨水法盂。先是表白宣畢。齊意齋官。沐手上香。詞懺。二人飄手爐。向外三信禮召請。然後高功繫令焚香。蕩穢淨壇。飛符召將。關發一應文書符命。啟奏三天。告盟十地。三獻禮畢。打動音樂。化財行香。

　　西門慶與陳經濟。執手爐跟隨。排軍喝路。前後四把銷金傘。三對纓絡捶搭。孝眷列於大門首。孤魂棚建於街。上場飯淨供委付四名排軍看守。行香回來。安請監齋壇已畢。在捲棚擺齋。

　　那日各親友街鄰夥計。送茶者絡繹不絕，西門慶悉令玳安王經。收記。打發回盒人銀錢。早辰開啟。請三寶證盟。頒告符簡。破獄召亡。又動音樂。往李瓶兒靈前攝召引魂。朝參玉陛。傍設幾筵。聞經悟道。

---

[14]　「高功」，指的是奉朝廷欽派到泰安州玉皇廟作「高功」領行法事。在表上便以欽定「高功」兩字為銜。（也許在道家法事上，有「高功」此一名詞。留待諳道教者疏解。）

高功搭高座。演九天生神經。焚燒太乙東嶽酆都十。王冠帔雲馭。午朝高功冠裳步罡踏斗。拜進朱表。逕達東極青宮。遣差神將。飛下羅酆。

原來黃真人年約三旬。儀表非常。粧束起來。午朝拜表。儼然就是個活神仙。端的生成模樣。但見：

> 星冠冠攢玉葉。鶴氅縷金霞。神清似長江皓月。貌古如太華喬松。踏罡朱履步丹霄步虛琅函浮瑞氣長髯廣頰修行到無漏之天皓齒明眸。佩籙掌五雷之令。三島十洲。存性到洞天福地。出神遊高澗沆瀣靜裏朝元。三更步月鸞聲遠。萬里乘雲鶴背高。就是都仙太史臨凡世。廣惠真人降下方。

拜了表文。吳道官當壇。頒生天寶籙。神虎玉箚。行畢午香。回來捲棚內擺齋。黃真人前大桌面定勝。吳道官等稍加差小。其餘散眾俱平頭桌席。黃真人。吳道官。皆襯段尺頭。四位披花。四疋絲紬。散眾各布一疋。桌面俱令人抬送廟中散眾。各有手下徒弟收入箱中。不必細說。吃畢午齋。謝了西門慶。都往花園各亭臺洞內遊玩散食去了。

從全部《金瓶梅詞話》來看，描寫道家法事的場面，比佛家多。除了這兩位道家的法事場面較大，他如第五十三回的錢痰火，他並非道士，只是協助道士燒紙碼的燒火者，俗稱之為「火鬼」，也居然戴起了道士巾，穿上了道士的法衣，到西門家做起捉鬼的法事。連那身著五品官服的西門慶，也百依百順的照著他的法語跪拜如儀。而且行為好笑，「口邊涎淕，捲進捲出」；頭得上得下，像磕頭蟲似的。看去不像是為人醫病，倒像是演把戲。還有那劉婆子的「謝土」與「收驚」。都是當時現實社會上的民風實錄。

當然，佛家人在那個現實社會上，也相當多，和尚、姑子，也

是當時民家生活所仰仗的人物。只是在壇場上法事的場面上，沒有本文上舉的兩處鋪張。至於第八回的「燒夫靈」那一場佛家法事，雖也有個頗為鋪張的場面，卻是全部由《水滸傳》移植來的。其他，寫到佛家大場面之處，只末一回的「普淨師薦拔群冤」。

　　說來，《金瓶梅》的社會，正是晚明那個三教合一而佛道二家難以界分的時代。《金瓶梅》乃筆其現實社會之如實樣像也。

第四輯
特殊人物

西門慶這個人物[編按1]

　　按《金瓶梅》這部小說的主要人物是西門慶，這個人物的性格行為，以及其外貌，便具有兩大要件。頭一件，他很會撈錢；第二件，他性有異稟，最長於降服女人。這兩大本領，都不是平常人所能做到的。

　　所以，《金瓶梅》這部書的內容，在故事情節上，著眼的只是「財色」兩字。換句話說，《金瓶梅》的百萬言篇幅，寫的不過是西門慶是怎樣的搞錢，是怎樣的玩女人而已。

　　簡而言之，《金瓶梅》寫的只是西門慶這個人在搞錢和搞女人兩件事。當然，這兩件事寫的是西門慶的生活表層。我們先來介紹西門慶這個人物的出身。

　　西門慶的祖上，只是清河縣賣草藥的，開了一片生藥舖。到了他父親這一代，生藥舖的生意已經沒落，所以西門慶的父親西門達去西川等地，作絲綢的生意。在小說的故事裡，寫到西門家只有西門慶一個孤丁，其他什麼人都沒有。可是，到了《金瓶梅》出現的時候，西門慶已經發了財，西門大郎已經升級到西門大官人。與當地的知府大人都有往還，更不用說縣太爺了。

　　西門慶不大識字。基乎此，可以想知他小時候家中貧困，他上不起學。長大了，他卻是清河縣首屈一指的幫會頭子。他的幫會名稱叫：「十兄弟」（死了一個必須補上一個，總要湊成十個兄弟。）

　　可以說，西門慶的發跡，靠的就是他的「十兄弟」幫會。在十兄弟中，他的年齡最小，論排行，他倒是老大。可以想知此人的不平

編按1　原載於《國文天地》第15卷第3期總號171（1999年8月），頁71-74。

凡，是個有本事的人物。那麼，西門慶是怎樣發起來的呢？

第一，西門慶有賺錢的本領。

西門慶的家庭，本來就是商場上做生意的。他出生的時期，生意已經沒落，所以西門慶從小沒有上過學，在混混裡混日子。很顯然的，西門慶這人有絕頂的聰明，可能不到二十歲就混到了幫派老大；結合了十兄弟，在黑社會中打滾幾年，便混到了家業萬貫，田裡有農莊，市場有商店，妓院是他的休憩玩樂場所。在官的老爺們，要是不靠西門慶這樣一位在商場上玩的轉的人物，又怎能發財升官？歷史告訴我們，明代的縣太爺，每月的俸祿，不過十來兩銀子。

把話說到這裡，大家準能知道，西門慶在商場上，之所以能發起來，正因為他有本領與官場勾結。所以西門慶在商場上做的是一本而萬利的生意。

《金瓶梅》中寫有這麼一句聽來很可怕的話：「要得富險上做」，西門慶這個人物的所作所為，全是膽大妄為在「險」字上幹。可是他能幹得安全，無虞後患。在他沒做官時，他會用銀子買通官府上下，打通關節。做了官，更是如魚得水、上下交徵利的幹。殺人犯，他敢賣放；有利可圖的生意，休想有別人能攬得去。在沒有得官時，他就攀緣到朝中的近臣楊戩；楊戩到了，聖旨下，要將爪牙們捉去枷號一月，充軍邊塞，西門慶卻有本領花錢勾去了他的名字。後來，他又高攀到當朝太師蔡京，送上二十幾擔大禮，買來一個從五品的提刑副千戶。越發地助長了西門慶的敢於「險上做」的膽子。他犯了案，雖經巡按御史參劾，可是參本尚未送到京城，他的銀子，已把參本化為烏有。（相反的，那位奏上參本的御史，竟然調了職務。不久，被羅上一個罪名，充軍嶺表。）

從此，西門慶的聲望氣勢，越發的顯赫。實際是，無人不視之如虎如狼，無人不畏之不敢怒也不敢言。

　　第二，西門慶有玩女人的雙重本錢。玩女人這個名堂，在西門慶具有一般人沒有的那種優越條件。

　　首先，他生成一副雄偉的身材、潘安的貌相，又是一位在社會間玩得轉的人物（不是他有錢，西門慶玩女人可不肯花錢）。另外一件，西門慶有性行為的異稟，可以在床笫之間，使得女人屈服討饒。何況，他還有胡僧給的壯陽藥物。所以西門慶在這方面最神氣，也最為逞能。結果，西門慶就死在這才能上頭。

　　西門慶一共娶了七個妻妾，收了一個丫頭（第一個髮妻陳氏的丫頭孫雪娥）。說開始時，第二房卓丟兒還沒有死，在病中，是妓家女，卓丟兒死了，娶了李嬌兒也是妓家女。以後便陸續娶了吳月娘填房、李嬌兒二房，再娶孟玉樓、潘金蓮、李瓶兒。

　　他娶的兩個妓女，都是私房銀子。（西門慶之一再娶妓女為妾，並且排在第二，目的是與妓家結為姻親，便於在妓家獲知社會間各方的信息。）娶孟玉樓更不用說了，孟玉樓帶著他楊家的動產嫁過來的。只有潘金蓮是個窮人，李瓶兒嫁過來，帶著無價的珠寶以及金塊銀錁子，可以說不但帶來了花太監的一生積聚，連花家的不動產（那五進院子的房屋）都變成西門家的。吳月娘是千戶之女，說得上是大家閨秀。二十多啦！高不成低不就，纔填房過來的。嫁過來，前房遺有一個十多歲的女兒。進門後，既是妻子，又是母親。

　　除了家中的六房妻妾，家中的丫頭僕婦，祇要西門慶看上（不是愛上），丫頭僕婦，又誰肯拒絕。使喚的小子，他也在興來時，走走後門。妓家的粉頭，更是一個個心甘情願的，去伺候西門老爺。

　　另外，他還不時漁色那能打硬仗的女人。那位招宣使夫人林太太，就是這種女人。這種女人，不但不要錢，還倒貼。

　　從《金瓶梅》小說寫的故事情節來看，西門慶在女人身上，絕少會花下大把銀子錢。連妓家女都算上，他勾搭上潘金蓮，也只花去三

幾十兩銀子在王婆子身上。家中的八房妻妾，我們知道的這六房，除了潘金蓮，連孫雪娥這個丫頭胚子，都在倒貼。孫雪娥做的是廚娘工作，累死累活，還挨罵受氣，何嘗算過工錢？一年之間，漢子也未必會到他房裏歇上一夜！

　　算來，被西門慶沾染上身子的女人，以及家童，近二十人。算到明處的只有妓家女李桂姐包月時，花了幾十兩銀子。另外一位便是韓道國的老婆王六兒，他之獻身給主子，使那縮頭漢子，得到去江南做買辦的工作。西門慶死後，夫婦倆拐走了幾千兩銀子的貨物。其他的女人，何嘗沾到西門慶的光。

　　西門慶對於女人，只有那麼一件事，脫了衣服上床，還得任憑他去玩弄。像王六兒，得岔開腿兒讓西門慶用艾球兒點成火去燒疤。像潘金蓮、李瓶兒，違犯了他的意，得自動脫光了，挨他的馬鞭子。一時火來，拳打足踢。

　　只有對大婆吳月娘，他讓著幾分。因為這個女人，不吃醋、不嫉妒。他懂得怎樣做個家庭主婦。若從愛情一事來說，怎能說西門慶對吳月娘有愛情？吳月娘之所以請姑子到家說經念佛，還不是為了打發生活上的寂寞！

　　我的看法是，《金瓶梅》的百萬言長篇，只寫了財色兩字。並無情字，但只有「慾」這個字。西門慶死時，年僅三十三歲，他的死，就死在慾上，可以說西門慶是死在女人身上的，他是吃胡僧藥過了量，活生生給脹死的。死時的痛苦，比害癌症還要加倍。

　　所以有人推崇《金瓶梅》是一部勸善懲惡的書。

潘金蓮這個女人^{編按1}

如從歷史上數起，足以代表「淫婦」一詞的女人，委實輪不到潘金蓮。不要說春秋與秦漢那個時代有亂倫淫行的女人；再往下數，還有一個唐朝武則天呢。

不過，若論名氣，在今天說來，當推潘金蓮為鰲首。這說明了小說家的影響力，遠愈乎史學家多矣！

本文不說這些，只談談潘金蓮這個女人。

祇要一說到潘金蓮，人們就會聯想到《金瓶梅》，實際上，《金瓶梅》中的潘金蓮，是打從《水滸傳》移民來的。換言之，潘金蓮與西門慶戀姦而謀殺親夫，發生在《水滸傳》故事裏，在《金瓶梅》的天地間，她與姦夫西門慶是逍遙法外的人物。在短短的五年間，她在西門家那些多采多姿的生活，方使我們了解了這個女人。

說起來潘金蓮出身不高，她是潘裁縫的女兒，由於家境貧寒，父親死了，九歲就賣給王招宣府學習家伎營生。所以潘金蓮不惟能彈善唱，還能讀能寫。向男人丟眉眼這套本領，基於天性，她學得似乎成績最好。不想好景不常，在她十五歲時王招宣使死了，樹倒猢猻散，她們這一班子家伎自然也散了。潘氏被當地一位有錢的張大戶以三十兩銀子買去做使女，十八歲時被大戶收用了。卻不容於大婦，倒貼粧奩白白送給住在他家的臨街房屋賣炊餅的矮子武大為妻。實際上，張大戶還暗中來往，武大郎不過掛個名兒。後來，張大戶這老東西竟油乾蕊枯而亡。張家的大婦獲知，便遷怒到潘金蓮頭上，一氣將

編按1　原載於《聯合文學》第4卷第11期（1998年9月），頁45-52。

武大夫婦趕出。他們只得又尋紫石王皇親房子居住。卻又因為潘金蓮風騷妖冶，引來一些浮浪子弟，逐日在門前彈胡博詞兒，說油滑言語，迫得武大湊了十幾兩銀子，在縣門前典了一處房屋居住。（後來的情節，卻又一直說成紫石街。）正巧與開茶坊的王婆子緊鄰。

潘金蓮搬到這裏之後，認識了西門慶，卻又依靠了王婆子的大膽相助，謀殺了親夫，嫁給西門慶做了第五房。由於西門慶娶了八房妻妾：死了兩個，還有六個，於是潘金蓮到了西門慶家，生活便過得多采多姿起來。她那足以代表女人之「妒」的性格，她那「人盡可夫」的淫慾，她那聰明外露，而內實愚笨的情性，都在《金瓶梅》這部小說裏，一頁頁演示出來了。（《金瓶梅》中的潘金蓮，之不同於《水滸》處，便在這裏。）

《金瓶梅》塑造潘金蓮的性格，在本質上著眼於一個「妒」字。當然了，女人之妒，十九為了爭漢子；潘金蓮自不例外。尤其是她嫁給了西門慶這麼一位人物，家中現有六個老婆，還要到妓家去梳攏粉頭。不僅此也，他家中的婢女、僕婦，以及小廝們，也任由他予取予求。處身於這樣一個家庭裏，要為了想獨占漢子而生妒，豈不是非死在妒上不可。可是潘金蓮的妒，卻能適應她處身的那個環境，來演出她的妒。何況她著急起來，會拉小廝上床。

譬如說，她處身於西門慶的六房妻妾中，她排行第五。雖然大房吳月娘也是續娶的填房，但在名份上，她終究是老大。論出身，她是千戶之女；論姿色，豔雖不如她，厚重則過之。潘金蓮的聰明放在口唇間，吳月娘的聰明則藏在心底。再加上吳月娘有她大婦之位與威勢，是以潘金蓮的「妒」，卻不敢現於表面。當她獲知吳月娘在姑子處取得妊子單方，她也暗中去設想而如法炮製一番。有一次與吳月娘對頂起來了，結果，還是潘金蓮向吳月娘磕頭賠不是。至於二房李嬌兒，卻無論哪一樣都比不了她。李嬌兒是妓家女，胖得連咳嗽都是負

擔，（我懷疑西門慶娶了這位妓女在家，可能另有因素，小說沒有寫，我也不便妄臆測了。）已不是漢子常去的一房。雖然彼此間極為對立，卻不是她嫉妒的對象。跟第四房孫雪娥一樣，名義上是第四房，在西門家只是一個廚娘，成天在廚房中料理一家人的茶湯飯食。一年也輪不到漢子到她房中去一次。祇要潘金蓮在漢子耳邊挑撥起三言兩語，西門慶的拳腳棍棒便挨到她身上來了。孫雪娥這小不點兒原是死去的大婆陳氏的陪房丫頭，雖已收了房排次第四，但在六位妻妾之間，始終未能混到平起平坐的地位，對吳月娘仍行婢僕之禮。自卑感壓制著她，成天牢騷滿腹，惹得人人討厭，雖與李嬌兒口舌在一幫，潘金蓮卻始終沒有把她們倆放在心上。第三房孟玉樓跟她一樣，都是再婚老婆，論姿色，孟玉樓略遜於她，再加上孟玉樓善於處世為人，雖也時常在口舌間捲是翻非，卻長於看風使帆、順水推舟，因而與潘金蓮挺合得來。尤能在潘金蓮氣惱中，來幾句笑譚，便逗得潘金蓮破啼為笑。說起來，最惹潘金蓮燃旺了妒火的對象，乃六房李瓶兒。

　　說起來，李瓶兒比不上潘金蓮的地方，比優於潘金蓮的地方多。論出身，兩人相等。李瓶兒是梁中書家的妾（不知第幾房），在梁中書被難期間，她竟趁亂中席捲了一批財物，逃到京城，依傍了一位在析薪司掌管柴薪的花老太監掩護。後來，這位老太監退休還鄉，帶回李瓶兒，名義上給了侄子花子虛為妻，實際上則是這老太監的寵玩。老太監死後，所有的私己都在李瓶兒手上。當李瓶兒遇到西門慶，得到了可以醫治她那慾望的藥物，便罄其所有，倒貼了漢子。因為兩家緊鄰而居，故能在未嫁前，便把家中財物隔牆由梯子上運到西門家了。卻又採納了西門慶的計謀，先挑起花家兄弟爭產之訟，再由官方判斷分產，活活氣死了花子虛。這麼一來，在李瓶兒未過門時，李瓶兒手中掌握的財產，便已大部到了西門慶手中。待李瓶兒過門之

後，連搬不動的房產，也由李瓶兒的私己銀子，為西門慶買來了，從此，兩院合而為一。西門慶又得了官，門第大不同了。

　　試想，李瓶兒嫁到西門家的這一優越條件，潘金蓮哪能比得了。再加上李瓶兒又是西門慶床笫間風月的對手，嫁過來不到一年，又為西門家生了個兒子。這麼以來，潘金蓮可真是受不了，在心理上已形成了勢不兩立的對峙局面。偏偏的，這兩房又住在隔壁緊鄰，兩個小院雖然獨門獨戶，中間卻只隔一道牆，不要說彼此的一動一靜可以看得見，連說閒話都聽得見。所以《金瓶梅》寫這潘金蓮與李瓶兒爭鋒頭的情節，占有的篇幅最多，可以說，從來旺媳婦宋惠蓮死後（李瓶兒嫁到西門家，情節寫在第十九回；來旺媳婦的情節，寫至二十二回至二十六回），潘金蓮的妒火，便旺旺的燒向李瓶兒了；一直到李瓶兒死（第六十五回）。

　　本來，李瓶兒未嫁過來的時日，潘金蓮獲知漢子有了這麼一個外遇，並未燃起妒火，只要求漢子把頭頭尾尾、事事情情，一五一十的向她實說，她不惟不妒，還暗中幫助之呢！這時，她已知李瓶兒的床上風月，勝過了她。什麼二十四式的畫圖，以及廣東人事等等，都是從李瓶兒那裏得來的。（李瓶兒則是打從花老太監得來的。）但娶來之後，兩家住在隔壁。由於李瓶兒手中方便，金銀首飾、如簪珥環珮，以及汗巾鞋腳，都大大方方的送贈，不惟姐妹們人人有份，連丫頭僕婦，也有賞賜。小廝們買東西，給錢不必找零。說：「你們跑腿，不圖落，圖啥？」這一點，潘金蓮比不了，先打心理上凸出了不平。

　　論姿色，潘金蓮的俏致，李瓶兒比不了，她是一位令人「從頭看到腳，風流往下跑，從腳看到頭，風流往上流」的豔冶女人。可是李瓶兒的皮膚白嫩細柔，潘金蓮的皮膚黑，雖為此常常洗了澡後，渾身抹粉，卻也比不了李瓶兒的自然白嫩，這一點，也使潘金蓮不時心煩

而生妒，不時諷言諷語的浮泛到口唇間來。

　　當她獲知李瓶兒懷了孩子，便成天在姐妹淘中算日子，總是說如在八月出生，方能算得西門家的孩子，要是提前出生，那就是別人家的種。大家都算定應是六月裏生的孩子，祇有潘金蓮不同意，他向孟玉樓說：「我和你恁算她。從去年八月來，又不是黃花女兒，當年懷，入門養。一個後婚老婆，漢子不知見過了多少，他一兩個月纔生胎，就認做是咱家孩子。我說差了？若是八月裏孩兒，還有咱家些影兒，若是六月的，蹀小板凳兒糊險道神，還差著一帽頭子哩。失迷了家鄉，哪裏尋犢兒去！」潘金蓮明明知道李瓶兒是去年八月二十日娶進門來的，二十二日晚始與男人同房。但實際上，李瓶兒與西門慶早有首尾了。不過，李瓶兒在嫁到西門家來，還嫁過一次蔣竹山。但如以時計，去年八月二十二日到今年六月二十一日，已足足十個月，若以正常懷孕生產的自然時日計，還超出幾天呢，所以我們可以推想李瓶兒是九月懷的孕。潘金蓮之所以要獨排眾議，硬說李瓶兒肚子裏的孩子不是西門慶的種，自是嫉妒心理了。

　　孩子就要生下來了。吳月娘著小玉把她平素預備妥的接生事物（草紙、小褥子等等），抱去濟急，潘金蓮見到又罵開了：「一個是大老婆，一個是小老婆，明日兩個對養，十分養不出來，零碎出來也罷。」罵著罵著，又感慨自己的肚子不爭氣，說：「俺們是買了個母雞不下蛋，莫不殺了我不成。」接著又罵了一句：「仰著合著，沒有，狗咬尿胞空喜歡！」

　　果然，這之後，潘金蓮便一直的在處心積慮去謀計李瓶兒的孩子。她養貓，養了一頭黑的，再養一頭白的。平時還用有顏色的絨球，來訓練貓兒去抓弄絨球的習慣。只要有機會把那孩子抱到手上，便雙手擎起向空中扔而接之，唬得纔幾個月大的孩子，失魂落魄的連哭聲都憋不出來。

　　人家那邊的病孩子，吃了藥要安靜的睡一會兒，她在這邊偏要打狗、罵丫頭，不關照她輕一點還好，一經要求她輕一些，說是官哥吃了藥剛睡，她卻打得更兇，罵得聲音更大，狗也被打得叫吼得更難聽了。

　　官哥死了，潘金蓮竟高興得精神抖擻，心裏痛快得走起路來都昂起頭、挺起胸，還故意的指著丫頭秋菊，罵給隔壁李瓶兒聽：「賊淫婦，我只說你日頭常晌午，卻怎的今日也有錯了的時節。你斑鳩跌了蛋，也嘴搭骨了；春凳折了靠背兒，沒的倚了；王婆賣了磨，沒的推了；老鴇死了粉頭，沒指望了。」成天這樣嘮叨著。

　　終於，李瓶兒也死了。卻又湧出一個奶子如意兒來，西門慶守靈時又拉過來上了床。潘金蓮又向吳月娘戳舌了，說：「大姐你不說他幾句，賊沒廉恥的貨，昨日悄悄鑽到那邊房裏，與老婆歇了一夜。餓眼見瓜皮，什麼行貨子。好的歹的攬搭下，不明不暗到明日弄出個孩子來，算誰的，又相來旺媳婦子，往後教他上頭上臉，甚麼張致？」吳月娘聽了，反而搶白了潘金蓮幾句：「你們多栽派我說。他要了死了的媳婦子，你們背地多做好人，只把我合在缸底下一般。我如今又做傻子哩！你每說，只顧和他說，我是不管你這閒帳。」想到來旺媳婦自縊的那件事，還不是潘金蓮在暗中一手造成的嗎？

　　實際上，奶子如意兒也不可能像來旺媳婦似的令潘金蓮擔那多的心，與她比起來，條件差遠著去啦。在「笑笑生」筆下，來旺媳婦是一位被安排來與潘金蓮作對比的。第一，他們同名，都叫金蓮，到西門家怕不好叫，方始改為惠蓮；第二，兩人都是小腳（三寸金蓮），比起來，來旺媳婦比潘金蓮的還要小一些，她能在鞋外再套穿潘金蓮的鞋，作者還特別為此寫了一篇「尋鞋」的情節，作為一則有趣的穿插；第三，眉眼上的風情大多類似；第四，鋒芒外露也一樣，都有一張能言善道的口舌；第五，在漢子身畔的媚工，也不亞於潘金

蓮而或有過之，這情況，潘金蓮自然不肯承受了。

在表面上，她還協助漢子與來旺媳婦去野合呢！暗地裏則是步步挖坑設陷。總是暗中咬牙切齒的說：「我若是饒了這淫婦，除了饒了蠍子。」又賭誓說：「我若饒了這奴才，除非是他合下我來！」已是誓不兩立矣！

有一點，來旺媳婦始終站在下風處，那就是兩者相處的地位，一個是主子妾，一個是僕人婦，而且在同一屋簷下。偏偏的漢子來旺又不甘戴上這頂綠頭巾，吃了酒就酒言酒語的亂罵，既吃紂王土地上糧米，又罵紂王無道。潘金蓮掌握了這些不利於來旺媳婦的資料，這宋金蓮縱有勝過潘金蓮的媚工，也難以戰勝的了。何況，這可憐的來旺媳婦之願意獻身於主子，祇希求丈夫能在主人家多得些好處；不惟未能達到目的，反而害得丈夫也進了牢獄。想來，真是羞愧難當，只有以死了之。（以我的意念來說，來旺媳婦雖是淫婦，亦烈婦也。他生存在那個時代，這種自甘下賤的行為，豈不可憐乎哉！）

所以，當吳月娘一聽到潘金蓮提到來旺媳婦那件事，就拒絕了，說：「你每說，只顧和他說，我是不管你這閒帳。」意為來旺媳婦的事，不是你直接去說的嗎？那時，「只把我合在缸底下一般。」事實上確是如此，看到來旺媳婦上吊死了，吳月娘纔知道底細。到此處，作者還不忘淡淡地素描了這麼一筆。

潘金蓮之對付來旺媳婦、之對付李瓶兒，在心理上，都是置之死地而後休。對於奶子如意兒，她何以只向大娘說，不像對付來旺媳婦與李瓶兒似的，暗中用工夫，正因為她了解奶子如意那婆娘，抵不了李瓶兒的窩兒，條件上差得太遠。只罵漢子是爛行貨，好的歹的他都要。惟一值得擔心的是，萬一捅出個孩子來怎辦？遂向吳月娘進言了。

另外還有個王六兒，情況類同來旺夫婦。所不同的是，這王六

兒的貌相遠不如潘金蓮，年紀也大了。丈夫韓道國卻甘願做活忘八，且認為妻子勾搭上了主子，乃千載難逢的機會。只要西門慶來了，他就躲開，一切讓出。關於這件事，潘金蓮雖然知道，也追問過，西門慶卻一味支吾，死不認帳。對潘金蓮，西門慶也有戒心了。

　　不過，潘金蓮卻沒有把王六兒放在心上，沒有燃起妒火燒她。同時，這幾年來，潘金蓮也知道了丈夫在這方面的需求，愛的是床上風月不是體態豐貌，像王六兒，「一個大捽瓜，長淫婦，喬眉喬樣。描的那水髩長長的，搽的那嘴唇鮮紅的。倒人家那血毯，甚麼好老婆！一個大紫膛色黑淫婦。我不知你喜歡她哪些兒？」對此事以及這一對夫婦的行徑，也早就一清二楚。所以她說：「誰不知她漢子是個明忘八，又放羊，又拾柴。一逕把老婆丟與你，圖你家買賣做。要撰你的錢使。你這傻行貨子。只好四十里聽銃響罷了。」她知道丈夫在這方面不拘好歹，慾來了，連小廝也得派上用場。老實說，潘金蓮在這方面，又何嘗不是如此。

　　當西門慶梳攏了李桂姐，被窩盤在妓院半個多月不回家，潘金蓮便把一位看花園門的琴童喊來解決問題，這孩子是孟玉樓帶來的，年方一十六歲。事發後，潘金蓮挨了一頓鞭子，這小廝挨了一頓毒打，撏了鬢角，趕出門去。不久，陳經濟來了，由於是女婿，可不避嫌的出入前後院落。雖在西門慶生子加官的全盛時期，潘金蓮還與陳經濟暗中偷情呢！祇要有機會，不但花前月下，甚而隔著一層板壁，也會挖個洞穴，接觸。西門慶死後不久，竟連丫頭小子也不避了，因而鬧得無人不知。於是吳月娘先賣春梅，繼領金蓮，再趕經濟。

　　這潘金蓮被領王婆家待價而沽的日子裏，她還誘引王婆的兒子王潮去上床作伴呢！怪不得西門家的女人說她是一個一夜少了男人也過不得的女人。

　　她曾經罵他漢子西門慶說：「若是信（由）著你的意兒，把天下

老婆都耍遍了吧！賤沒羞恥的貨！……你早是個漢子，若是個老婆，就養遍街、合遍巷。屬皮匠的，縫著就上。」實際上，潘金蓮又何嘗不是如此，譬如揚州苗員外送來的兩個歌童，當她在聽歌時望見了兩個歌童容貌標致，便頓時產生愛慕的心意。她，在人層裏，雙眼直射那兩個歌童，口裏暗暗低言道：「這兩個小伙子，不但唱得好，就他容貌也標致的緊。」心下便已有幾分喜他了。好在西門慶把這兩個歌童，送給東京蔡太師府上去了。否則，定有金蓮誘引歌童上床的情節。

光是從言談舉止的表層來看，人人都會認為潘金蓮是一個聰明人。若是認真從她的言談舉止上去體會她的內心，方會認為她是個大笨人；在行為上不知檢點，那就不用說了，尤其不會看臉色，更不會聽話音（因）。因此她招來打罵，數起來，不勝枚舉，說其要吧！

那天，吳月娘、孟玉樓、潘金蓮還有西門大姐，四個人在前廳月下跳馬索耍子。適巧西門慶在外聞知李瓶兒招了蔣竹山，還開了一片生藥舖，一肚子氣來家。月娘、玉樓、大姐三個，一看家主來家，都趕忙從後走了。只有金蓮不去，且扶著庭柱兜鞋，還想在漢子前賣弄眉眼呢。想不到西門慶一看見就罵：「淫婦們，閒的聲喚，平白跳什麼百索兒。」趕上金蓮踢了兩腳，再走向後邊。事後，她還不憤的向吳月娘哭訴委屈，說：「一般三個人在這裏，只踢我一個兒，那個偏受用著也怎的。」又被吳月娘罵了一頓。（第十八回）

官哥與喬大戶家的姐兒結兒女親，西門慶說了一句「不般陪」（意為喬家只是有錢，惜無官，白衣小帽，站在一起不好看。）潘金蓮在旁，卻接嘴說：「嫌人家是房裏養的？誰家是房外養的！就是今喬家這孩子，也是房裏生的。正是『險道神撞見那壽星老兒，你也休說我那長，我也休說你那短。』」這西門慶聽了這話，心中大怒，罵道：『賊淫婦，還不過去。人這裏說話，也插嘴插舌的，有你什麼說

處！』潘金蓮只得**攃**著羞紅的臉走了」（第四十一回）。這不久，西
門慶拿到李瓶兒房裏的四只金鐲少了一隻，轟亂了一陣，逼得西門慶
著人去買「狼筋」，吳月娘責怪丈夫不該把金鐲子拿給不到一歲的孩
子玩，潘金蓮在旁又接話了，說：「不該拿與孩子耍？只恨拿不到他
（李瓶兒）屋裏。頭裏叫著，想回頭也怎的。恰似紅眼軍搶來的，不
教一個人知道。（西門慶拿著四個金鐲到李瓶兒房裏去，潘金蓮在路
上遇到，要他停下給她看看拿甚麼？西門慶不理她。）這回不見了金
子，虧你怎麼有臉來對大姐姐說？教大姐姐替你查各房裏丫頭？教各
房裏丫頭口裏不**毈**裏笑罷了。」氣得西門慶一言不發，走向前抓過潘
金蓮按在月娘炕上，提出拳來就打。罵道：「恨煞我罷了。不看世界
面上，把你這小歪刺骨，就一頓拳頭打死。單管嘴尖舌快的。不管你
事，也來插一腳。」（第四十三回）潘金蓮挨了這頓拳頭，在旁的吳
月娘卻沒有去拉。潘金蓮潑了一陣子，也就完了，月娘卻在房說：
「你兩個銅盆撞了鐵刷帚，惡人見了惡人磨，見了惡人莫奈何？」還
讚美潘金蓮有嘴頭子呢！

　　儘管潘金蓮的嘴頭子峭，吳月娘喻之為「像淮洪一般」。但比起
吳月娘來，可差得遠去了。蓋潘金蓮的嘴頭子，說出來的話，只逞口
快心爽，不知道如何攻擊人、如何打敗別人；吳月娘則不同，要則不
說，要說就是百步穿楊的箭，箭箭中的。那次，由頭是春梅罵申二姐
（唱小曲兒的瞎眼姑娘），又為了「壬子」日的妊子等事，吳月娘有
意把漢子攬在後院，不放在前院來。再加上玉簫的挑撥傳話，說她奶
奶如何罵五娘是強悍世界、沒廉恥等等。於是潘金蓮一火，把她娘潘
姥姥打發家去了，沒有向吳月娘知會一聲。月娘與大妗子談閒話時，
就說：「你看，昨日說了她兩句兒，今日使氣也不進來說聲兒，老早
就打發她娘去了。我猜？姐姐，敢情又不知心裏安排著，要起什麼水
頭兒哩！」不妨潘金蓮正站在房門口偷聽了多時，遂闖進來說：「大

娘說我打發了她家去，我好把攔漢子？」月娘卻也直說起來，說：
「是我說來。你如今怎麼的，我本等一個漢子，從東京來了，成日只
把攔在你那前頭，通不來後面傍個影兒。原來只你是他的老婆，別人
不是他的老婆？行動，提起來別人不知道，我知道。就是李桂姐家去
了，大妗子問了聲：『李桂姐住了一日兒，如何就家去了？她姑夫因
為甚麼惱他？』教我還說：『誰知為甚麼惱他？』你便就撐著頭兒說：
『別人不知，只我曉得。』你成日守著他，怎麼不曉得。」金蓮道：「他
不往我那屋裏去，我成日莫不拿豬毛繩子拴他去不成。那個浪的慌了
也怎的？」月娘道：「你不浪的慌，你昨日怎的？他在屋裏坐得好好
兒的，你恰似強悍世界一般，掀起簾子硬來叫他前邊去。是怎麼說？
漢子頂天立地，吃辛受苦，犯了什麼罪來？你拿豬毛繩子套他。賤不
識高低的貨，俺們倒不言語。只顧趕人趕不上，一個皮襖兒，你悄悄
就問漢子討了，穿在身上，掛口兒也不來後邊提一聲兒，都是這等起
來。俺們在這屋裏放小鴨兒？就是孤老院裏也有個甲頭。一個使的丫
頭，和他貓鼠同眠。慣的有些摺兒！不管好歹，就罵人。倒說著嘴頭
子不伏個燒埋。」這頓話，哪裏是潘金蓮的「淮洪」嘴頭子可以比的，
簡直是黃河決堤。

　　潘金蓮接過話頭說：「是我的丫頭也怎的？你們打不是。我也在
這裏還多著個影兒哩！皮襖是我問他要來。莫不只為我要皮襖？開門
來，也拿幾件衣裳與人。那個，你怎的就不說來？丫頭便是我慣了
她，我也浪了圖漢子喜歡。像這等的，卻是誰浪？」吳月娘被潘金蓮
這幾句話，觸到了壬子日的心上事，便馬上紫脹了雙腮，說：「這
個，是我浪了。隨你怎的說，我當初是女兒填房嫁他，不是趁來的老
婆。那個沒廉恥趁漢精便浪。俺們真材實料，不浪。」大妗子勸也勸
不住。又說：「你害殺了一個（指李瓶兒），只少我了。」這時的潘
金蓮的嘴頭子，卻只有哭只有號了。遂坐到地上打臉，歪倒在地上打

滾兒。

　　這一場鬥嘴頭子的結果，還得由潘金蓮向吳月娘磕頭賠不是纔結束。論嘴頭子，在這一回（第七十五回），讓我們可以了解得最清楚了。潘金蓮的嘴頭子徒有其名。

　　《金瓶梅》寫到死亡的地方，算來有十幾處，卻祇有潘金蓮死的最為悽慘。如從事實上看，潘金蓮不應該這麼慘死的。正因為她太笨了，凡事都不先拋開自己，向客觀的大環境上去看，不向利害關係上去想，祇一味為自己的想頭（為自己慾望去想），所以她死在武松的刀下了。

　　當武松尋到王婆家來，一開口就說要來娶他回去照顧迎兒，潘金蓮躲在門後聽到了，也不想想這時的迎兒多大了，快二十了，還要她去照顧嗎？這話顯然是藉口。王婆為她掩飾著，不說她在這裏，準備把武松打發走。試想，若是潘金蓮有聰明，躲在房中不露面，等武二被王婆打發走後，再尋個躲藏之所，極可能會閃過這個災星。可是這時的潘金蓮在房內門後，瞥見了武松的相貌，已長了鬍鬚，更標致了，也看著更成熟了。便想著這男人纔是她心目中的好搭檔呢！遂主動出來答話。就這樣，她死定了，她穩穩地做了武大靈前的活品。我說潘金蓮是個大笨人，便是從這些地方立說的。

　　東吳弄珠客說：「潘金蓮以姦死。」誠然，潘金蓮之死，便死於她之離開男人不能活。大家把淫婦的冠冕戴在她頭上，雖比上（武則天）不足，比下則有餘也！

孟玉樓第一次改嫁

（孟玉樓《金瓶梅》的故事裏，改嫁了兩次，第一次改嫁西門慶，第二次改嫁李拱璧。）

說起來，孟玉樓也不是什麼好出身，也不認識字，娘家還祇賸了一個弟弟小他十歲，在外鄉做生意；其他早就沒甚麼人了。他家到這清河縣南門外楊家，已經十多年，丈夫是販賣布匹的，還兼開染坊。這婆家也沒了老人，也祇有一個小叔子，還沒有成人，纔十歲。雖然經濟環境不錯，遺憾的是這孟玉樓沒有生育。不想丈夫病死在外，守寡了一年多了，如今卻有風聲要改嫁。於是，賣翠花的花婆薛嫂，聽了這消息，便忙著要找西門慶。他知道，在當前清河縣，有資格娶孟玉樓人的，數來雖然有得是，卻沒有任何一位能比得了西門慶更使薛嫂這幫子人有興趣。因為西門慶愛好娶小納妾，出手又大方，所以薛嫂得到這消息，首先被他想到的就是西門慶。

這天，薛嫂提著花箱，一地裏去尋西門慶，要告訴他這件事，問他有沒有心再娶一個？尋了好幾處，沒有尋到。突然在路上遇見了西門慶手下的小廝玳安，遂問：「你家大官人在哪裏？我尋他有事說哩！」玳安告訴薛嫂，說他爹在舖子裏與傳二叔對帳哩。這薛嫂便到了西門家的生藥舖。果然，西門慶正與傳夥計在算帳。

西門慶看到薛嫂來了，便放下了帳簿，丟下了傳夥計走出來，笑嘻嘻地招呼薛嫂。把薛嫂請到櫃臺裏邊來，再輕聲的問：「有好去處嗎？」因為薛嫂也是西門慶的花月春風使者。

「有一件親事來對大官人說。」薛嫂說。「管情中得你老人家心意。可以頂上你剛死的三娘的窩兒。」西門慶問是哪一家的人兒？

「說起來你準知道。」薛嫂說。「是咱這南門外販布楊家的正頭娘子。可好著呢！」跟著一口氣的說：「手裏有一份好家當，南京八步床就有兩張，四季衣服粧花袍兒，插不下手去的箱子也有七八十來隻。珠子箍兒、環子、金寶石頭面、鐲釧兒，金玉樣樣有。不消說的，現銀子手上也有個千兩不止。三梭白布也有三二百桶。不幸的是，他男子漢出外販布，死在他鄉，如今守寡一年多了。身後又無子女，家中又無親人。祇有一個小叔纔十歲。兩家的老人家全沒了。這嫂子今年還不過二十多、三十不到，青春少婦，還有啥守的！倒是他楊家還有個嫡親的姑娘，明白事理，主張他嫁人。我纔聽到消息，就趕緊來尋您老人家。」

薛嫂一口氣說得口沫橫飛，笑嘻嘻地看著西門慶等著回話。西門慶聽了，也滿心高興，卻只是淡淡的回了一句，說：「這楊家染坊倒是老字號，自從有了洋花布，染坊生意不行了。這娘們我可沒有見過。長相怎樣？」

「哎唷！畫兒上似的。」薛嫂誇大其詞的說。「長條身材，風流俊俏，那模樣兒可大派著呢！打扮起來就是個燈人兒。尤其聰明伶俐，針黹女紅樣樣能，雙陸棋子，更不消說了。當家立紀，是一等好手。娘家姓孟，排行第三，人稱為孟三姐。告訴你大官人，」又突然想起補充了一句：「還彈得一手好月琴呢！我說大官人，你要是見了人啊，要是不魂飛纔怪！」

西門慶縱然了解媒人的嘴，聽了薛嫂這番話自也難免眉飛而色舞。遂問：「訂個日子，我去看看。」薛嫂知道這一箭上了垛了。遂說：「相看相看不打緊，可是有一樣兒？」「還有什麼顧慮？」西門慶問。

「是這等的。如今他家是姑娘為長，也管得事做得主。另外，還有個娘舅，姓張，排行第四，他們叫他張四舅。那倒是山核桃的份

兒，人與人之間差著檻兒了。」「薛嫂的意思是？」西門慶未懂的問。

「聽我說啊！」薛嫂又說：「這婆子也是個老寡，他第一嫁是個秀才老爺，老是考不中，病死了。第二嫁是咱北城北邊街仕在徐公公房下的孫歪頭，看風水的，也死了多年了。這婆子也無兒女，守了三十多年寡了。原靠這個侄子養活。自從這侄子過了，可以說家中祇有這婆子與侄媳婦兩人。因為他守了這長日子的寡，知道寡婦日子難熬，所以纔主張著侄媳婦應是嫁的好。將來，他也有個家。大官人你想啊！要想說這頭親事，還得在先這婆子身上求。俗話說得好：『拜只拜韓信，求只求張良；先要撇開蕭何與劉邦。』人，有誰不愛銀子的。先去拜望這婆子，送上一份厚禮，奉承幾句甜話，我保證一切如意。」

薛嫂這一席話，說得西門慶的歡喜綻開在大臉上，不惟可以看到額角眉尖都掛上了笑的錦繡，連兩個腮幫子都變成了花瓣似的。遂馬上掏出了一兩重的銀塊，遞給薛嫂，說：「一切由你安排，事成再加重謝。」

薛嫂一邊收下了這錠銀子，一邊說：「明日就是好日子，事不宜遲，趕明兒格我就買上一份禮物，先去拜看楊姑娘。」西門慶聽說，馬上又掏出一兩來，遞給薛嫂說：「這是交你買禮物的錢；全仗你用心安排。」薛嫂興興頭頭的接了，便提起花箱告辭。西門慶再進去與傅夥計繼續算帳。

第二天，西門慶一早起身，打選衣帽整齊，準備好的一疋黑底紅花錦緞，還有四盤美果，裝入抬盒，著兩個小廝抬著，隨同薛嫂騎了頭口，迤向北門半邊街楊姑娘家去。

薛嫂進去傳話。反正是事先說好了的，這楊姑娘除了安排禮盒的收納以及安放回盒之禮，便是出來迎接西門大官人到廳堂落座。這西門慶頭戴纏棕大帽，一撒鈎縧，粉底皂靴，見了這婆子，倒身撲地

便磕了四個頭。楊姑娘拄著拐杖，慌忙還下禮去，西門慶不肯以平輩
受禮，只是一口一聲的叫姑娘。彼此謙讓了半日，婆子方始受了半
禮，分賓主坐下。薛嫂在旁打橫。這薛嫂還沒有等到楊姑娘發問，就
先說了話了。

「這大官人就是咱清河縣的大財主，在縣前開的那個大藥舖，誰
人不知。真可以說是錢過北斗，米爛陳倉。只是家中還缺個有才能當
家立紀的娘子，所以有意來娶咱家大娘子。特來請姑奶奶玉成這件
事。有道是『肉眼不藏絲』，大官人在您面前，有話當面說，省得以
後怨媒人架謊。」

這楊姑娘怎能不知西門慶的大名，又怎能沒有打過照面？可是
今天對面一坐，這西門大官人的昂昂藏藏、犖犖大派，他雖已年過七
十，卻也難免不萌生那異性的自然喜悅。當西門慶謙卑的磕下頭下，
他已心許了。遂說：「這件事兒說起來，全是命。我之所以主張他再
嫁，不是怕我這侄媳婦沒的守，這份家當，他兩輩子也吃用不完。可
是我就是個寡婦，……」說到這裏竟不說了。西門慶則說：「姑娘有
遠見！」薛嫂則說：「尤其是大官人願意娶去當家立紀，更犯不著守
了。」楊姑娘這纔說：「有些事情，還得先說明。想我那侄兒才死了
一年多，總得先唸上幾天超度陰魂的經懺。我嗎！一向靠這侄兒家，
也得給我留個棺材本兒。我這樣捨起老臉怎樣說，也不是要大官人你
們家的；楊家的總不能全帶走吧？」

西門慶一聽，就笑了。說：「姑娘你這話可就太見外了。我養你
老人家終身也應該，何必要楊家的！」

「大官人的這份好心，我老婆子也看得出來。」楊姑娘說。「只
是這裏面還有個張四舅，那老狗才是個臭毛鼠，他會從中作梗。還得
拚著我的老臉去擋臭呢！」

「全憑您老人家費心。」西門慶仍舊笑哈哈的說著，一邊已把一

隻重五十兩的大元寶取了出來，說：「少不得要用些禮數，這點兒，請姑娘先收下。趕明兒，我再送兩隻來。」跟著又一使眼色，一擔禮物也送了上來。直把這老虔婆喜歡的合不攏嘴。

「大官人這未免太客氣了。」楊姑娘說。「我剛纔說的，都是老實話。古語說得好，先說斷，後不亂。」薛嫂又在旁插說：「你老人家太多心了。我這大老爹哪是無情義的。再說呢！俺這老爹與當今知府老爺與縣太爺都平起平坐，錢財多，交遊廣，哪裏在乎你這一個老奶奶，活過百歲又能吃他多少。」這一唱一和的這番話，可把楊婆子樂壞了。直說：「我這後半輩子，可就全靠大官人了。」

西門慶回答了「自然」兩字，便起身告辭。「今日既然見了姑奶奶，趕明日就好往城外去相看新人了。」薛嫂這話是衝著西門慶說的，當然是說給楊婆子聽的。

「我家這侄兒媳婦用不著大官人相。」楊姑娘說。「我說保山，論長相你是見過的。」他們已在向門外走了。薛嫂遂又說：「全靠姑奶奶作主。」

「這個忙我還幫得上，放心吧！」楊婆子說。「明兒一早，你帶大官人來就是了。甚麼相不相的，見個面彼此說明白的好。」

就這樣西門慶告辭上馬。走到路上，薛嫂說完明兒一早到西門家來，陪西門慶去楊家布莊相看新人。臨別時，西門慶又給了一兩銀子謝薛嫂，於是薛嫂騎著驢子回家去了。

第二天一大早，西門慶便打選衣帽整齊，備好了馬，吩咐玳安、平安兩人跟隨，薛嫂兒仍舊騎著驢子，出了南門外，來到豬市街楊家大門口。

楊家的房子，原是布莊兼染坊，如今人死已歇了業，但門面四間，到底五層，仍舊存在著財主的架式。大家到了門口下了頭口，薛嫂領著西門慶進去。西門慶打量著這份人家，四間門面還有一間門

樓，門牆是粉青色的，卻已斑駁了。大門之內，有道儀門，紫色照
牆，竹槍籬影壁，院內擺設榴花盆景。兩邊還擺有靛青缸一溜，打布
凳子兩條。進了儀門，靠右廂是三間朱紅槅扇的客房，薛嫂推開朱
門，正廳就是客座。上面供養著一軸水月觀音，善財童子，四面掛著
名人山水，一座大理石屏風，傲傲岸岸坐在廳間。屏風前還有兩座投
箭高壺。椅桌光潔，簾攏瀟灑。薛嫂請西門大官人正面椅子上坐了。
然後掀起珠簾走入裏面，片响方始出來。笑嘻嘻向西門慶說：「大娘
子梳粧未了，你老人家請先坐一坐。」只見一個廝從外端了一個托
盤，送來一盞福仁泡茶。西門慶接了，吃了一口，便放回托盤中。

　　這薛嫂在孟玉樓尚未出來時，怕的西門慶冷清著，便也坐下
來，又耍起他媒婆的嘴來了。「這家裏姓楊的只有三口子。」薛嫂說。
「除了這大娘子，還有那楊姑奶奶。另外便是那個十歲的小叔。在他
舅家上學，還不懂甚麼。別提他們老公生日，生意是多麼的好，一天
進帳的銀子錢有兩大簸籮。一天有二三十人吃飯，全是這位娘子張
羅，只有兩個丫頭，大的叫蘭香，十五歲，小的叫小鸞，纔十二歲。
到明日過門時，都會跟了來。這門親事我要是替你老人家說成了，指
望著大官人能為我典兩間房子住呢！如今俺住在那北街搭剌子哩，以
後往大官人府上去，也不方便。」西門慶裝做在欣賞房中的擺設，沒
有理會。薛嫂遂又說了：「可說呢！去年買春梅，你許下了我兩疋大
布，到如今你還沒有給我呢！等這椿親事辦完，你老人家一總謝了
吧！」

　　西門慶照舊沒有理會。於是薛嫂又繼續說：「剛才你老人家看見
門口那兩座布架子嗎？當初楊大叔在時，街道上不知使了多少錢。休
說別的，這房子也值上七八百銀子。到底五層，通後街。……」

　　正說著，只見丫頭蘭香，掀起門簾伸出半個頭來，向薛嫂招招
手。薛嫂連忙關上話匣子，站起身來走到房門口，只聞環珮叮叮，一

股子蘭麝香氣散飛過來，跟看那蘭香把簾子掀起，孟玉樓出來了。西門慶定睛一看，只見那婦人上身穿著翠藍麒麟褂子，粧花紗衫，緣著大紅繡花寬襴邊兒。頭上珠翠晶瑩，鳳釵半卸，真格是：「長挑身材，粉粧玉琢，模樣兒不肥不瘦，身段兒不短不長。面上稀稀有幾點微麻，生的天然俏麗。裙下映一點金蓮小腳，果然周正堪憐。二珠金環，耳邊低掛，雙頭鸞釵，髻後斜插。但行動胸前搖響玉玲瓏，坐下時一陣麝蘭香噴鼻。恰似嫦娥離月殿，猶如神女下九重。」西門慶一見滿心歡喜。

薛嫂忙去迎接。孟玉樓向西門慶端端正正道了個萬福，就在對面椅上生下。西門慶還在上下打量看，婦人把頭低了。「小人妻亡已久，想娶娘子入門為正，管理家事。」西門慶說。「不知娘子看不看得中我這個人？」

「請問官人貴庚？」孟玉樓問。「小人虛度二十八歲，七月二十八日子時建生。」西門慶回答：「不幸先妻歿了一年多，一直……」本想說一直沒有娶，卻又改了話頭，說：「請問娘子青春多少？」

「奴家長官人兩歲。」孟玉樓有點覥腆的說：「三十歲了。」「看不出、看不出。」西門慶說。「看起來比我還要小上五歲！」孟玉樓低下頭，臉紅到脖子。「妻大兩，家中黃金日日長，妻大三，家中黃金堆如山。」薛嫂插口說了這麼兩句。

這時，小丫頭小鸞捧了一個茶盤，盤上放了三盞蜜餞的金橙泡茶，銀鑲雕漆的茶鍾，銀杏葉茶匙，煞是講究。孟玉樓站起身來，先取頭一盞，用纖手抹去盞邊水漬，遞與西門慶。西門慶起身接了茶，孟玉樓還躬身道了萬福。就在此時，薛嫂急趨向前，伸手掀起孟玉樓的裙子來，裙邊露出了一雙恰三寸剛半拃尖尖趫趫的金蓮，穿著大紅遍地金雲頭白綾高底鞋兒。西門慶眨眼見到，忍不住想彎下身去捏上一下。薛嫂則已鬆手把裙子放下了。這時，孟玉樓已把第二盞茶取到

手上，遞與了薛嫂。然後自取一盞。回身坐下，陪著用茶。

西門慶用了茶，吩咐玳安端上方盒，呈上錦帕兩方、八寶金鑲玉釵一對、金戒指六個，跪下雙手高舉，呈與孟玉樓。孟玉樓起身斂衽，拜謝了大官人。薛嫂從玳安手上接過，交與丫頭蘭香收起。「多謝官人厚禮。」孟玉樓說。「不知官人能否先給個行禮日期，奴這裏也好準備。」

「既蒙娘子不棄小人卑微。」西門慶謙虛著說。「小人敢不在意。今月二十四日，再著人送些禮物過來，算不得是下聘，只代表小人的誠心誠意。下月初二，正式迎娶。娘子你看這日子可好？」

「官人既然如此訂了，小婦人一切遵從。」孟玉樓說。「奴這裏使人對城內北邊街姑娘那裏說一句。」

「姑奶奶那裏，大官人昨日已去過了。」薛嫂搶過來說。「話都說下了。」「姑娘說了啥來？」孟玉樓問。「姑奶奶聽說大官人來，說的是要娶大娘子你，好不喜歡哺！」薛嫂說。「姑奶奶還說像西門大官人這樣的對象，到哪裏去尋去？不嫁這樣的人還嫁甚麼樣的人。」

「既是姑娘如此說了。」孟玉樓說。「那就好。」「莫不俺也不敢領大官人貿然的到你這處來。」薛嫂說：「這個媒，俺是保了。」

西門慶作辭起身，薛嫂陪著孟玉樓送出了儀門。然後，薛嫂送出了巷口，向西門慶說道：「看了這娘子你老人家可滿意了吧！」

「多謝薛嫂。」西門慶說「勞累你了。」「你老人家先行。」薛嫂說。「我還要跟大娘子去商量些事務呢！」

西門慶點頭上馬，兩個小廝跟在馬後，進城去了。

春梅以淫死

　　真格是天下沒有不透風的牆，何況春梅與陳經濟的假姐弟乃是真相好的行為，已到了不避使女的狂熱程度，休說是內院閨閣或外院書房，就是花園中的涼亭，也會在大白天就盤腿疊膝起來。當然，這些情事已傳到周守備耳邊了。祇是這時正遇上梁山泊的賊寇正在猖獗，時時與官府作對。他是山東一方的守備，哪裏有工夫回家。家中的一切事務，雖由兄弟周宣掌管料理，這種屬於家醜的事，又怎好透出口風？最後，他只得想了一個辦法，要他兄弟把春梅帶到任上去住些日子。偏巧，朝廷有敕旨下來，命令周守備率領本部人馬，會同濟州府知府張叔夜，合兵去征剿梁山泊的賊寇，限時開拔。那麼，帶春梅到任上住些日子的打算，也只得暫緩一時。可是周守備卻想出了一個移花接木的辦法，建議春梅為他表弟陳經濟尋一門親事，再為陳經濟在軍中補個職位。春梅一聽，也些微有些感受到了，遂一口應承。

　　由於軍事緊急，周守備怎敢在家多所勾留，遂馬上打點行裝，卻留下了張勝與李安兩人看家，只帶領了家人周仁隨去。

　　周守備走後，春梅便把周守備的這番意思，知會了陳經濟；陳經濟當然不會有異議的了。於是春梅著人喊來薛嫂，要他為陳經濟尋個門當戶對的女孩。說：「在年齡方面，十六、七歲不為小，過了二十也不嫌大。只要模樣兒長得好，手腳敏捷，頭腦伶俐；性情要好。」薛嫂兒最知道春梅與陳經濟之間的關係，所以他聽了春梅如此吩咐，遂說：「這件事兒，要急著辦嗎？」

　　「瞧你！」春梅慍然的說：「這還用問嗎？」「若想再尋一個像西門大姐那樣的門戶。」薛嫂說，「可就不易。」「這就要顯顯你媒人

婆的本領了。」春梅說。「不過，人品第一。要是尋得不好，可別嫌我巴掌小。我等著有個小妗子作伴哩！別當我是說著玩的。」

　　說著便吩咐擺茶上來。正閒聊著，陳經濟進來了。薛嫂兒便向陳經濟打趣的說：「我說陳姑夫，則纔奶奶吩咐我替你尋個親呢！」「誰是你姑夫？」陳經濟把臉繃起來了。薛嫂兒一聽便知道自己的話說錯了，遂馬上改口說：「舅爺休怪我老糊塗了。敢情說，我要是給你尋來個如花似玉的好娘子，你還得謝我哩！」陳經濟還是蛙著臉不言語。他厭透了西門家。

　　「哎喲！我的舅爺！」薛嫂喜皮涎臉的說：「算我一時說溜了嘴。下次不會了。」「以後別把姑夫兩字放在口邊。」春梅說。「那是過去的事，翻過去的皇曆了。」「只怪我這狗嘴。」說著自掌了一個嘴巴，「該打！該打！」

　　陳經濟忍住不笑了。說：「別撒瘋了吧！我是全聽我姐姐的。你只要照著我姐姐的吩咐去做就是。」

　　「瞧你這個老花子！」薛嫂兒又喜皮笑臉起來。「多會說話！怪不得你有恁麼一個好姐姐！」

　　丫頭月桂已把茶食安排妥當，照顧薛嫂兒吃了，便拎著花箱告辭。一邊走一邊說：「我替舅爺你去用心踏尋，尋著好女子，就會來報喜！」

　　「采禮美果、花紅酒肉，以及頭面衣服，不少她的。」春梅說「只要是好人家的俊俏姑娘。」

　　「我曉得。」薛嫂一邊走著一邊漫應著：「管情合你老人家的意！」

　　薛嫂兒離開了周府，卻真的去認真尋找起來。先提了朱千戶家的女兒，年十五歲，春梅嫌年齡小。又提了應伯爵的女兒，年二十二歲。春梅一來嫌應花子不是正經人，如今又死了，家裏又沒有陪嫁，

也不同意。最後說妥了葛大戶的女兒叫葛翠屏，年二十，模樣兒也長得好。嬌小玲瓏，瓜子面龐，溫文儒雅，又針黹女紅樣樣能。家境又好，父母雙全。就這樣，陳經濟在周守備家又娶了親了。

雖然春梅為陳經濟娶了妻子，但兩人在暗中仍有來往，妻子只是一個掩飾，用來斷人閒言語的籬牆而已。

不久，周守備剿伐梁山泊有功，不但萬餘草寇都受了招安，宋江等三十六人也全部降服。於是朝廷大喜，周守備升任了濟南兵馬制置都統制，管理分巡河道，提察盜賊，凡所部下從征人員，各升一級。由於陳經濟也在軍門帶得一個名字，遂也升任了參謀之職，月給米兩石，冠帶榮身，也坐了官了。

周守備回得家來，一家人歡快的過了一段喜慶日子，自是不在話下。但在周制置要去濟南上任之前，卻為陳經濟安排了一個營生，為他在臨清收買了一個店面，搭個主管，做些買賣。一切安排妥當之後，便留下了周仁、周義兩人看家，帶去了張勝、李安前往濟南上任。春梅帶著金哥，也到濟南上任去了。

這陳經濟自從有了個參謀之職，在臨清又有了個店面，便一時神氣活現起來。店裏又有夥計照管，他只是三、五日下去走一遭，算帳收錢。最近又交了些新朋友，逐日在臨清茶樓酒肆遊蕩。由於他有一身榮耀，又靠著周守備升了官，還兼管地方上的治安。於是，過去在嚴州拐去了陳經濟船上財物的楊二郎，在臨清開設的酒店，也收盤了過來。所以陳經濟遂又發跡了。在臨清，陳經濟居然有了兩盤大店。一家酒館，一家百貨。正由於陳經濟有了這樣一份財富，身上又有了榮耀，在臨清馬碼上，竟到處搖擺起來。

一天，他酒店裏住進一家三口，夫婦倆帶著一個年紀不過二十歲的女兒，長得非常標致。住進來時，只付了三天房飯錢，到了第四天卻付不出錢來。店裏的主管只得將情報告了陳經濟，說是隔鄰范家

介紹的。

　　陳經濟一聽，非常生氣，正想發作說：「扣人追保。」一想還有
位美貌的小婦人，遂壓下氣來，說：「帶我前去理論。」說過便動身
到了酒店。

　　坐下不久，店小二便領來一個薄施脂粉的小婦人，低著頭羞人
答答的斂袵向前，衝陳經濟道了個萬福。說：「再待三五日，錢就到
了。望求老爹寬限！」說過便站在一旁，低著頭兩手直捏裙子，偶爾
斜抬起眼皮乜乜陳經濟，像隻受了傷的鳥兒，抖顫著不知如何。

　　陳經濟一眼就看出這女人的貌相，他似曾相識，卻又一時想不
起是哪裏見過？正在用回憶的心潮回汐著時，一個中年婦人進來了。
長𢱟身材，圓臉蛋，雖然發胖了些，陳經濟卻也能一眼就認出他是韓
道國的老婆王六兒。當然，王六兒也一眼就認出了陳經濟。所以他沒
有等到陳經濟說話，就說：「你？你是？……」陳經濟馬上接口說：
「噢！我們在東京時認得的。」他要支吾過王六兒可能說出來的真
話。遂吩咐店小二出去照管客人，不用他等什麼吩咐了，因為他們相
熟。

　　店小二出去之後，陳經濟便笑嘻嘻的要他們母女坐下敘談。方
始知道朝中的蔡太師、朱太尉以及李右相等人，已被科道官交章彈奏
倒了，聖旨下來，已拿送三法司問罪，蔡太師的兒子禮部尚書蔡攸已
問斬刑，家產抄沒入官，親黨人要一一提去押赴煙瘴地面充軍。他們
獲得消息，連夜逃出了京城，如今只待去典賣清河的房子。說著，禁
不住哭出聲來。「不要緊的。」陳經濟說。「你們就在這裏住著吧！」
「幸好在此遇見姑夫！」王六兒說。「否則，只有去沿街乞討度日
了。」

　　於是陳經濟又把大姐已死，他早已不在西門家的經過，約略說
了一遍。又把與春梅結成了姐弟，在濟南統制府補了參謀之職的也說

了。跟著韓道國也過來見了面，三口兒就在臨清陳經濟的大酒店住居
了下來。

　　韓道國大婦本就是一對寡廉鮮恥的人，如今看到陳經濟也有了
這麼大的傘蓋樹蔭，自然加倍去逢迎。陳經濟更是一位好色之徒，在
這種情形之下，不到三天，韓愛姐便與陳經濟苟合在一起。居然一連
半個多月不回家。春梅到濟南任上去了，他渾家葛翠屏又沒有依靠，
只得回轉娘家。那葛員外正要帶領人等到臨清去找陳經濟理論，一個
天大的消息傳來，周統制陣亡了。

　　不久，春梅與張勝、李安等扶柩返清河。陳經濟自也回到清
河，協助春梅料理周統制的喪事。由於周統制死了，陳經濟的參謀之
職，虛銜雖還存在，臨清的兩片大店也照樣開著，卻已自知失去了威
風舖兒；再加上春梅的約束，也就不敢再像前些時，成天在臨清飄來
蕩去，只在春梅與妻子葛翠屏身邊周旋。臨清可是很少前去，連帳目
結算與收款，都由春梅指派張勝或李安去辦理。

　　周統制死後，表面上雖是春梅在掌管著家務，事實上，全是周
統制的弟弟周宣在掌舵定向。對於春梅與陳經濟之間的孽緣，周宣早
就看在眼裏，明在心裏；哥哥在日，春梅得寵，他不便說得，別人更
是知而不敢言語。如今，大樑雖折，還有個襲封的金哥，那是不可讓
他受到影響的。但又怎能再讓那陳經濟這樣入幕下去呢？今天的情
況，終究不是有那統制官守在世的日子了。所以他曾關照老家人周
仁，暗中注意及此。於是，周仁便做了周府前後院的大管家，把家小
遷到二門以內的東廂房居住。從此，出入人等也都有了規範，陳經濟
也不得像往常一樣，可以到內院出出進進了。

　　儘管如此，但俗語說得好：「吃屎的狗哪能離得開毛廁！」那春
梅夫人仍不時假借著與陳經濟的渾家葛翠屏的往還，照舊伺機暗通款
曲。這些事，除了兩房的丫環，外人是很難獲知內情的。丫環們又怎

敢走漏消息！

　　一天，陳經濟的渾家葛翠屏被支使到娘家去了，春梅與經濟兩人，又要準備幽會了。湊巧，張勝巡風到此。這也是周宣安排的，他暗中安排了張勝與李安兩人，暗中監視陳經濟的行動。因為張勝到臨清結算帳目，在臨清獲知了陳經濟不少行為不檢的事實，又從韓道國一家三口那裏，獲知陳經濟就是西門家的女婿，春梅的被趕出西門家，主因就是因為他們主婢與陳經濟通姦。而且也懷疑到他家的金哥就是陳經濟的孽種。這周宣為了金哥之能順利的獲得襲職的封贈詔命，又怎能不去特別注意此一繼續發展的姦情。那李安怕會沾惹上這些是非，已告假回家，跟著他的叔叔從事老營生跑馬賣鮮去了。外院便只有張勝一人，有時，則由周仁著他那十八歲的兒子周義，暗中去做張勝的眼風。更由於那陳經濟在臨清，仗著他是周統制的「舅子」，又有了參謀的職位，手頭又有銀子，吃喝玩樂便到處受人逢迎，因而曾占有過張勝的粉頭白菊花。那時的張勝，自知自己的身分地位，都不能與陳經濟為敵，只得忍耐了下來。如今，既受了主人交下的這一任務，遂越發的認真去巡邏看風。

　　這天，張勝業已獲知葛翠屏回了娘家，他們推想春梅又要與陳經濟聚會了。於是前後院都有人窺伺他們的行蹤。果然，春梅到陳經濟的住處去了。

　　周宣原來的計畫，只是希望獲得了事實的把柄，把陳經濟夫婦以和諧的方式，勸遷到臨清去住，等到金哥襲封的聖旨到來，再進一步處理春梅，自然是人以說詞謀害了他。只有這樣方能保全了他們周家的宗門名望。

　　話說那天，張勝一手拿著鈴鐺，一手拿著短棍，腰間還掛著一把鬼頭刀。他手中雖然拿著鈴鐺，卻把鈴錘握在手中，並沒有搖它。這一天，他打算捉雙，只要捉到了雙，他就會將情上報二老爺。他卻

不知道那十八歲的周義，已被春梅收買，早把他們巡邏的任務透露給
他了。何況張勝又是一個心粗如桶的楞漢子呢！

　　那張勝走到西廂房的院洛外也，一見院門未關，小丫頭珍珠靠
著大門框在吮糖葫蘆，張勝竟連個招呼也未打，就昂昂然大步闖進門
去。急得那小丫頭顫抖著嗓子直喊：「張虞侯，你找誰？找誰？我給
你通稟！我給你通稟。」那張勝哪裏理他，在他心裏則以為陳經濟正
與他家小夫人在顛鸞倒鳳呢！張勝一直向裏闖去。

　　西廂房只有三間平房，中間一間是廳，右邊是臥房，左邊是兩
個丫頭的居處。這房屋的居臥情形，是張勝清楚的。所以他逕自直
闖，信心十足的以為只這一次就會把二老爺的交代辦成。哪裏想到春
梅到來，只跟陳經濟說了幾句閒話，就帶著丫頭月桂抱著金哥，到花
園去了。只有陳經濟一人在廳上打龜兒卦玩耍。那張勝的腳步尚未踏
入門檻，就大聲叫了。「姓陳的。」張勝大吼一聲。「你做得好事！」

　　陳經濟一看張勝煞神似的闖了進來，身後還跟著一個小丫頭子
在哭著，也一時摸不著頭腦的站起來楞在那裏。還沒有來得及說話，
就被闖到廳上的張勝，伸手抓住了衣領，又說：「你他媽的有啥子來
頭？居然到俺守備府來禍害！當俺不知道你是誰啊！」

　　張勝的手雖然抓住陳經濟的衣領，嘴裏罵著，一雙眼睛還鵑鵑
鴒鴒的向四下裏搜尋著，在他認為他家的春梅夫人就在房內睡著似
的。

　　由於張勝的動作粗魯，用力猛，雖然只是一隻手抓拎起陳經濟
的頸邊衣領，卻已把陳經濟勒得說不出話來。可是，張勝則越罵越
氣，居然把陳經濟推倒在地，他騎在身上，揚起木棍，沒頭沒臉的打
了起來。陳經濟起先是一時被張勝的粗魯弄悶了，等到他鬆了手，把
陳經濟按在地上，陳經濟方始清明過來，可是棍子又沒頭沒臉的蓋了
下來。但陳經濟卻還本能的在地上翻滾著反抗，嘴裏也罵了起來，

說：「你這奴才，竟敢對付我起來！你真的知道我是誰啊！」

張勝一聽，竟雙手把陳經濟的衣領打從下巴頭朝上一拎，把陳經濟從地上拎了起來。一擁就推到牆邊，擠在牆上，說：「你是誰？你是他媽的醃韭菜，你是他媽的破抹布，你是他媽的破草蛙，你是他媽的臭狗屎，你是他吭屄的屁精，你是他媽的舐女人屁股的狗，……」罵一句就把陳經濟的頭向牆上圖咚撞了一下。

陳經濟哪裏還有聲氣兒說話。兩個丫頭，被這兒猛的情形諕跑，跑向二老爺那裏去稟告去了。

正在張勝罵個不完的時際，陳經濟自然運用了本能的意識與動作去抵抗。他竟一口咬住了張勝的手背，居然咬下了一塊肉皮下來。這張勝頓時怒惱填膺，順手拔出了鬼頭刀，衝著陳經濟肚子一插向上一推，只一下，陳經濟啊呀一聲，兩眼一翻一白瞪，便嗚呼哀哉！

那張勝拔出刀來，他已是渾身的血跡，口中還在罵著說：「你他媽的在西門家還禍害的不夠啊！你他媽的！你他媽的！」衝著仰躺在地上業已死去的陳經濟，還在罵個不休。他幾乎忘了他已殺死了人。

當張勝的情緒鎮定下來，在身上擦了擦刀上的血跡，插入刀鞘，正要出門的時候，丫環帶著二老爺周宣來了。「二老爺！」張勝說：「我已解決了一個。」

這時周宣望見張勝身上的血跡，猜想到張勝行了兇了。周宣進得廳上一看，陳經濟仰臥在地上，業已死於非命。「我們怎能容他在咱府上禍害！」張勝還理直氣壯的說。

周宣吩咐兩個丫環快去後邊請小夫人到來。等兩個丫環一走，周宣便向張勝說了：「這人命關天，非同小可。如今是三十六計你走為上計，快去換了衣裳，馬上逃走，到濟南府張叔夜老爺那裏，這裏的一切，由我處置。這裏有紋銀二十兩。」說著從袖中取出元寶一錠，說：「快此逃走！」就這樣，周宣把兇手張勝放走了。

等春梅到來，問明究竟，只說是張勝與陳經濟兩人由口角而打鬥，被張勝失手殺死，兇手已畏罪潛逃。也就這樣簡簡單單的結了案，把陳經濟下葬了完事。春梅雖明知這其中另有原因，卻也提不出理由來。他與陳經濟本就不明不白啊！

陳經濟死了，春梅雖然傷心了不少日子。在哭泣時也時時唸叨著說他死得冤。但又奈若何！再說，春梅一向是聽天由命的。傷心了一些日子，也就淡漠下來。何況，他與那十八歲的周義，又有了苟且呢！

自從周統制陣亡，縱然家中還有萬貫金銀的財富，也抵不上有官在日的那份氣勢了。如今，他又是孀婦的身分，在行動上，也有了禮數上的種種節制，再加上金哥的襲封事，二老爺不知向他說了多少次，做母親的德操，也是襲封的條件之一。越發的使他的情緒，一天天萎縮起來，健康自也一天天退步。先時，還有個陳經濟可以調劑他生活上的寂寞，爾今，陳經濟也死了，而且死得如此的悽慘。給與春梅的打擊比周統制的陣亡還要大。是以這一年來，春梅可真是瘦弱多了啊！

在西門家，春梅的身分雖是丫頭，但與潘金蓮主婢兩人，則情同姐妹，任何秘密，彼此都不隱瞞。男主人也喜歡他，視同妻妾一樣。可以說，他在西門家的生活，真是自由歡快的如大洋中的游魚、花圃中的蜂蝶，嫁到周家來，無論周大老爺是多麼的寵愛他，也只是籠中的鳥兒。這也正是春梅一發現了陳經濟，就苦苦要求周守備為他尋找的心理因素。尋來了陳經濟，之所以不顧他已是守備夫人的貞操，與陳經濟重締舊歡，正因為春梅的性格根本不是個夫人之份啊！

這且不表。且說春梅自從陳經濟死後，健康雖然日漸瘦弱，而且有了咳嗽而醫藥不癒的疾病，可是他最大的痛楚，則莫過於心靈的空虛，想當年他與潘金蓮在西門家的那段日子，儘管為了漢子的來或

不來，常使他們日夜的企盼，且又時常在姐妹淘中鬧些閒氣，不時的爭爭吵吵，可是日子過得是多麼的充實呢！到了周府，漢子也沒的等，不知哪天回來，從沒有個等待之期。漢子死了，更得虛偽的去擺出節婦的節操出來。這些都不是春梅的性行所能忍受的。

　　自從二老爺為了防備陳經濟的行為會破壞了金哥的襲職，把老管家周仁一家人安排到二院的東廂房居住，由於周仁的小兒子周義年紀還只有十八歲，未多加注意，竟與春梅首尾上了。正因為周義是個孩子，初接婦人，一旦滋味上了，往往一日數求，只要有了機會，總不願放過。就這樣，春梅在周義懷中洩慾而亡。傳出來的說詞，則是小夫人思念總制老爺，積鬱成疾而亡。在舉行葬禮時，還獲得追贈為三品安國夫人呢！

吳月娘的這頓牢騷[編按1]

——《金瓶梅》的語言

> 《金瓶梅》的語言，雖被大家稱道，可無法與《紅樓夢》比，
> 金，是方言土語，紅，是通行的官話。尤其《金瓶梅》的人物
> 語言，是一種不南不北的自創土語，所以讀起來，頗感詰
> 屈。我這話，可以舉例說之。（以「詞話本」為則。）

當西門慶聽了潘金蓮說他受到了上房奚落他，「說我在他跟前頂嘴來，罵我是不識高低的貨。」又湊巧碰上西門慶正惱李瓶兒嫁了蔣竹山，又在他獅子街的對面開起了生藥店，可真是小鬼欺負到閻王爺。他在氣頭上，聽到潘金蓮這麼一番口舌，遂激憤起西門慶說：「你由他！教那不賢良的淫婦說去。到明日休想我這裏理他。」不想這話傳到吳月娘耳朵裏，遂從此之後，吳月娘便與漢子鬥起氣來，就是見了面也不說話。一直到了西門慶把李瓶兒娶到家裏來，這份氣惱還沒有完。

西門的堂客，已是六房了。李瓶兒的花家，就在隔壁，只是一牆之隔。雖然是大大的院子，前後幾進，如今李瓶兒嫁過這邊西門家來，侍女小廝都跟了過來，只剩下馮嬤嬤一個老婆子看守。於是西門慶又派了來旺夫婦倆搬過去住。來旺的媳婦是個病人，得人照顧。吳月娘不同意漢子這樣處理家事，兩人卻又好長日子不答腔啦！但作為一個忠誠的家庭主婦，總是想著這些家事。再加上李瓶兒娶到家裏

編按1　原載於《臺灣新聞報》，第12版，1998年4月24日。

來，漢子做的那些作為，給全家上下人等，製造了不少談笑的話碴子。轎子到門，沒人理啦！新婦入了房，漢子不進門啦！進了房大罵之後，就喝令新婦脫光了衣服，挨馬鞭子啦！跪在地上哭訴啦！……摟起來啦！……甚麼！甚麼！被丫頭小子說纍地五色俱現、五味俱全。這些事，吳月娘聽來，心裏都不是味兒！

可是，他有啥法子呢！他受到的教育是：「往之汝家，必敬必戒，毋違夫子！」禮云：「以順為敬者，女子之教也。」

這天，二房李嬌兒、三房孟玉樓在上房陪大娘坐的。忽聽見外邊小廝，一片聲尋來旺（兒），尋不著。只見平安掀簾子。吳月娘便問：「尋他做甚麼？」平安道：「爹緊等著哩！」月娘半日纔說：「我使他有勾當去了。」原來吩咐下他，往王姑子庵裏送香油白米去了。

平安道：「小的回爹，只說娘使了他有勾當去了。」月娘罵道，「怪奴才，隨你怎麼回去。」平安諕得不敢言語一聲（兒），往外走了。

月娘便向玉樓眾人說道：「我開口，又說我多管，不言語，我又憋得慌。一個人也拉剌將來了。那房子賣吊了就是了。平白扯淡，搖鈴打鼓的，看守甚麼？左右有他家馮媽媽在那裏，再派一個沒老婆的小廝，晚夕同在那裏上宿睡就是了。怕走了那房子也怎的？作養娘抱巴巴，叫來旺兩口子去，自他媳婦子七病八病，一時病倒了在那裏，上床誰扶持他？」玉樓便道；「姐姐在上，不該我說，你是個一家之主，不爭你與他爹不說話，就是俺們，不好張主的？下邊孩子們，也沒投奔？他爹，這兩日隔二騙三的，也甚是沒意思。看，姐姐恁的：依俺們一句話（兒），與他爹笑開了吧！」月娘道：「孟三姐，你休要起這個意。我又不曾和他兩個嚷鬧，他平白的使性（兒），哪怕他使的那臉痠，休想我正眼看他一眼（兒）！他背地裏對人罵我不賢良的淫婦，我怎的不賢良的來？如今聳六七個在屋裏，纔知道我不賢

良。自古道：『順情說好話，幹直惹人嫌。』我當初說攔你，也只為好來。你既收了他許多東西，又買了他房子。今早又圖謀他老婆。就著官（兒）也看喬了。何況他孝服不滿，你好娶他的？誰知道人在背地裏，把圈套做的成成的，每日行茶過水，自瞞著我一個（兒），把我合在缸底下，今日也推，在院裏歇，明日也推，在院裏歇，誰想他只當把個人（兒）歇了家裏來。端的好，在院裏歇，他自吃人在他跟前那等花麗胡哨，喬龍畫虎的兩面刀哄他，就是千好萬好了。似俺們這等依老實苦口良言，著他理你理（兒）？你到如今，反被為仇。正是：『前車倒了千千萬，後車倒了亦如然。分明指與平川路，錯把忠言當惡言。』你不理我，我想求你？一日不少我三頓飯，我只當沒漢子，守寡在這屋裏，隨我去，你們不要管他！」幾句話說得玉樓眾人訕訕的，良久……

　　我們看這一大段吳月娘當著李嬌兒、孟玉樓兩人發出的牢騷話，最值得我們研究的是話中的人稱，我、你、他三字的「人指」，時時跟隨語氣在變換。從一開頭的「我」是吳月娘自指，說到「看守甚麼？在在有他家馮媽媽子」的「他家」之「他」，指李瓶兒的花家，我們一看就懂了，下面的「自他媳婦子」到「誰扶持他」的兩個他，人指是來旺有病的媳婦；再下孟玉樓口中的「他爹」，人指是西門家的家人等等。吳月娘答話中的「我」與「他」，人指的「我」是吳月娘自指，「他」則是丈夫西門慶。再下面吳月娘的一番牢騷，「我當初說攔你」的「我你」是他吳月娘與西門慶。「你既收了他許多東西，又買了他房子」話中的「他」，人指是李瓶兒；下語「今日又圖謀他老婆」中的「他」，人指是李瓶兒的丈夫花子虛，再下「他孝服不滿，你好娶他的？」語中的「他」，人指是李瓶兒。「你」的人指是西門慶。再下語「誰想他只……」與「他自吃人」兩語中的他，人指還是西門慶。可是，「在他跟前那等花麗胡哨」以及「喬龍畫虎的兩面刀

哄他」的語中兩個「他」，人指就是在語上推敲了。首先要明白吳月娘口中的那個「花麗胡哨，喬龍畫虎」的是誰？應是潘金蓮也。所以下面有吳月娘這麼一句：「似俺們這等依老實苦口良言，著他理你理兒？」這話中的「他」，是西門慶，「你」則是吳月娘自指，下面的結語是「你到如今，反被為仇」中的「你」，也是吳月娘自指。

　　這段牢騷話的結尾，說：「你不理我，我想求你？」等語中的「我」、「你」，悉吳月娘自指他之與漢子西門慶也。

　　這段話中，除了人稱問題的動變問題，是隨著人物的心理情緒起伏而易趣的，其中還有比況的成語運用，如「平白扯淡，搖鈴打鼓」以及「順情說好話，幹（戇）直惹人嫌」，以及「花麗胡哨，喬龍畫虎」、「分明指與平川路，錯把忠言當惡言」，我想，讀者有十九都能意會。但這句：「作養娘抱巴巴」一詞，可能不是大多數讀都可以領會的。意思是做養娘的主要任務是跟人家帶孩子，孩子隨時拉屎灑尿，自然是養娘應做的事，「抱巴巴」意為料理屎尿。「巴巴」，孩子大便的稱呼。這話指李瓶家既有馮媽媽在，還派來旺夫婦倆去，豈不是多餘，房子還有腳跑掉嗎？馮媽媽不能兼看房子嗎？孩子既有養娘，還能再僱一個鏟屎接尿的人兒麼！

　　《金瓶梅》中的這類比況語，非常之多，有不少這類比況語，至今還無人尋出正確的比況出來，休說語之出處矣！

　　（容後，再一一尋出，謀求正確的解析。）

　　吳月娘的這段牢騷話中，還有一些加「兒」字音的語句，如「吾語一聲兒」、「一句話兒」、「看他一眼兒」、「使性兒」、「一個兒」、「把個人兒」、「理你理兒」等等，大都不是說北方話的人士，從筆下流洩出的語言，像「使性兒」、「理你理兒」，又怎能在口語中道出「兒化」音來？

　　文句的語言，終究與說話的語言，是有距離的。

不過，在南方人聽來，把北方話中的兒化音，自以為是的寫入文句，就是《金瓶梅》語言的形態。

再仔細看看，這段話中還有兩個字，值得討論，前一個「哪怕他使的那臉瘩」的「瘩」字，究係何意？唸什麼音聲？連《康熙字典》都沒有這個字。梅節先生的校訂本，改為「格」字，音義都感到不妥貼，「崇禎本」的北京首都圖書館藏本，據王汝梅校刻本「崇禎本」註五說刻作「落」，也不妥貼。清朝《第一奇書》的「在茲堂」本，也是「瘩」字，此字的意義，既然無字書可尋，這一「臉瘩」是個什麼形態？可就難猜了。

若以文句的語氣來想，西門慶見了吳月娘擺出的那個臉像，應是板本起來，無絲毫笑紋。這個「瘩」字，如果讀「格」音，那就是某地區的方言語助詞土音，不是義助詞。智者，不妨朝此方向求之。

還有「他自吃人在他跟前……」的「吃人」兩字，前一回（十九回）也有「他也吃人念了。」（他也被人算計了）。第七十五回也有，如「就吃他在前邊攔攔住了。」再後，則改作「乞」字，如「不管好歹都乞他罵了去罷。」、「吳月娘乞他這兩句，觸在心上。」、「把好的乞他弄死了。」意思跟「吃」字一樣。像這麼一句語言，在《金瓶梅》中使用的次數特別多，卻未見有人考釋。

吾不知此一語態，是何地方言？南音耶？北語耶？期智者索之。

金瓶梅餘穗

魏子雲　著

版本源流
1　臺北　里仁書局　2007年1月。
2　本書據里仁版重製　橫排印行。

出版前言

　　魏子雲先生（1918-2005），著作等身，涵蓋小說、劇本創作、國文教學、文藝評論等範疇，尤其對《金瓶梅》一書的作者、版本與成書過程，考證不懈，能破能立，已建立其國際間特出的地位，對海峽兩岸《金瓶梅》研究風氣亦有推動之功。《金瓶梅餘穗》一書，乃魏先生晚年最後手稿，從字裡行間，我們不難發現他對《金瓶梅》的熱情，始終如一；而他探求《金瓶梅》真相的態度，也有其一貫的堅持。里仁書局特別隆重出版本書，以表達我們對這位一生孜孜不倦的《金瓶梅》學者無限的崇敬與緬懷。

校對說明

　　本書乃《金瓶梅》專家魏子雲教授最新彙整的一部《金瓶梅》研究論集。作者供稿時，偶有謄錄不清之處，又〈關於金瓶梅詞話的卷帙〉一篇猶似未完，隨後突然腦部溢血，無法親自校閱。本書雖經里仁書局編輯部校閱一過，復由胡衍南先生與本人奉命代為通讀，卻仍不免出現若干費解而又不宜妄改的狀況，姑存其真，以示對作者的尊崇，切盼讀者鑒察。（陳益源謹誌）

上編

《金瓶梅》編年說

一

　　《金瓶梅》一書，述說的故事背景，明指的是宋朝，暗指的是明朝。這已是眾所公論的事。

　　書中故事明寫的宋朝年代，是從徽宗政和二年起，到南宋建炎元年止；上下綿亙計有十六個年頭。可是實際上，述說小說正題的故事，只不過政和三年到宣和元年這六年多些的時間裏。一天天慢慢演述出來的。其中最重要的故事，都放在政和六年到改元重和、再改元宣和的這三年多的時間裏演述。何以說祇有三年多呢？因為寫在宣和元年之間的《金瓶梅》故事，可以編錄出年月的事件，只有從正月到四月十五日的這三個半月。認真說來，故事進入了重和，情節已演到第八十八回了。試想，以後的八個年頭，只不過演說了九回故事。那麼，我們基乎此，已足可了解到《金瓶梅》的真正故事，是結束在重和這年間的。至於重和以後的故事，演述的目的，看得出來，它只是——給予故事中的人物有所交代，使故事有個終了的結局而已。

　　更清楚的是，自宣和二年起，記事的月日，已不像以前幾年，紀年月日記的那麼整齊，這之後，紀年月日，都記寫得點點綴綴而零零星星。可以說，凡是記述在故事中的年月，只是用以點示情節行將結束的眉目，使讀者能認知其中人物的結果就算了。所以，宣和二年以後的紀年，在史實背景的追尋上，已無推敲的價值。縱然有所隱指，也不易在紀年上，去絲絲求印證了。

　　顯然的，重和前後的三幾年，似乎有所隱指。正如前人曾經論

及的，它的時代背景，隱指的是明朝的萬曆這一時代。這一點，吳晗與鄭振鐸業已論及[1]，認為它的著作時代及歷史背景，是萬曆三十年前後。這論斷，還只是一個概括而約略的說法，如從其中的紀年去推繹，或許能尋出一條更其清晰的萬曆曆日。所以，我大膽的來從事此一編年之說。

二

關於《金瓶梅》的故事紀年，日本學者鳥居久靖著有〈編年稿〉[2]，對其中紀年上的牴觸與重複，曾作考訂[3]。使我最感到興趣的一件事，是鳥居先生在第七十回及七十一回中的西門慶等人上京謝恩事。這一天，是政和七年十一月初十日，西門慶已奉旨升為正千戶，東京本衛經歷司，差人行照會到，曉諭各省提刑官員知悉，火速赴京，趕冬至令節見朝引奏謝恩；勿得違誤，取罪不便。於是，西門慶等人，於十二日起身，離了清河縣，趕往京師，通常，由清河到京師，行程是半個月的時間[4]。到達京城應是十一月二十六日。鳥居先生拈出萬曆三十七年的冬至日，是十一月二十七、八日。疑想這一回的記事，可能採取的是萬曆三十七年的現實材料。我在其他幾篇短論中，業已引證著了。可是再經推敲這第七十回中的故事情節，再去查

1　參閱拙作：《金瓶梅探原》、吳晗著：〈金瓶梅的著作時代及其社會背景〉，《文學季刊》創刊號（1933年10月）。鄭振鐸作：〈談金瓶梅詞話〉，《中國文學研究新編》（臺北市：明倫出版社，1971年）。

2　鳥居久靖著：〈金瓶梅編年稿〉，《日本天理大學學報》第15卷2輯。

3　所作考訂，至為詳確。惜僅發表五分之一。鳥居先生已過世多年，天理大學說尚未見全稿。

4　根據《金瓶梅》所寫情節計，通常由清河到東京的行程，或由東京回清河，都要半月光景。快馬趕行程是例外。

證萬曆三十七年間的冬至之日，便發現了此一記事上的紀年，不可能是萬曆三十七年。這問題，我們要從這七十回的故事本身，去詳確驗證它了。

在情節上，雖未寫明西門慶等人到達東京的日子，是確切的那一天，但卻寫明了西門慶到達東京之日，當晚住在崔中書家。第二天，便去叩拜蔡太師。蔡太師不在家，代聖上去主持新蓋上清寶籙宮的奉安牌扁去了。西門慶問翟親家，他見朝引奏謝恩的日子，是不是應等冬至聖上郊天回來？翟謙回答說：「親家你等不的。冬至聖上郊天回來，那日天下官員上表朝賀畢，還要排慶成宴。你們原等的。不如你今先（到）鴻臚寺報了名，明日早朝謝了恩，直到那日堂上官引奏畢，領到箚付起身就是了。」西門慶謝了翟管家，作辭出門，來到崔中書家，一面差賁四到鴻臚寺報了名。次日見朝，青衣冠帶，同夏提刑進內，不想只在午門前謝了恩出來。情節寫到這裏，已是西門慶抵京後的第三天了。西門慶在這抵京後的第三天，回拜了何千戶之後，又是一宿晚景題過，次日一早再到何千戶家，吃了早飯，一同押著禮物去拜謁朱太尉。這是抵京後的第四天了。第七十回寫他們拜見朱太尉完畢，第七十一回寫西門慶與何千戶從朱太尉家回來，晚上又在何千戶家吃飯聽唱，這晚住在何千戶家。第二天才是冬至日，已是西門慶抵京後的第五天了。試想，這一年的冬至，是西門慶抵京後的第五日。西門慶他們在十一月十二日由清河動身，縱然提前一天到達，也只是二十五日，再提早一天到達，也只是二十四日。就是行程只花了十三天到達，距離萬曆三十七年的冬至（十一月二十七日），還相差著一天或兩天呢？

根據《神宗實錄》所記，萬曆三十七年的冬至，是十一月甲辰（二十七）日。但據鄭鶴聲編《近世中西史日對照表》，則列為癸卯（二十六）日。說起來，明朝的曆日，尚有不少異辭，此處已無篇幅

引說[5]。不過萬曆四十八年的泰昌元年，冬至之日則為十一月二十八日，不僅《神（光）宗實錄》如此說，鄭鶴聲的編年表所列，也是辛丑（二十八）日。那麼，我們如把這七十回中的此一紀年，認為隱指的是萬曆四十八年或泰昌元年，在時間上，卻能絲絲不紊的扣證上了。

三

這一問題，最值得我們探討的，是七十一回中，西門慶由東京起身返家的紀日，竟是「十一月十一日，東京起身。」這一點，如從小說的情節看，應是一大錯誤。在上一回，既已寫過西門慶由清河起身赴京，是十一月十二日。約半月時間抵達京城，在京中過了四晚，才是冬至令節。拜完了冬，又在何千戶家住了兩夕，方始整裝起身返清河。在京城一共逗留了七天，加上路途行程，無論如何應該是十二月中了，怎能再退回到十一月十一日去？顯然的，這是情節上的錯誤，是無話可以辯說的。這錯誤，我們可以推想是集體創作上的缺失，大家分回而寫，各寫各的部分，匆匆付梓，沒有作最後的提綱總繫，遂產生了這種重複上的交錯。或者由於作者的寫作時間太長，寫了後頭，忘了前頭。這種推想，按說都能成其理由。可是，當我們獲知天啟元年的冬至日，是十一月初九。那麼，此一問題，我們卻不得不另作推想了。

5　關於明朝曆日，萬曆年間官頒的是大統曆。在萬曆中葉，曾有人考算節令，已有誤差。建議更正。甚而有建議改用萬年曆者（即今之耶穌紀元曆）。且另有回回曆。我這編年之說，悉據神宗及天啟的實錄。雖查對鄭鶴聲的《中西史日對照表》有所誤差，則仍以史之實錄為則。惟泰昌元年及天啟元年的冬至日期，則與鄭編兩者相同。

　　在第七十一回裏寫著，西門慶與何千戶等，跟隨眾人進朝，在眾官之後五拜三叩，詔改明年為宣和元年，正月元日，受定命寶。這天，西門慶與何千戶回來，又過了一夕，到次日才到衙門中領了箚付，同眾科中掛了號，打點殘裝，收拾行李，與何千戶一同起身。何太監晚夕，又置酒餞行。算來，從冬至這天起，又過了兩夜了。下面說「十一月十一日，東京起身。」自可從而推想這年的冬至，應是初九。正巧，天啟元年的冬至，是十一月初九日，《熹宗實錄》如此記載。那麼，我們或可推想，此一前後參差的錯誤，似乎不是無意的吧？

　　我們探討西門慶由清河抵京，再由東京返抵清河的兩個正確日子，頗有不易研判的情節存在。譬如前面說的，西門慶抵東京之日，應是十一月二十四日。他們是十一月十二日由清河動身。通常，由清河與東京往還的單一行程，需時半個月。十一月十二日動身，要在十一月二十六日到達。但因為他這一行二十餘人，一路上是「天寒坐轎，天暖乘馬」，又因為「冬天易晚」，於是「晝夜趕行」[6]。當然，他們由清河到達東京的時間，必然是提前了。所以，我們可以推定他們提前了兩天到達，乃十一月二十四日。他們在京住了四晚。第五天才是冬至，當然是十一月二十八日。但七十一回寫到西門慶等人由東京返清河，則是十一月十一日動身。那麼，他們是那一天回到清河的呢？《詞話》中記述的月日，參差得可就不易研判了。

　　作者把西門慶由東京起身返回清河的日期，又回到十一月十一日去，我已研判出那是隱寓天啟元年的冬至日。可暫時放下不管。可是，西門慶等人，是那一天回到清河的呢？在七十二回中，業已寫明他們回到清河的日子是十一月二十四日。作者這樣寫著：西門慶於後

6　參閱〔明〕蘭陵笑笑生《金瓶梅詞話》，第七十回，頁4。

晌時分回到清河家中，洗過了臉，第一件事就是在院子裏安放供桌，
燒香對天地許願心。吳月娘問他為什麼許願心？他便把「昨日十一月
二十三日，剛過黃河，行到沂水縣公用鎮上，遭遇大風」的事，說了
一遍。從此一記述，我們可以清楚的知道，西門慶由東京回到清河的
日子，是十一月二十四日。全部行程正好是十四天。雖然應伯爵得知
西門慶已回到家，認為「哥從十二日起身，到今還得上半月期，怎的
來得快？」應說他是把西門慶的起身日，記錯了一天。以為還不到半
個月，怎麼就到了家了。

　　回到清河，曾問何千戶上任的日期，何千戶定准在二十八日上
任。回到家的這一晚，在吳月娘房中歇了一宿，次日在家置酒與何千
戶接風。這個「次日」，應是指的「二十五日」。宴請了何千戶，這
晚住在金蓮房中。第二天一早起身，便向衙門中去吃何千戶上任的公
宴酒。那麼，何千戶上任是十一月二十六日了。所以後來的「崇禎
本」，便把前面寫的「定准在二十八日上任」，改為「二十六日」。不
過，這一情節，我們也可以作如此看法，「公宴」在前，正式「上任」
的日子在後。此一事理，也是說得通的。

　　應伯爵為兒子請滿月酒，日期定在十一月二十八日。工部安郎
中要在十一月二十七日這一天，商借西門慶家擺酒，與宋松泉、錢雲
野、黃泰宇等人作東，宴請蔡京的第九公子九江知府蔡少塘；他上京
朝覲打此路過。依情節看，這一要求，應在十一月二十六日。這夜，
西門慶住在金蓮房中。第二天，應是二十七日了。可是西門慶看到應
伯爵的請帖，遂向應伯爵說：「管情後日去不成。實和你說，明日是
你三娘生日，家中又是安郎中擺酒。二十八日他又要往看夏大人娘子
去。如何去的成。」這話豈不是二十六日的語氣。關於這一點，連年
月日都時有錯綜一年或一日的情形，在《詞話》中，可以說屢見不
鮮。看來，都不是無意的錯誤。似乎意在有所混淆與掩飾些什麼吧。

還有說潘金蓮被拋離了半月，實則，西門慶東京來回，是一個多月，
不是半個月。照情理說，作者不應寫錯。

四

　　說到《金瓶梅》寫到兩次改元的問題，是探討《金瓶梅詞話》成
書年代的重要關鍵。雖然到了所謂「崇禎本」七十一回中的改元宣
和，已改為改元重和，與七十六回的翻看改元重和的曆日情節，尚能
符契。可是，重和這一年寫到第八十八回，十二月終了再進入翌年正
月，則應有改元宣和的記述。但在《金瓶梅詞話》中，卻未曾記上這
麼一筆。與前面兩次寫到改元的重視，就不能不令人去推敲它的原因
了。

　　按徽宗在位二十五年，改元六次。建中靖國、崇寧、大觀、政
和、重和、宣和；重和改元僅一年，即改為宣和。又七年禪位與子，
改元靖康。第二年再改元建炎。這些，在《詞話》中都有明確的記
載[7]。如果《詞話》七十一回所寫的「改元宣和」，是「改元重和」之
誤，那麼，由重和改元宣和，竟不寫明，便與《詞話》前後的寫作原
則，不相符合了。由此，我們或可疑想及《詞話》第七十一回的「改
元宣和」而忽視了「重和」的先於宣和，可能有所隱寓。說到這裏，
我們便不得不去推繹《詞話》中紀年的隱指；更可以說是有所影射的
問題了。

　　查有明一朝，在位天子除英宗重祚有兩個紀元，其他都是一個
紀元終其一朝。但萬曆終朝，則情形特殊了。這一年之間，事實上有
了三個紀元，即萬曆、泰昌、天啟。雖然在史家的紀錄上，並非如

7　見《金瓶梅詞話》同前註，第九十九回、一百回。

此，而事實上則是。按萬曆於四十八年七月二十二日宴駕，皇太子常
洛於八月一日繼位。登基之日，曾詔頒明年泰昌元年。想不到這小子
無福，坐上皇帝寶座僅僅一月，九月一日便崩逝了。可以說是未及改
元。關於此一問題，當時的臣子，曾有以下三種建議。一、上借父下
借子，改萬曆四十八年為泰昌紀元，使泰昌有圓滿的一年紀元。二、
泰昌僅有一月，談不上紀元，仍以萬曆四十八年終其年，明年再以天
啟紀元。三、七月以前，稱萬曆四十八年，八月以後稱泰昌元年，明
年是天啟的紀元。結果採取了第三案頒詔天下。這父子孫三代的紀
年，才這樣獲得定論[8]。

　　像萬曆、泰昌、天啟這半年之間突變成的三個紀年，乃史所僅

---

[8] 　體科左給事中李若珪言：殿下正位，即先帝之年，當議改元。同朝謂明年正月朔，
　　為殿下紀元之始，今年八月朔至十二月，斷宜借之先帝，稱泰昌元年。御史黃士彥
　　說：《春秋》隱公書元年春王正月。解者曰：凡人君即位，其禮元以居，故不書一
　　年一月也。若中歲改元，使人君不得畢其數，嗣君不得正其初。于義為不經。先帝
　　即位一月，善政不勝書，未及改元，修史誰能隱之。臣子乃于後改之，是以過舉遺
　　先帝耳。
　　浙江道御史左光斗言：今距登極僅一月矣。攀髯之號，一年再見，古事不載。唐德
　　宗改元凡三，建中四年，興元一年，貞元二十一年。共二十六年。德宗於貞元
　　二十一年正月崩，順宗即位，隔年改元永貞。八月疾，讓位太子，明年為憲宗元和
　　元年。然則史稱德宗二十六年。蓋合永貞一年，而永貞亦借貞元之二十一年。父子
　　共為一年。此其最較著者。若今日之議，萬曆自四十八年，泰昌繫以元年。但史自
　　萬曆四十八年八月一日前仍書萬曆，自八月一日後至十二月則書泰昌。並行不悖，
　　古今通行。泰昌之於萬曆，猶天啟之於泰昌也。泰昌不忍其親，則存之；天啟獨忍
　　其親，則削之？是陷皇上於不孝也。即不忍其祖而于其父，猶之不孝也。忍于全泰
　　昌之孝，而不思所以全皇上之孝，是議者之過也。
　　禮部亦上言：帝統必不可遺，世系必不容紊。先帝升遐之日，猶存萬曆庚申之年，
　　而明歲改元之期，即為天啟辛酉之始。似乎萬曆之後，天啟繼之，而泰昌年號虛而
　　無實矣。然神宗之統，則傳之先帝也；皇上之統，則受之先帝也。上尊謚則有廟
　　號，修實錄則有徽稱。倘非繫以泰昌，則繼萬曆而開天啟者，屬之誰乎？會議與臣
　　部符合者，十之八九。伏乞聖斷，敕天下自八月始至十二月終，俱為泰昌元年。從
　　之。（以上錄自明人談遷之《國榷》，卷八十四。）

見。那麼，我們如從此一史實的時代背景，來看《詞話》援用宋徽宗
這三個紀元的錯綜處理，似乎是在隱指——更可以說是影射萬曆末朝
的這一改元紀年事件。看來，應說是一大鐵證。

五

我們如從此一紀年去推想它的隱指與影射，我敢大膽的說，寫
於七十一回的「詔改明年為宣和元年」，實際上是隱指泰昌。何以
故？在《金瓶梅詞話》中，「宣和」一詞，僅僅在第七十一回寫了那
麼一次改元的記述，到了第七十六回，曆日頒下之後，已是重和元年
閏正月，之後的年月記述，直到九十九回，才改宣和七年為靖康元
年。但實際上，從第七十六回以後，到第九十九回改宣和七年為靖康
元年的這二十四回的情節裏面，可以編寫出的年月，連重和這一年算
進去，也只有七年。如不算重和，則只有六年，不是徽宗朝的史實
了。

那麼，我們如從這一點來看，顯而易見的，《金瓶梅詞話》的作
者，是把重和與宣和合併在一起來紀年的。這種情形，要不是有意的
在隱指泰昌、天啟，又怎會如此巧合呢？作者既然採用了徽宗朝的紀
年，準不會連重和宣和改元的前後秩序也鬧不清吧！

《金瓶梅詞話》的這一編年記事，隱指的是泰昌與天啟，已相當
鮮明。七十一回的宣和改元，指的泰昌，所以到了正式的曆日頒下，
已是重和元年了。這之間，還夾有一個微妙，那就是「重和元年該閏
正月」。查徽宗的重和元年無閏，可是天啟元年則閏二月。我們如果
再把泰昌元年（萬曆四十八年）的冬至日（12月28日）及天啟元年的
冬至日（11月9日），去配合西門慶的離開清河赴京抵京之日，以及
離京返回清河的時日，作一相互參證。就可以推繹到《金瓶梅詞話》

的作者們，在寫作《金瓶梅詞話》時，已是天啟初年了。

　　《金瓶梅詞話》的作者，把重和元年與宣和元年看成同一年，日本學人鳥居久靖也如此說[9]。因為《金瓶梅詞話》中的情節記述，就是如此。有關此一情節上的事實，我在前面已提到了。像這種情形，在明朝歷史上，祇有泰昌與天啟是如此，其他則無。徽宗的重和紀年，也有整整十二個月，然後再改宣和，事實上，重和元年與宣和元年，是不能併作一年看的。但泰昌與天啟，可就無法劃分了。雖然，史家業已訂明泰昌的紀元起訖，但事實上，泰昌是不曾有過過紀元的一朝。《金瓶梅詞話》的作者，把重和元年與宣和元年合併起來紀年，豈不是有意的去隱指泰昌天啟這個朝代嗎？

六

　　明光宗常洛這一月天子的悲劇，我已根據史實另行編寫了〈一月皇帝的悲劇〉，把「冊立」、「妖書」、「之國」（福王）、「梃擊」、「紅丸」，以及他死後的「移宮」等事件，一一集縷起來，作為我這一研究的事實參證。這裏自無法多所插述，但對《金瓶梅詞話》之應成書於天啟的臆斷，卻又不得不牽連上常洛的悲劇問題。

　　可以說，常洛自珠胎於母體之日起，即已注定了他一生的悲劇。他的母親恭妃王氏，是一位年長於他老子的宮人，在偶幸中懷有了他。要不是皇太后盼孫心切，湊巧他來得早，極可能他連個皇子的地位也輪不上。如果不是皇太后的認真追問，朱翊鈞本就不打算承認。等到他五歲時，大興鄭氏生下了三子常洵，他更是悲劇的主角了。臣子們為了他的地位諫諍，因而受到遣戍、梃杖、削籍的人，不

9　見鳥居久靖著：〈金瓶梅編年稿〉，考二十六、三十三兩條。

知凡幾。從萬曆十四年起，到十八年正月大理寺評事雒于仁上〈四箴疏〉，明指天子有酒色財氣四病，涉及宮闈寵幸的問題，便在臣民間逐漸沸騰起來。到了二十六年，遂有了「閨範圖說」的〈憂危竑議〉事件[10]。有人假託「朱東吉」之名，來揭發大興鄭氏之族，有廢長立幼的企圖。雖然這次的事件，處理得好，焚板了事。可是三十一年冬間的「鄭福成」之〈續憂危竑議〉，終於釀成了「妖書」事件[11]。使得皇帝震怒，下旨追索主犯。於是「大索長安，捕繫掠治，株連蔓引，慘不可言。京師至於罷市，路斷行人。延及留都四方，皆惴惴重足。」凡是能夠沾上一些嫌疑的人，都別想逃脫。遂有行醫沈令譽，僧侶達觀，以及曾犯過詐欺罪的秀才皦生光，還有大臣們的舍人、家僕、女嫗，牽鞫之眾，不易列舉。後來，雖然磔裂了皦生光草草結案，可是這件事情的影響所及，足可使我們從爾蠡及：像《金瓶梅詞話》第一回中的那些含砂射影的文詞，好在此書沒有印行在市肆間，否則，禍事必定更大了。

　　皦生光詩稿中的文句，以及隨便題在壁上的碎語，都被擷出一一羅織[12]。那時無論內廷或外廷的官員，無論是否負有言責，甚而是一個外省知縣，都膽敢上言為國本請求極速完成冊立大禮，亦敢逕指皇上寵幸鄭氏的不當。這事從萬曆十四年正月始，到萬曆二十九年十月十五日冊立東宮之禮完成，前後整整十五年，上言諍求冊立與請求出閣講學的本章，何止千件。在二十六年間發生的假託朱東吉問答的

10　見《明史》〈呂坤傳〉、《神宗實錄》、《三朝要典》等記述。參閱拙編：〈皦生光妖書事件〉。

11　同前註。

12　萬曆三十一年十一月二十九日，大學士沈一貫等審議皦生光的《崖遊稿》詩中的文句：「君父塵喉舌，庶欲或國本，皇運恆安流，」認為是「空詞繁言，無足推求事實。」若《金瓶梅詞話》第一回所寫，能過「妖書」大索之關卡乎？

〈憂危竑議〉，都有人寫；雒于仁的〈四箴疏〉，都敢上言。那麼，在這個時代裏，臣民們又怎的不會寫出像《金瓶梅詞話》第一回的那種內容，用以諷諫萬曆皇帝呢？所以，我猜想袁中郎在萬曆二十四年讀到的那半部《金瓶梅》，極可能是一部有關禁腋宮闈穢淫的描述。現存的《金瓶梅詞話》第一回，不是還殘餘著一些消息嗎！

七

在我寫《金瓶梅探原》的時期，還對袁中郎在萬曆二十四年間讀到《金瓶梅》一事，有所懷疑。是以亟亟想獲得袁小脩審訂的《中郎全集》家刻本。當我從《詞話》第一回領悟到那廢嫡立庶的引述，顯然是所影射萬曆朝的鄭氏之寵，遂豁然想到這部《金瓶梅詞話》必是後來改寫本；必然已把原有的那些關乎政治諷喻的隱指，都一一改寫修刪了。當我們再一一演繹那編年上的隱指，便猛然想到這部《金瓶梅詞話》的寫成，準在萬曆以後無疑。而且，有關明人論及《金瓶梅》的一些說詞，也能一一從爾蠡測出頗為合乎理情的答案。想來還是與「妖書」案的涉及，有其極大關係。

在明代時人論述《金瓶梅》的資料中，詳及內容的人，祇有三位：袁小脩，沈景倩，謝在杭。其中，論述得頭尾最詳一篇，要數謝在杭的〈金瓶梅跋〉，小脩與景倩均次之[13]。這三篇論述，除了沈德符，小脩與在杭都說未見全帙。關於這三篇論述的成文年代，我在其他各文已經述及，都可證明寫於萬曆四十一年之後。小脩是寫在日記中的，時在萬曆四十二年八月。謝氏之文收在《小草齋文集》。該集

13　參閱拙作：《金瓶梅探原》及馬幼垣作：〈研究金瓶梅的一件新資料〉，《中國古典小說研究集刊》（臺北市：聯經出版事業公司，1980年），第一集。

序跋於天啟四年。審其目錄，見書事一編，錄有〈書張差事〉一文，顯然的，此書之編成，在萬曆四十三年以後了。如依據這兩文來說，他們在萬曆四十二、三年間，還沒有見到《金瓶梅》的全部。沈德符說在萬曆三十七年間，向袁小脩抄得該書的全部，顯已無所附麗。此一問題，我疑論得最多，這裏不多說它了。不過，李日華在萬曆四十三年十一月的日記中，說他曾讀過沈景倩藏的《金瓶梅》其書。從文詞上看，可以想知李君實並未詳細閱讀，只是約略翻看了一下，便認為是「市諢之極穢者，而詞鋒遠遜《水滸傳》。」雖只短短十餘字，也足以證明他所讀的《金瓶梅》內容，也與沈、袁、謝等人所論及者，並無二致。這都說明了一如《金瓶梅詞話》的內容，在萬曆四十三年的時期，即已完成了。又怎會在編年上隱指到泰昌天啟呢！當然不可能了。可是我們如從「妖書」事件的震盪去著想呢！就會想到這些人的這些說詞，也許是有所隱飾與諱避吧！

　　再查，沈德符的《萬曆野獲編》，成書於萬曆四十七年之後，有其自序為憑。此書之付梓，在清道光七年。有關《金瓶梅》之論，附於〈論曲〉一目之後，是否沈氏所作，今已無從查考，也只能姑妄信之矣。袁中道的《遊居柿錄》所記是萬曆三十六年到萬曆四十六年間事。刻成於何年？尚未查考。總在天啟以後。《小草齋文集》刻於天啟末，更是不必說了。李日華的《味水軒日記》，所記是萬曆三十三年至萬曆四十四年八月間事。刻成何年未查。總之，這幾個人的話，從他們文詞上所能測及的年代來看，都寫在萬曆四十二或四十三年間，但如從「妖書」事件的震盪而有所隱諱來說，他們這些人的話，極可能都是為了掩飾《金瓶梅》的內容，到了天啟年間才補寫進去的。所以大家才一致的說，他們所閱及的《金瓶梅》，其內容就是這部《金瓶梅詞話》。這樣一來，可能招惹來的麻煩，也有了閃避的證詞了。要不然，像《金瓶梅詞話》第一回的內容，居然還能在萬曆年

間抄了二十多年，既未受到「妖書」事件的波及，更能在「梃擊」事件的波濤，尚未完全平息的萬曆丁巳（四十五年）而加敘付梓，這情形就很難令人相信了。

八

《金瓶梅詞話》第一回，引述劉項之與戚夫人虞姬的「豪傑都休」等事；特別是戚夫人的要求廢嫡立庶事。對萬曆一朝來說，它顯然是影射神宗的寵愛鄭貴妃與其子福王常洵。更可以說是明喻、明指，已不止是影射與隱指。關乎這一點，應是任何人都無法否定的一個事實，這內容尚存在於《金瓶梅詞話》第一回，人人可以參證。試想，像這樣鮮明而顯著易曉的比況，能在「妖書」事件前後，傳抄於世嗎？想來，頗屬疑問。在萬曆十四年初，戶科給事中姜應麟及吏部驗封司員外郎沈璟，為了冊立東宮之求，已敢上言直指寵鄭貴妃事[14]，到了十八年，雒于仁竟敢上四箴之疏。我在前面說過，在這種情況之下，自有人敢寫出像《詞話》第一回這樣的內容，去發洩諷諫的意想。可是到了萬曆二十六年的〈續憂危竑議〉出現，雖未擴大事端，卻也重處了兩位無辜的官員，吏科給事中戴士衡及全椒知縣樊玉衡，都受到譴戌；業已告退的山西按察使呂坤，還險些兒被牽連上了。到了三十一年間「妖書」事件的大索天下。我們想，那時的《金瓶梅》第一回就是如此，還能在世間的文人手上傳抄著，談論著或作文贊美著嗎？凡是略諳《神宗實錄》的人，準會否定此一問題吧？

固然，上述的幾位論述《金瓶梅》的人，除了袁中郎之外，他們的話都說在萬曆四十三年前後，相去「妖書」事件已十多年了。福王

---

14 參閱《明史列傳》、《神宗實錄》、《三朝要典》。及拙編：〈冊立東宮事件〉。

雖已經之藩；太子出閣講學，則迄未賡續[15]。但「梃擊」事件，則又
與「妖書」事件前後波連了起來。可以說，冊立、妖書、之國、梃擊
等事件，一波連一波，終其萬曆一世。在萬曆一世，從十四年到四十
八年的三十餘年間，凡所臣僚疏言，有觸及宮闈鄭氏之寵者，沒有不
使朱翊鈞不發脾氣的。關於這些事，雖正史所記，已夠車載斗量。試
想，像《金瓶梅詞話》的第一回，也與今日所見者一樣，能在萬曆朝
的「妖書」事件後傳抄於世間嗎？我要再說一遍：「絕不可能。」基
乎此理，所以我敢大膽而肯定的說：「流行於今世的這部所謂萬曆丁
巳本《金瓶梅詞話》，必定是在萬曆過世之後，匆匆而集體改寫成
的。」我在其他各文中，業已一再述及：這部《金瓶梅》如果不是涉
及萬曆一朝的宮廷祕辛，影射到當朝天子，而祇是西門慶的淫穢故
事，準會一如鄭氏振鐸所推想，早就有人板行於世了。沈德符不也
說：「此種書必遂有人板行」嗎！

　　根據上述理由，我們已可肯定的說，寫有那麼第一回的《金瓶梅
詞話》，是絕不可能在萬曆一朝的後半葉板之於世的。如與歷史事件
對照起來，乃一鐵的事實。請問，這一事實，誰有理由能予否定？既
然這部《金瓶梅詞話》絕不可能在萬曆一朝板行，則我所拈出的宣和
重和合成一年的編年，以及泰昌元年與天啟元年的兩個冬至的京城去
來，也都是肯定的隱寓了。所以我敢肯定的說：萬曆丁巳《金瓶梅詞
話》本，其成書年代，最早絕不會上越於天啟元年。可以更肯定地，
此書印出，並未發行，說來，這纔是一個肯定性的結論。

　　　　　本文曾發表於《中外文學》第八卷第十一期（1980）四月

---

[15] 萬曆四十四年八月壬寅（初三）日，皇太子出閣講學。蓋曠期十有二年。惜僅一
　　年，又停輟矣。

《金瓶梅》的藝術論
——敬呈周中明先生

　　企圖入論於小說《金瓶梅》一書的寫作藝術，雖在距今十五年前，即已有此動機，還為此作了準備工作，寫成了一本逾三十萬言的《箚記》[1]，卻至今未敢動筆。原因是我發現到該書在寫作過程上，存在了頗多不能統一的問題。不要說十卷本與廿卷本之間的問題，它們是父子關係還是兄弟關係？尚待釐清。就是《金瓶梅詞話》本身上的千孔百創，也頗難尋出它致創的本因，只能據以作推想而已。是以筆者繼《金瓶梅的問世與演變》[2]之後，又寫了《金瓶梅原貌探索》、《金瓶梅的幽隱探照》[3]對於有關十卷本（《金瓶梅詞話》）與廿卷本（《批評繡像金瓶梅》兩者間的關聯，以及十卷本之傳抄問題，都曾尋出了關鍵上的微妙問題，隨後又對沈德符說的「五十三至五十七」等五回是「陋儒補以入刻」的問題，又寫了一篇《金瓶梅》第五十二回至五十八回之比勘與解說（〈金瓶梅這五回〉），編入了《金瓶梅研究資料彙編下編》[4]。我想，凡是認真讀了我這幾本有關《金瓶梅》研究成果的人，準會對《金瓶梅》的寫作藝術之入論，有所遲疑的。何以？無法指出那些「千孔百創」的造成者是誰？我也就是在理則上作了一些推想而已[5]。

1　拙作：《金瓶梅箚記》。
2　拙作：《金瓶梅的問世與演變》。
3　拙作：《金瓶梅原貌探索》，《金瓶梅的幽隱探照》。
4　拙作：《金瓶梅研究資料彙編下編》。
5　參閱拙作《金瓶梅原貌探索》及《金瓶梅的幽隱探照》兩書。

　　昨在學生書局見到臺灣里仁書司版大陸周中明先生作《金瓶梅藝術論》一書，洋洋灑灑逾三十萬言，都四百五十餘頁。馬上購買，未出書局即已選段閱讀了近半。感受是有如駐足於黃河壺口觀黃河奔流之飛騰洶湧而下，又有如凌空於蒙古草原觀牧人驅牛羊，歸牧時的飛奔疾馳之勢，不禁嗟然讚歎！言呼：「才人之作也。」卻也正由於周先生的才高而氣勢雄壯，在其論述「藝術」時，卻又時時指摘前人論評的「是非」。且也不忘時時札記《金瓶梅詞話》中的那些「千孔百創」。若去統計該論中的這一部分，幾占全書文辭之半。因之影響了他求「是」辯「非」的才情發揮。卻也影響了他藝術論的詩才與史筆。

　　筆者深感有幸，拙文曾被摘出一處，說：

> 臺灣學者魏子雲一方面認為《金瓶梅》在時間上的錯訛，造成「情節上的錯誤，是無話可以辯說」，另一方面卻又認為：「都不是無意的錯誤」，而是在「隱指」明代萬曆年間的某些歷史事實。

被指的論文是一九八○年四月號《中外文學》上的〈金瓶梅編年說〉，此文筆者並未選入文集，因為此文所論問題，已寫入其他論文中，不必有印入文集。但在大陸，卻有兩家編選了進去，一是「上海古籍出版社」的《中國古代小說研究——臺灣香港論文選輯》，一是「江蘇古籍出版社」的《臺港金瓶梅研究論文選》（該集選印了筆者論文十二篇，占全書之半。）可以說筆者的這篇約萬字篇幅的短文，在大陸的《金瓶梅》研究世界，並不陌生，有不少人引述到它。那麼，只要翻出了我這篇短文一讀，就可以印證了周先生的『引述』，未免出於斷章取義。

　　按筆者指出的有關西門慶晉京謝恩，到京與離京的日期，有著明顯的錯誤。譬如他離開清河赴京的日子，寫明是十一月十二日，路

上的行程通常是半個月，為了趕時間，可以早到三兩天。西門慶在京
住了六夜，方始離京返清河。可是西門慶離京返清河的日子，則寫明
十一月十一日。所以我說：「顯然的，這是情節上的錯誤，是無話可
以辯說的。」遂又加以推想是「集體創作上的缺失，大家分回而寫，
各寫各的部分，匆匆付梓，沒有作最後的提綱總繫，遂產生了這種重
複上的交錯。……」但這些推想，一想到天啟元年的冬至是十一月初
九，此一問題，就得另作推想。因而又寫「可是，當我們獲知天啟元
年的冬至日，是十一月初九。那麼，此一問題，我仍卻不得不另作推
想了。」遂在後一段說到，《金瓶梅》的作者之所以想把西門慶離京
的日子寫作十一月十一日，應是有意的在「隱喻」天啟元年。湊巧，
西門慶晉京謝恩的這一年冬至，已下詔明年為宣和元年，正好與明年
的天啟元年隱喻上。這麼一來，「重和」元年的「一年」，也正好是
「泰昌」元年的隱喻。實際上，光宗在位僅一月，（8月1日至9月1
日）。事實上，泰昌元年無冬至，可以說，泰昌元年的冬至，事實上
是天啟登基後第一個的冬至。歷史上的天啟元年（1621），冬至是十
一月初九日。我推想《金瓶梅》的作者（定稿《金瓶梅詞話》第七十
回七十一回的作者），之所以把西門慶的離京日，不該寫錯卻偏偏這
樣寫錯，「那麼，我們或可推想，此一前後參差的錯誤，似乎不是無
意的吧？」我的話，前後層次分明，義理貫通。但一經周中明先生的
斷章取義，語義的出入可就懸殊了。

　　《易》云：「修辭立其誠，不誠無物。」這句古語，應是治學者
應遵守的理則。

《金瓶梅》的這五回

——讀潘承玉作〈金瓶梅五十三至五十七回真偽考〉

　　在重陽節這天，見到《中外文學》第二十七卷第四期（1998年9月號），其中有潘承玉作〈金瓶梅五十三至五十七回真偽考〉一文。文中涉及我對沈德符《萬曆野獲編》論及《金瓶梅》的一段話，首先引用我的話：「從這五回的兩種刻本的對比來看事實，可以證明沈德符說的這五回是『陋儒補以入刻』的話，並非無因。惜乎此一問題，不在十卷本《新刻金瓶梅詞話》身上，卻在二十卷身上，……我們看這五回，十卷本只有五十五回的任醫官看病，與第五十四回的結尾重了，血脈不連貫了。還有第五十六回的李三、黃四借銀，也有重復之處。其他，無不情節周密，文辭細膩，刻描人物之言談舉止與心理情緒，也生動鮮活而有情有致，絕無補寫跡象。廿卷本可就不同了……」據註四，說我這段話，見於〈沈德符論金瓶梅隱喻與暗示之探微〉[1]。

　　記憶中，我似乎沒有這麼一篇「題目」，但所引語言，似是我的筆意語辭。探討的問題以及立論方向，也是我的論點。問題是，這段話引錄得並不完整。說起來，我從事《金瓶梅》研究，從一九七一年開始進入探索，便是從沈德符的《萬曆野獲編》的這一段說《金瓶梅》的言談開始的，孜孜矻矻今已二十八載矣！

　　這二十八年以來，對於《金瓶梅》一書之研究，進入探索的問

1　拙作：〈沈德符論金瓶梅隱喻與暗示之探微〉，王利器主編：《國際金瓶梅研究集刊》（成都市：成都出版社，1991年），第一集。

題，不過「成書年代」與「作者是誰」兩大問題。最早完成的一個問題，就是馬仲良（之駿）司榷吳關，時在萬曆四十一年冬，改正了吳晗、鄭振鐸兩位先賢判定《金瓶梅詞話》出版於萬曆三十八年的錯誤。接著，美國的馬泰來見到丘志充（諸城人）離京出任外官，時在萬曆四十七年，而丘志充因事被判死刑於天啟七年，崇禎五年棄市的資料。證明了沈德符在《萬曆野獲編》（卷二十五）中的這段論及《金瓶梅》的最後一句話：「丘旋出守去，此書不知落何所？」堪證《萬曆野獲編》的這段論及《金瓶梅》的話，時間最早不會上逾萬曆四十七年，可能時在天啟七年以後。甚而可以推想沈德符的這番話，寫在丘志充棄市於崇禎五年之後。

像此類問題，都牽連到《萬曆野獲編》中談《金瓶梅》中的言談。這問題，可不是潘承玉先生想的那麼簡單。

我已坦白地說了，我的《金瓶梅》研究，就是從沈德符的《野獲編》開始的，二十多年來，光是在《金瓶梅》這五回中，投下的精力也夠多的，耗去的時間也最長。我在《金瓶梅》一書的研究上，業已成書十五種（不算《潘金蓮》、《吳月娘》兩部小說）。書目如下：

1　《金瓶梅探原》　巨流圖書公司　一九七九年四月（228頁）

2　《金瓶梅詞話注釋》　學生書局再版　一九八一年十二月（980頁）

3　《金瓶梅編年紀事》　自行抽印　一九八一年七月（65頁）

4　〈一月皇帝的悲劇〉（《演變》之附錄）　一九八一年二月（47頁）

5　《金瓶梅的問世與演變》　時報公司　一九八一年八月（312頁）

6　《金瓶梅審探》　臺灣商務印書館　一九八二年六月（238頁）

7　《金瓶梅箚記》　巨流圖書公司　一九八三年十二月（551頁）

8　《金瓶梅原貌探索》　學生書局　一九八五年三月（285頁）

9 　《小說金瓶梅》　學生書局　一九八八年二月（446頁）

10 《金瓶梅的幽隱探照》　學生書局　一九八八年十月（226頁）

11 《金瓶梅研究資料彙編》　天一出版社　一九八九年二月（817
　　頁）

12 《金瓶梅散論》　臺灣商務印書館　一九九〇年九月（360頁）

13 《明代金瓶梅史料詮釋》　貫雅文化事業公司　一九九二年六月
　　（98頁）

14 《金瓶梅研究二十年》　臺灣商務印書館　一九九三年十月（296
　　頁）

15 《金瓶梅的作者是誰》　臺灣商務印書館　一九九八年六月（256
　　頁）

從上列我已完成的有關《金瓶梅》的研究業已出版的書目來說，其中
除了三、四兩種，其他十餘種，可以說本本都寫有涉及《金瓶梅》這
五回的議論。而且，還以專文論《金瓶梅》這五回，兼而從第五十二
回開始到第五十八回，將這七回相連的篇幅，以十卷本之《金瓶梅詞
話》（萬曆本）與廿卷本《批評繡像金瓶梅》（崇禎本），以上下欄的
文字對照，作一比勘與解說，耗去了十餘萬言的篇幅，不但每回後
面，都寫了「比勘蠡說」，兼且通盤作一通論三萬餘言。於一九八九
年五月由臺北市天一出版社印行。

　　之後，又抽出了綜論〈金瓶梅這五回〉，編在《金瓶梅散論》（頁
295至352）由臺北市臺灣商務印書館一九九〇年七月出版。又於一
九九〇年九月編入中國《金瓶梅》學會之《金瓶梅研究》第一輯。按
說，像潘承玉這一位研究《金瓶梅》的人物，怎的不曾讀到我這篇談
及《金瓶梅》這五回的論文呢？

　　他如我的《金瓶梅探原》、《金瓶梅箚記》、《金瓶梅的問世與演
變》、《金瓶梅的幽隱探照》等等，都曾對此五回有所論述。但潘承

玉先生論及第六十回的「西門慶立緞舖開張」（下半回目）約了一大
批客人來飲宴，引錄了該回第二頁反面第十行這麼一段：

> 在座者有喬大戶、吳大舅、吳二舅、花大舅、沈妹夫、常時
> 節，原來西門慶近日與了五十兩銀子，使了三十五兩典了房
> 子，十五兩銀子做本錢，在家開了個小小的雜貨舖兒，過其
> 日月不題。近隨眾出分子來，與西門慶慶賀，還有李智、黃
> 四、傅自新等眾夥計主管。並街坊鄰舍，都坐滿了席面。

　　關於這一段文字，與結尾第八頁第四行，竟又重寫了常時節借
銀這件事，顯然出現了重複。此一問題，我在《金瓶梅箚記》中，已
經說到。像這樣的破綻，讀《金瓶梅》的人，若是看不出來，又怎能
是一位《金瓶梅》的研究者？請看我在《金瓶梅箚記》中寫的：

> 上一回，常時節來說房子已尋妥了，卻正巧遇到官哥死了，
> 西門慶沒有心情處理這事。這天，西門慶家的綢緞舖子開
> 張，請酒賀慶之日，李三黃四又還來三百五十兩銀子，遂使
> 西門慶想起了這件事，因問伯爵道：「常二哥說，他房子尋下
> 了，前後四間，只要三十五兩銀子就賣了。他來對我說，正
> 值小兒病重了，我心裏正亂著哩，打發他去了。不知他對你
> 說來不曾？」伯爵道：「他對我說來，我說你去的不是（時）
> 了。他乃然不好，他自亂亂的，有什麼心緒和你說話。你且
> 休回那房主兒，等我見哥，替你提就是了。」西門慶聽了，便
> 道：「也罷。你吃了飯，拿一封五十兩銀子，今日是個好日
> 子，替他把房子成了來吧。剩下的教常二哥門面開個小本舖
> 兒，月間撰（賺）的幾錢銀子兒，勾他兩口兒，盤攬過來就是
> 了。」

按說，這一回的周濟常時節，只應有這一段說詞，就足夠了，而且也止好與上一回的常時節到西門慶家，遇見官哥病危的情節，恰恰接應著。可是，這問題在這一回的第三頁正面，偏偏又寫了這麼一段說詞：「原來西門慶近日與了他五十兩銀子，使了三十五兩，典了房子，十五兩銀子做本錢，在家開了個小小雜貨鋪兒，過其日月不題。」在情節上是重復了。顯然的，這五十字是多餘的，刪除了這五十字，就正好連貫了。

至於這五十字，何以會在這同一回中重複？除了說是大家根據原稿整理改寫時犯的錯誤，其他委實沒有更好的理由來解釋。

試看我在一九八〇[編按1]年以前寫的《箚記》，就看到了問題。潘先生你根據我那篇文章，竟把這兩塊矛盾了的「補丁」，認為我說「這段文字是契合上一回的嚴密交待（代）」，責我，「實是一大誤解」，是何道理？

從潘先生的這段文字（《中外》這期的138頁）看，你不認為這第六十回的第二、三兩頁所寫常時節已借了銀子，典了房子又開了雜貨鋪，是多餘的嗎？不認為是改寫者（或編訂者）之過錯嗎？潘先生還認為常時節與祝、孫、白等人，這天他們都沒有到西門家來，理由是溫葵軒、應伯爵、謝希大、傅自新等人，都有精采的表演，沒有常時節他們。潘先生卻沒有注意該回第三頁第七、八兩行「……飲至日落時分，把眾人打發散了，西門慶只留下吳大舅、沈姨夫、倪秀才、溫葵軒、應伯爵、謝希大、重新擺上桌席，留後座」。常時節等人，「飲至日落時分」，便「把眾人打發散了」。且已寫明留下了那些人。怎能疏忽於此而立論。

再說，潘承玉先生為了強調沈德符的《野獲編》中論及《金瓶梅》

編按1　原書為「一九九〇年」，乃手民之誤，今正之「一九八〇」。

的話是正確的，居然擴及這五回的前前後後，打從人稱之「俺」、「咱」兩字上，大作其統計師的工作，來與這五回中的「俺」、「咱」多寡相對論。

應知乎小說之「文備眾體」，而《金瓶梅》情節中之小唱、劇曲，不時整套整齣地錄入，占去的語言篇幅，如何能不加顧慮而統一計之耶？

譬如潘先生說：「這五回中『咱』字出現二十二次。全部用錯了。」這話未免驚人。譬如第五十七回第九頁反面第六行西門慶與吳月娘的這段話：

> 西門慶笑說：「（月娘）你的醋話兒又來了。卻不道天地尚陰陽，男女自然配合。今生偷情的、苟合的多，都是前生分定，姻緣簿上注名，今生了還，難道是生刺刺掃掃胡扯歪斯纏做的。咱聞那佛祖西天，也止不過要黃金鋪地；陰司十殿，也要些楮鏹營求。咱只消於這家私廣為善事……

這句中的兩個「咱」字，何嘗用錯。還有第三頁反面第六行：「到今日咱不作主，哪個作主？咱不出頭，哪個出頭？」這話出自說話人之口，他以親切口吻的「咱」字，包括聽者在內，何錯之有？

還有第五十三回第十三頁，西門慶收到揚州苗員外送來的兩個歌童以及禮物，喜之不勝，說道：「我寫（苗員外）千里相逢，不想就蒙員外情投意合，十分相愛，就把歌童相許。那時酒中說話（指在京城苗員外允送歌童的時候），咱也忘卻多時。因為那（時）歸的忙促，不曾叩府辭別，正在想著，不意一諾千金，遠蒙員外記憶……」西門慶當著苗員外的家人苗秀、苗實，用「咱」字來表示情同家人的親切，怎麼認為用「咱」字代我，是錯的？

他如第十三回第五頁反面第二行，陳經濟向潘金蓮說：「我的親

親，昨日孟三兒那冤家打開了我每，害得咱硬幫幫撐起了一宿……」按說，除經濟口中的這個「咱」字，應該用「我」或「俺」，然而陳經濟偏偏要用「咱」字，誠乃嬌嗔的語詞，用「咱」字發作嗲聲，包括「我的親親」在內也。然夫？

至於「咱」字用作「咱事兒不弄出來！」「咱勾當兒不做！」此一「咱」字的語音，不是「啥」字，應是「啊」字音。此音，不但北方話（河南省、山東省）有，南方如寧波也有「啊啦？」的問號語詞，河南也有「擷？」這樣的問號音聲。那麼，如念：「啊事兒不弄出來！」「啊勾當兒不做！」豈不極親切。知乎此，也就不會意為「咱」字乃「俺」之另一「我」字音義了。

已有不少人認為《金瓶梅詞話》是說話人的底本。我不同意此說（無歷史基礎也）。我認為是「擬話本」的代表作。若以《金瓶梅詞話》一書來說，付梓前曾經多人念而數人抄，匆匆早日付梓。念非一人，抄亦非一人，遂有字音錯誤百出的情事。尚待認真梳理，一一正之。

關於《金瓶梅詞話》的卷帙
——與葉桂桐先生的商榷

　　老友葉桂桐先生近於《金瓶梅研究》學刊第六號，發表其近作〈金瓶梅卷帙與版本之謎〉一文，指出傳抄本《金瓶梅》每卷回數「不等」的情況，指出的證據乃我國於一九三二年在山西發現的那部《新刻金瓶梅詞話》，列出其卷數不等的情況是：

　　一卷一至五回，共五回。

　　二卷六至十一回，共六回。

　　三卷十二至十六回，共五回。

　　四卷十七至二十二回，共六回。

　　五卷二十三至二十六回，共五回。

　　六卷二十七至三十一回，共五回。

　　七卷三十二至三十六回，共五回。

　　八卷三十七至四十一回，共五回。

　　九卷四十二至四十七回，共五回。

　　十卷四十八至五十二回，共五回。

　　十一卷五十三至五十七回，共五回。

　　十二卷五十八至六十一回，共四回。

　　十三卷六十二至六十六回，共五回。

　　十四卷六十七至七十回，共四回。

　　十五卷七十一至七十四回，共四回。

　　十六卷七十五至七十七回，共三回。

十七卷七十八至八十一回，共四回。

十八卷八十二至八十八回，共七回。

十九卷八十九至九十四回，共六回。

二十卷九十五至一〇〇回，共六回。

桂桐引的這一資料，可算是錯得離譜。竟然把裝訂成一本（一冊）當作「卷帙」，二十本寫作二十卷。也不仔細察看這部《新刻金瓶梅詞話》，在百回目錄之後，便在第一回的首行，刻有「新刻金瓶梅詞話卷之一」十個字。這一行頂框刻出卷帙「卷之」，在每一卷之首頁（一、十一、二十一、三十一、四十一、五十一、六十一、七十一、八十一、九十一）全刻上了「卷之」十卷帙第之數。《新刻金瓶梅詞話》之被稱為十卷本，其理由在此。

遺憾的是，桂桐兄怎的疏忽了未去翻檢這部書的十卷卷帙，是怎麼分的？明明刻的是十回一卷，桂桐竟把裝訂者的二十本，誤成了每一本即一卷。不但有疏忽之錯，卻也有缺乏版本常識之誤。

再說，這部《新刻金瓶梅詞話》之卷帙，尚有一個誤處，誤刻了兩個「卷之四」，四十一回至五十回這一「卷之五」，重刻為「卷之四」，是以這個本子缺「卷之五」。這情況，存世的三部（日本兩部）都是這樣錯的（德山毛利民家的一部，同版後印，未能肯定改了此誤本）。

此一問題，我一九八〇年在日本京都訪書，便發現了此一問題。由於此一問題，涉及研究問題方面，無甚用處，也就未曾提起。但此一問題，尚無人道及之呢？後來，我又占先了。桂桐兄的此一大文，論及的此一問題，乃裝訂問題，與版本無絲毫關係。

臺灣所藏之《新刻金瓶梅詞話》的二十本，居然在裝訂上散亂了卷帙，未依原編之十卷卷帙裝訂？揆之事理，其誤可能出在藏書人。

　　由於十卷本的《金瓶梅詞話》一百回，各回篇幅長短不等。六、七兩卷，某些回的字數，倍於其他。分作上下兩函，下函高度超出上函寸許。而裝函者，若不事先關照，上下兩函套，勢必相等高寬。（函套往往木制）藏書者為了裝函方便，遂加以重新裝訂。至於合不合卷帙規則，藏書人的後代，可能不管這些的。遂造成了這種散亂情事（也許原藏書，非讀書人）。

　　可是，還有怪事落在鄭振鐸等人頭上。他們在一九三二年獲得過這部書，朋儕們湊銀子印了百餘部（一說印了兩百部），卻也照原書散亂卷帙裝訂。想必意存其原樣。然而，在我們臺灣的這一部傅斯年藏本，第四本卻多裝了一回。原本裝的是第十七回到第二十二回，傅氏之藏本則是第十七回到二十三回。第五本則少裝了一回（第二十三回至二十六回）。

　　按《金瓶梅》的版本，問世的只有三種，曾稱為「萬曆本」、「崇禎本」、「竹坡本」（第一奇書本）。

　　萬曆本可以稱之為「十卷本」，崇禎本可以稱之為「廿卷本」。《第一奇書》則不分卷。十卷本的只有一種，所謂《詞話本》者也。

　　已問世的，只有三部又二十三回殘卷。全是同一刻本，連京都大學之殘卷二十三回，也是同一刻本。一九八〇年七月間，我在京都訪書，京都大學文學部清水茂教授，陪我到大學圖書館，調閱這二十三回《金瓶梅》殘卷，不但由版尾上的木紋，對證了它也是《新刻金瓶梅詞話》之同一版本，並且記錄了二十三回的殘卷，是那一回？那幾頁？此一情事，連鳥居久靖的〈金瓶梅版本考〉都未作此一記錄。返臺後，曾寫〈金瓶梅這五回〉一文，刊於一九八九年間，《金瓶梅》學會編印之《金瓶梅研究》之第一冊，已全文刊出，已把這二十三回的殘卷之頁全部記錄在此文中，臺北臺灣商務印書館印之《金瓶梅散論》，亦集入此文。也就不必贅語矣。

　　總之，《金瓶梅》之十卷，二十卷之別，從分卷的學理來說，論內容，誠無分卷必要，盡管兩者之間的內容，實有較大的不同。細究起來，也只是開宗第一回的改寫，以及其中之戲曲小唱之刪減兩者，其他主題上的故事情節，從十卷本，即已改弦更張矣！所以我稱十卷本的第一回，是《金瓶梅》頭上的一頂王冠，戴不到西門慶的頭上。

　　這一問題，我已論之又論，說之又說。觀之葉桂桐的這篇大文，似是強調《金瓶梅》在傳抄時代，就是廿卷本。

　　試問桂桐兄，你提出卷帙的十卷、二十卷這個問題，與研究《金瓶梅》的諸多問題，有啥助益呢？我思之再三，想不通，它能關聯到哪些有其相關的問題？

　　至於桂桐兄提出的第四項：「傳抄本、初刻本，以及《新刻金瓶梅詞話》、崇禎本《金瓶梅》之關係」，倒是一個大問題，但與版本的十回、二十回，可就沒有更大關聯。

　　對於「抄本」、「刻本」，我的研究並已提出「抄本」與「刻本」都有「前」、「後」兩個時代。惜於至今無人參與此一問題的討論。兄之此文，雖已見及了此一問題，倒不曾讀過我那麼許許多多的版本問題之文。

序張金蘭：《金瓶梅的女性服飾》

　　老友董金裕教授，約我參與考試他學院一位碩士生的論文，研究的是《金瓶梅》的女性服飾。素知我在《金瓶梅》這部書上，曾付出不少年的功夫，希望我能有所匡助。問指導老師是誰？也是老朋友，治俗文學之說書專家陳錦釗教授，遂欣然接受。

　　當我接到了研究生張金蘭這本論文，首先翻閱了章節名目之安排，一覽之餘，便感受到一聲聲不同凡響的音節在心頭跳動著。便肯定這孩子倒是一位在讀書上，很下苦心的學子。不然，分不出這麼多得類別，而且目目精到。

　　從章節上看，首由服飾的類型別之。人的服裝，無不從頭到腳，也就是頭上戴的，身上穿的（古所謂之「上衣」、「下裳」），足上著的。其次，便是質料，別出棉麻、絲絮、毛皮。再其次，便是色澤，別出紅、白、青三色。再從女性們的身分，別出妻、妾、婢、妓等四種層次的穿著。然後，再以女性服飾與人物性格，以及其與當時社會的流行風尚，更是女性服飾的慣常變化。這「變化」，無不一一與當時的經濟興衰，所支配出的儉侈社會，而牽連出的男女穿著，有其密切關係。可以說，從其所編之章節條目觀之，已見其佳績矣。

　　按《金瓶梅》一書，由抄本開始於萬曆二十四年（1596）十月，

首次出世，其內容是「雲霞滿紙，勝於枚生（乘）〈七發〉多矣！」[1]
到萬曆三十四年（1606）仍由初傳信息之袁中郎（宏道）之手，寫出
《觴政》〈酒令〉一文，則說：「…傳奇則《水滸傳》、《金瓶梅》等
為逸典。」還說：「不熟此典者，保面甕腸，非飲徒也。」前後論及
《金瓶梅》之評語赫赫顯顯，畔然其內容，兩者大易其趣矣！兼之，
有關《金瓶梅》之傳抄，悉由《觴政》始。文獻可徵也。基乎此，當
知後見之《金瓶梅詞話》及前見之《批評繡像金瓶梅》（所謂之崇禎
本），誠可認為乃「改寫本」也。

　　那麼，由此論點觀之，則今之《詞話》等本之內容，之由《水滸》

---

[1] 此語乃袁宏道於萬曆二十四年（1596）十月間，由董其昌手中得到小說《金瓶梅》
部分。時袁在蘇州任吳縣令，病瘧，讀後給董其昌一信，說：「《金瓶梅》從何處
得來？伏枕略觀，雲霞滿紙，勝於枚生〈七發〉多矣！…」基乎此語，之與其十年
後所作之《觴政》以《金瓶梅》與《水滸傳》作「酒典」之語，兩相臆之，則顯然
《金瓶梅》兩者非同書也？日本大安株式會社印行的《金瓶梅詞話》精裝五冊，每
頁都印上頁碼，張金蘭使用的即此一在臺灣的印行本。以此本為參考底本，最為得
當。北京印的那一部，不如日本印的這一本。我們印的這一本，被讀者弄髒了。今
見之《金瓶梅詞話》乃改寫本，全是袁中郎的話透露出來的，〈七發〉之喻與今之
「詞話本」所運用的《水滸傳》之西門慶、潘金蓮這段故事，而不相合。至於改寫
者是否原作者執筆？縱難肯定，但今見之《金瓶梅詞話》所展示的錯簡等等，亦
足證「詞話本」乃付梓者之匆匆也。今讀張金蘭的這本「婦女穿著」的研究，益發
證明了早期《金瓶梅》所述者，應是高品秩的金吾衛官員之家。是以竊以為此一問
題，似應仔細推研。在《竇娥冤》首折〈後庭花〉，有句「梳著個霜雪恥白鬏髻，
怎帶那銷金錦蓋頭。」我的《金瓶梅》研究，一開始便發現「詞話本」乃二次改寫
本，「崇禎本」第三次改寫本。從「詞話本」第一回所寫之漢高祖廢嫡立庶開頭，
配合上袁中郎首先贊語「勝於枚生〈七發〉多矣！」可以肯定原著不是「詞話」的
故事。第一回之楔子，乃一頂帝王冠冕，戴不到西門慶頭上也。於是我在寫《金瓶
梅的問世與演變》、《金瓶梅原貌探索》、《金瓶梅的幽隱探照》、《小說金瓶梅》、《明
代金瓶梅史料詮釋》等等。所論者，全是此一問題。堪以肯定復旦大學黃霖教授指
出作者是屠隆，我則據以肯定屠隆乃《金瓶梅》之初稿本作者。後者之傳抄本，可
能是屠隆受到袁中郎等友朋之規勸而改弦更張。後來，屠隆泥於戲劇，未寫完也。
屠故後，後人拼成之也。惜乎！無人總而論之。憾然！

移民來的西門慶與潘金蓮以及李瓶兒、龐春梅等人的故事，乃另一爐灶。全書故事的歷史背景，以宋之徽宗時代含南渡溫、杭二州，其諷喻及明之正德、嘉靖、隆慶、萬曆四代之朝政廢弛，遂有此幫派大老西門慶一家之出現。非枚生〈七發〉可喻之耳。

我之所以在此插說了這段堪疑之說，蓋今之《金瓶梅》故事，涉及宋明兩朝，因而《金瓶梅》之男女服飾，是否還涉有南北兩宋之社會風情呢？我在讀西門慶的得官乃「提刑副千戶」是宋明兩朝合併出來的官職，遂想到在服飾上，或許也有相拼的穿著。漸漸查證了一些情況，如「忠靖官」乃嘉靖朝的創制。其他大多穿著，還是當時明代的流行。偶有踰越而已。今觀張金蘭的女性服飾研究，倒也上推前幾代的有關輿服志。以及文士雜記，也曾涉獵。如第三章有關色彩探討，且上推到兩漢、隋唐、連經典上的《禮記》也都引述到了。宋人之《朱子語類》所載當朝官員之外出，「三品以上服紫，五品服緋，六品以下服綠……」，而明之洪武年間，明令「民間婦人禮服，惟紫絁，不用金繡，袍衫止紫、綠、桃紅及諸淺淡顏色，不許用大紅、鴉青、黃色。帶用藍絹布。」但《金瓶梅》中西門家的婦女，穿著「大紅緞子織金（遍地金）襖兒」，已是慣常的出門穿著。足以證明萬曆及嘉、隆年間的大家婦女，穿著的服飾色彩，已不合當局的法令。抵嘉靖後半，久不上朝，雖其最厭官民之服飾紊亂不堪，曾嚴法整飭，已敵不過大眾之抗拒矣！

至於服飾的「質料」，古之封建時代，一般百姓，年不到七十，不能穿著絲帛，一律麻布褐色。兩漢以後，布帛之別，已無貴族平民之界。然一般百姓，在品質與色彩上，還是法有官民之分的。但大多以貧富別之。在張金蘭的這本《金瓶梅的女性服飾》研究論文中，可以別出官家與民戶，富者與貧者的大不同處。縱然，當局有明令規定，官員之文武品級有別，平民尤不可踰越。而富者的穿著，大多類

於官家，質與色的誇耀，守成之七品官員，卻也比不上。像西門大官人之家的妻妾女婢，其穿著之質與色，五光十色之炫麗，可真是耀眼。譬如第十五回「佳人笑賞翫花樓」，寫西門家的女婦去看花燈，「吳月娘穿著大紅粧花通袖袄兒，嬌綠緞裙，貂鼠皮袄。」這時的西門慶，還只是一個幫派中的頭兒而已。敢僭越若是矣！

關於這些有關西門家的婦女穿著，頭上戴的，身上穿的，足下著的，悉以圖表一格格分別列出，通常以四格：一、編號、二、姓名（身份）、三、場合、四、小說原文，來說明個人的穿戴等等。且加以註釋說：「本論文為方便論述，特將各種服飾的出現加以編號，所引文字乃採明蘭陵笑笑生《金瓶梅詞話》[2]本，共五冊。此編號用以標明冊數、回數及頁數，例如1-14-330指的是引文出現在第一冊，第十四回，頁三三〇。以下類推，不再贅註。」正由於作者設計了這麼一份表格，在說明應指出的小說文字內容，使讀者一目而瞭然，非常方便讀者查證。這一點，特別值得讚賞。

到了西門慶得官之後，其家中的六房妻妾，在穿著上，個個都是大紅的袍兒。在西門慶未得官的時候，正房吳月娘及李瓶兒，也身穿大紅五彩通袖袍。雖說，吳月娘是千戶之女，李瓶兒曾是梁中書之妾，如今是告老太監的姪媳婦。若以個人身分來說，這兩人在西門慶未得官時，敢於違禁而大模大樣的穿上大紅襖袍，若是乎大模大樣地穿著於大庭廣眾之間，是不是「改寫者」的遺文呢？誠有推研的必要。

在質料形色上，士、農、工、商等級（士屬於官員），在穿著上，也有等類分別。按《明史》〈輿服志三〉洪武二十六年定每日早晚朝奉事及侍班，謝恩、見辭則服之。在外文武官員，每日公座服

2 〔明〕蘭陵笑笑生：《金瓶梅詞話》（東京都：大安株式會社，1963年。）

之。其制，盤領右衽袍，用紵絲或紗羅絹，袖寬三尺，一至四品緋袍，五至七品青袍，八至九品綠袍。至於文武官的常服，洪武初即定：凡常朝視事，以烏紗帽、圓領衫、束帶為公服。其帶是一品玉、二品花犀、三品金鈒花、四品素金、五品銀鈒花、六品七品素銀、八品九品烏角。……至婦女之命婦冠服，也以品級別之。如三品五品冠花釵五樹、兩博鬢、五鈿翟衣、三等、烏角帶。穿的是「五品，衣銷金大雜花霞披，生色畫絹，起花裝飾、金墜子。……」若以服制論之，《金瓶梅詞話》中的西門家婦女之穿著，質與色悉越禮法矣！

　　張金蘭的這一有關《金瓶梅詞話》的婦女服飾研究，由於他的觀照深入而細緻，一一擷出了書中婦女們的妻、妾、婢妓等級的穿著，給《金瓶梅》一書的研究者，越發的展示了今之《金瓶梅詞話》乃改寫本的證言，堪以敬告所有該書的研究者，又獲得了張金蘭這一本可貴的研究《金瓶梅》女性服飾之成書與作者時代的史料。

　　雖說，張金蘭對《金瓶梅詞話》之婦女服飾研究，著眼點只是婦女穿著上的探索，並無心涉及該書之作者與成書問題，甚至其他有關小說上的許多某些問題，他止涉獵到幾個女人的性格，闡述到的穿著打扮。有時連西門慶死時年齡與官職等，以及李瓶兒的性格轉變等情事，偶採第二手的資料而突生差誤（已逐一改正）。足徵所見此書之研究，祇立論於婦女服飾一項，另少旁鶩。所以，本書之經營極為精緻。

　　我讀《金瓶梅詞話》，對於男女的服飾，知之黯玄而尚白，晚明風尚也。在第十五回中，西門家婦女在元宵夜去賞燈等等，李嬌兒、孟玉樓全著白綾襖兒。讀袁中郎文集，在《錦帆集》讀到〈雨後遊六橋記〉一文，其中有語：「忽騎者白紈而過，光晃衣，鮮而倍常。諸友白其內者，皆去表。」在張金蘭的這本「女性服飾」研究文中，可以在其所繪表格上，穿著白色襖裙者，比比也。但著玄（黑）色者，

千之一比也列不上。足徵《金瓶梅》中的女性服飾，大多都是明代嘉隆萬三朝的社會樣相。

至於「鬆髻」，則是遼金元北番邦國的頭上髮飾，非明代婦女界的流行髮冠。按明代長短篇說部及戲劇之雜劇傳奇，很少有婦女戴鬆髻髮冠者。元雜劇《竇娥冤》則寫有竇婆戴「白鬆髻」語。

還有，《金瓶梅》中的「一窩絲杭州攢」，則是明末時流行的婦女髮上裝扮。「鬆髻」則喻宋者也。

《金瓶梅》中的小腳與高跟鞋，幾乎是該小說情節中的一大特色。若把敘寫小腳的文章彙集起來，可成大觀。此書的所謂「足服」，倒也敘述了老長一節。按女孩子打六、七歲時，就開始包裹小腳，要兩年時間，方能裹紮完成。通常長度只有三幾寸長，像個三角形粽子似的。腳兒小，臀兒則大。所以凡是小腳婆娘，行動樣式婀娜之姿，全在臀部以上的腰肢欹擺。但在褲腿上的裝扮，是紮褲腳兒，所以褲腳那一段，要講究花俏，紮褲腿的帶子，也非常考究，腳兒雖小，鞋兒可倒最為講究，鞋幫上的花兒，鞋頭上的傅設，各種花鳥、蟲魚、蜂蝶、蟲蟻，各種樣式，無不設計得鮮靈活現，兼且使之具有性的逃逗。《金瓶梅》中寫潘金蓮穿的高底鞋，是用氈布墊的，走起路來，沒有聲響，孫雪娥稱之為「鬼走路」。聽不到他來，等你聽到聲音，人已在眼前。

《金瓶梅》中的女性，也有不少大腳片兒的。可以說凡是婢女（丫環）都是大腳片兒。作傭人，慣常出門買東買西。再說，「丫環裹小腳，居心不良」。不是準備著大時不聽差遣，又添麻煩。就嫁出去，或賣出去。但也有早有心為丈夫安排個小老婆，作大婆的也中使。所以，西門家的丫環，祇有春梅是小腳丫頭，因為春梅是買來時，便裹妥了小腳。其餘的丫頭全是大腳片兒。但是收房排為四房的孫雪娥，就是大腳片兒，因為他是西門慶髮妻陳氏的陪嫁丫環。壓根

兒就是個大腳的婢女。另一位大腳片兒的便是潘金蓮房中的秋菊，後來，又賣給別人家去了。

說起來，這一件大腳片兒與三寸金蓮的問題，可倒是《紅樓夢》大異於《金瓶梅》的一大部分。《紅樓夢》中的小腳婆娘少，蓋《紅樓夢》是旗人的家庭故事。旗人的婦女是大腳片兒，但《紅樓夢》的榮寧二府，也有漢人親戚，寄居於賈府簷下的尤氏母女，就是裹小腳的漢人。尤家的三個閨女，老大嫁於賈家，兩個小姨子居然步上悲劇，給讀者留下一大把心痠的淚水。《金瓶梅》中的幾個大腳女人，孫雪娥、秋菊，以及其他幾個丫環，也送的送，賣的賣。只有小玉嫁給了玳安（玳安收為義子）。

在我看來，《金瓶梅》這大說部，委實是個大山大海，源頭深、派流長，蘊藏著許許多多的無盡寶藏，決不是少數人的力道可以發掘得完的，張金蘭的這本女性服飾研究，就是一部新開發出的寶藏。我這耄耋老人，多麼希望還有像張金蘭這樣的青年學人，在《金瓶梅》這部書上鑽營之。我已步入該書之間蹢三十年矣！祇能肯定的指出今見之《金瓶梅》乃萬曆二十四年（1596）之後的改寫本，此一改寫本與袁氏兩兄弟，應有密切關係。他們到了萬曆爺賓天（1619）便東拼西湊，匆匆付梓之《金瓶梅詞話》，參予者，除袁氏中郎、小脩之外，沈德符、馮夢龍等人，概亦參予者也。

然而，今之論《金瓶梅》者，既不深入其書而尋求其癥結問題，更不知乎版本之學，悉憑一己臆想而天馬海空，豈不背向而馳也乎！

庚辰冬杪於臺北安和居

董其昌的一封信
——偽造史料的問題^{編按1}

　　數年以來，大陸吹起《金瓶梅》狂風，至今仍在飆嘯。著眼點都放在山東。先是臨清發現了三塊賈三近手書的碑，勘證字跡與《花營錦陣》上的「笑笑生」題字，筆跡相同。今又有研究《金瓶梅》的專家，窮三十餘年之功，考證出《金瓶梅》的故事實景在臨清。最近，又在諸城丁家，發現了一封董其昌寫給丁惟寧的信，自署：「弄珠客思白」。這則新聞也發佈了。

　　春節間，在南京的「明清小說研討會」上，張遠芬等友人，就透露了此一消息。會議結束後，邳縣的張清吉先生自備旅費，親到諸城丁家抄來了這封信。張先生抄到了這封信，馬上寫了一封信給我，說：「遺憾的是，此信非原件，乃丁氏十七世孫丁燕昌（同治翰林）的手抄。」跟著，上海復旦大學的黃霖只把函文抄出寄來。附信說，他已與章培恆老師推敲過，認為一是格式（款式）有問題，二是函述時間有問題。疑為贗品。

　　函文簡短，不妨轉錄於此。

　　　　待御公幃下：京師嗟闊，斗轉數匝。郵筒相間，共觴夢永。
　　　　痛何以堪！公退林泉，羲皇是敦，而虞身卿蕉尾之效高邁，
　　　　吾之知也。公之奇書。楚人櫝中物，鄭人豈識之哉！思白咏
　　　　誦契杜樊川所云：

「一盃寬幕席，五字弄珠璣」也。屬予固篋，懍從命，無敢稍
違也。帛軸二，歙硯湖管各一遺公，驛至否金閶？顒望，意
系頓首。

弄珠客思白上丙午清和望日

按收信人諸城丁惟寧，字汝安，嘉靖四十四年（1565）進士，早董其
昌進士第二十四年，初授清苑知縣，後以丁母憂歸，服除補長冶，再
改四川道監察御史侍經筵，巡按直隸。因白蓮教事忤當道張江陵，出
為河南某機構僉事。又丁外艱歸，萬曆七年起隴右兵備僉事。調江西
參議，移疾歸，十四年起督餉陝西。無何，授郿襄兵備副使，翌年即
因參將米萬春諷鬥事。貶三官。旋補鳳翔不就，歸年已踰四十，後遂
鄉居，卒年六十九[1]。

　　丁惟寧僅於萬曆初年職一任監察御史，萬曆十五年杪即家居未
仕。論年齡，最少長董二十歲以上，萬曆丙午（三十四年，1606）丁
已六十餘歲，去任御史職之時，已踰三十歲，董函猶稱丁為「侍御
公」，一可疑也。（屠隆罷官後，有函致太倉王元馭錫爵稱「先生」，
時元馭正家居，稍後，元馭起拜禮部尚書兼文淵閣大學士入參機務，
屠隆再函時，即稱「閣老」矣！）再按明代人書牘款式，多先書字號
而後稱職銜，尤其晚輩下署應寫本名，不可寫字號，以示恭敬。該函
董其昌竟署「弄珠客思白上」不惟自稱「思白」之號，且又加上「弄
珠客」之別緯，未免不敬之至。董其昌不惟是己丑科庶吉士翰林院編
修，且又太子講官，非鄉野「山人」，似不會疏狂如此。二可疑也。
函文有言：「郵筒相間，共觸夢永，痛何以堪！」董其昌與丁惟寧有
忘年交的這份深情乎？否則，似不會寫出，「共觸夢永，痛何以堪」

---

[1]　據〔明〕王之臣修：《諸城縣志》，列傳錄。

的這種文句。三可疑也。按袁中郎在董其昌手中，獲得《金瓶梅》部分稿本，是萬曆二十四年冬初事，此函則後於此事十年。函云：「公之奇書，楚人櫝中物。」這話已說明丁公的「奇書」不是從董其昌處得來。也說明了董之「奇書」也不是從丁公得來。但丁惟寧卻「囑」董其昌固篋（屬予固篋），還答丁公說：「懍從命，無敢稍違也。」在此函文中，又無從獲知董之此函，是答覆丁公的。兩者的「奇書」，又並無交互關係，（董書不是來自丁，丁書也不是來自董），丁惟寧何以囑董「固篋」？四可疑也。

還有，函中推崇丁公家居，久不出仕，乃效虞卿焦先之高邁。惜我所得抄件，竟把「焦先」誤書為「蕉尾」，失其義矣！虞卿乃戰國游士，馬遷曾為立傳，焦先則東漢隱士，史也有傳[2]。函文中的這一句，引此二典以與丁惟寧，至為貼切。但如原件就抄錄如此，則此函之真實性，就大有問題了。

不過，此函如確是同治年間的翰林丁燕昌所錄存，似不致把「焦先」寫作「蕉尾」。再者，既是董其昌手書的信函，理應附刻在丁惟寧的文集中。董其昌是書家，在其生存的當代，已名滿天下。丁家後人，焉有不珍之理。這也是一大問題。

總之，這些問題，必須一一探討清楚，方能肯定此書之真假，以及此一書的研究價值。今難下結論。

2　見〔晉〕陳壽：《三國志》。

武大郎翻案文章

——大陸上的一篇文章說起的^{編按1}

　　報載香港中通社報導，說是河北清河縣歷史研究者孫修敏，已考證出《水滸傳》的武大郎與潘金蓮，確有其人。武大是清河縣武家那村人，中了進士，在陽穀作過知縣，潘金蓮也是清河縣人，乃知州的千金女兒。她與武大，恩恩愛愛，生有四子，白頭偕老。連弟弟武松都是她撫養成人。因為得罪了一位朋友，編造了許多謾罵與諷刺。在返家的路上沿村張貼，造成了偌大的傷害。我還沒有讀到這位孫修敏先生的考證文章，僅憑中通社的這一簡短報導，是無從獲知此說之正確與否的。但有些事情，我們卻也可以說上一說。

　　我查了一遍清河（河北）、陽穀（山東）的縣志，在《清河縣志》[1]的〈人物志〉（卷十）上，不曾見到姓武的人，在徵辟、科舉的紀錄上，也無姓武的人列在其中。（按武大，姓武名植。）再查《陽穀縣志》（民國三十一年鉛印本）的〈職官〉（卷四），也無姓武的知事或典史主簿等。但在《東平縣志》（山東）的〈人物志〉與〈選舉志〉上，卻有一位考中萬曆壬辰（20年）科的進士武之大。似不可能是此人。蓋相傳《水滸傳》是元人的作品，縱以最早刻本的問世歷史來，也在嘉靖初，距離這個武之大中進士第之年，已七十年有奇矣！

　　這位孫修敏先生，既是一位歷史研究者，想必有其尋到的史料

編按1　原載於《中央日報》第17版（1990年1月8日），無副題，收入《餘穗》根據手稿還原副題。

---

[1]　民國二十三年鉛印本。

根據，要不然，如何立說呢？此一問題，自應待讀到孫先生的這篇文
章，再來置辭。

　　不過，有關於《水滸傳》的問題，作者是誰？在大陸的學術界，
已經鬧嚷了不少年了。江蘇大豐人，為了證明大豐人施耐庵是《水
滸》的作者，曾提出了施耐庵的族譜，還有墓誌銘。大陸學界為此，
還召開了幾次規模頗大的討論會。結果，由於大豐的史料，還不能確
定《水滸傳》的作者施耐庵，就是大豐史料中的施耐庵，不得不以
「懸案」二字了結。這幾年來，《水滸傳》的作者問題，已逐漸沈寂
下來，繼之而起的是《金瓶梅》。吵嚷得最熱鬧的問題，又是作者是
誰？如今，又吵了好幾年了，還在爭論不休。而且越爭越多，提出的
作者候選人，竟超出二十人矣！雖然，早期提出《金瓶梅》的作者是
山東人的說法。抵乎今日，應該說，已被正確的資料否定。可是我們
的山東老鄉，卻仍在細心的尋找史料，極力地要肯定《金瓶梅》是山
東人的作品。自從張遠芬先生提出作者是山東嶧縣人賈三近之說，遂
有了賈三近手書三塊碑文的發現。又有人對照了高羅佩那本《秘戲
圖》上「花營錦陣」二十四幅圖題字之一的「笑笑生」之筆跡，居然
說這幅笑笑生的題字，筆跡與賈三近那三塊石碑上的筆跡一樣。認為
賈三近是《金瓶梅》的作者，已有了實物為證。用「笑笑生」二字署
名的作品，只發現了《花營錦陣》一份，以之對證欣欣子的敘論，豈
不是一件鐵證。再以筆跡對照賈三近的手書石碑，此一「正確性」，
當冠之所有諸說之上。於是，賈三近是《金瓶梅》的作者，豈不是肯
定了。

　　當我看到了此一消息，就寫信給上海復旦大學的黃霖，要他檢
視我贈送他的那部《秘戲圖》，我曾在《花營錦陣》這一冊的扉頁上，
增加題說。我說這本《花營錦陣》的二十四幅題咏，雖是二十四個名
字（其中的「煙波釣叟」還出現在其他一部小說上，迄今尚無人追問

探索此一問題），二十四幅咏的題字，乍一看去，字體有異，若從筆意與慣用的筆畫風標觀之，則二十四圖的題咏，全是一人的手筆，幾毋須請書家鑑定，略加仔細檢視，即可確定。試問，另外還有二十三個名字，怎麼辦？尤其那位「煙波釣叟」。

　　像上述的這兩件事實，全是基於強拉名著列入縣志的鄉土榮寵太重，這情事，非始自今日，古代早就有了。他如〈玉堂春〉本是一篇小說，有《海剛峰居官公案》（李春芳編寫）、《情史類略》（馮夢龍編寫）、「三言」（馮夢龍編寫）三種說部作證，一經閱讀，便可從此故事的衍變，來瞭解到洪洞縣的還有一份三堂會審的案卷之令人不可思議矣！梁山伯與祝英台的尼山讀書處，不僅浙江有，廣東也有。連王寶釧住過的寒窰，還存有史蹟。山西扶風縣的法門寺，門前還有那塊宋巧嬌叩見正德皇帝的太后跪過的那塊青石板呢！（國大代表楊大乾先生閒談時告知。）說來，這也是人情之常！

　　先休說這位河北清河的歷史研究者，考證出的武大與潘金蓮，有無正確的史料為據，惟如新聞報導所說，也祇能算是小說史上的一件「域外」雜說。要知道，小說之所謂小說，正因為小說是虛構的，所以西洋人為小說命名曰「虛構」（fiction），小說如非虛構，就不能稱之為「小說」了。

　　關於此一問題，英國小說家毛姆在他的小說《餅與酒》出版後，他的一位朋友曾向他提出抗議，說毛姆不該把他寫入小說，（這位朋友說《餅與酒》中的亞爾魯衣，濟爾就是他。）毛姆為了此事，特別寫了一篇說明，說明他是如何塑造小說人物的。他：「沒有一個作家能憑空創造一個人物，他必須有一個模特兒作為一個起點；然後，他的想像力發生了作用，他在他這裏那裏加上了特性，這些特性都是模特兒，不曾具有的。當他用他完成了一個人物，呈獻給讀者的時候，最先由模特兒得來的成分，在人物身上已經很少了。」此話誠然，我

們如去為小說尋找其中的真人真事，那就是「刻舟求劍」了。

　　從武大形象來看，《水滸傳》的武大郎，顯然是小說家筆下的人物，若不把他塑造得又矮又醜又老實，就無法凸出小說中的武松與西門慶，以及潘金蓮之犯了與姦夫謀殺親夫的逆倫大罪。

　　行文至此，也不禁訝然一笑。我這不也是多餘嗎！

下編

食色性也^{編按1}

　　「食、色，性也」這句話是經常掛在我們口邊的俗語。儘管能說出這句話的人，未必知道這句話是誰說的？然而，人人都能知道這句話的意思，用語體作個解說，應該是：「人生有兩大不可或缺的要件，第一是飲食，渴了，要喝；餓了，要吃；那麼第二，性欲衝動起來呢？需要男女交歡。」若是再來個簡要而粗劣的大白話來說呢！應是：「肚子餓了，想吃。性欲起了，想樂。」（以「樂」字代替兩性所需要的那個髒字。我這裡不寫它了。）

　　告子的這句話，怎麼引發起的呢？乃由於他與孟子辯論性善性惡引起的。先由「性猶湍水也」的「決諸東方則東流，決諸西方則西流。」認為「人性之無分於善不善也。猶水之無分於東西也。」孟子辯謂：「水信無分東西」然而「水分上下」，人也如此，「人無有不善」如「水無有不下」。又說：「水搏而躍之，可使過顙……可使在山，」這都不是水之性，人強之也。人之可以使為不善，其本性還是「善」的。

　　於是告子提出「生之謂性。」這話應是指的凡所世界上有生命的動、植物，其所具有的「生命」，就謂之「性」。

　　想來，告子這話，是極其正確的。蓋凡是具有生命的動植物，無不具有陰陽、雌雄的性之質素，動物有雌雄之分，植物也有雌雄之別。動物在形體上，大多有顯著的樣子不同。植物雖無形體上的雌雄區別，可是它們綻放開來的花朵，便有雌雄之別的花蕊或什麼雌雄各

編按1　原載於《國文天地》第15卷第2期（1999年7月），頁14-19。

異的花粉，所以，植物有陰陽雌雄之別。它們，有的會綻放豔美的花
朵，挑逗動物喜愛，既招蜂又引蝶，人，也拈花惹草，往往去移植它
們。儘管它們本身不會移動，蜂與蝶也會把它們的雄性花粉，傳遞在
雌性花粉上面，使它們「渾陽蒸變」（《牡丹亭》〈驚夢〉唱詞）。所
以，它們有了傳宗接代的種子。

　　不但，蜂蝶傳播他們的陰陽交合、雌雄交配，風，也會時時擔
當他們的媒介。

　　植物的花朵，之所以綻放得那麼妍美俏麗，旨在誘動物或風婆
娘協助它們完成陰陽交合呀！之所以結出了那麼多鮮美香甜的果子，
其目的，也只是誘人去食它，食完了果肉，那可以生下新苗的果核，
便被吃食去果肉的動物，隨意拋棄出去。於是，植物得到了傳宗接代
的目的。

　　動物，造物主則給了他們雌雄異形各體的特性點，所謂公母，
所謂雌雄，從外貌上也一望而知。鳥類，總是雄性羽毛美，歌聲妙，
雌性比較差些。獸類總是雄性大而壯，昆蟲們，像螞蟻、蜜蜂，卻又
是雌者特大，擁有的雄者也多。似乎雄者的工作任務，只是與雌蜂交
配[1]。總之，凡是有生命的動物植物，無不具有其與生俱來的雌雄本
性。我認為告子說的「生之謂性。」應是指的「凡是具有生命的動植
物，無不具有陰陽雌雄的性之質素。」換言之，性，具有生命之動植
物的本然也。

　　如此說來，我們的先儒對於告子說的「生之謂性」之詮釋，如漢
儒趙岐說：

　　　言物雖有性，性各殊異，惟人之性，與善俱生。赤子入井，

---

[1]　我這些常識，全是從生活中聽來的，我不內行，特別說明之。

　　以發為誠，告子一之。知其麤也。孟子精之。是在其中。

宋儒朱熹說：

　　余按性者，人之所得於天之理也。生者，人之所得於天地之
　　氣也。性，形而上者也。氣，形而下者也。人物之生，莫不
　　有是性，亦莫不有是氣。然以氣言之，則知覺運動，人與物
　　差不異也。以理言之，則仁義禮知之稟，豈物之所得而全
　　哉？與人之性所以無不善，而為萬物之靈也。

　　從上錄漢宋兩代大儒對於「生之謂性」一辭的說法鑑之，可以
說，他們都已洞悉了告子所謂的「性」，乃動植物生命的本然，惜乎
他們全沒有把動植物之生命本然，一語道破似的說出來。想來，應是
時代的關係，儒家人不便於赤裸裸地說出來。但告子居然說出「食、
色，性也。」雖然直來直往地說出了這句意同「飲食男女，人之大欲
也。」卻又不敢基此一語的「性」向，大大發揮這一「性」的學理，
竟然用這譬喻，扯到「仁，內也。非外也。義，外也。非內也。」上
去。使這一「性」的行為問題，突然推土堵上，另決支流。看來，告
子的這句話，可能有一長串辯論，到漢儒整理經籍時，把這一番「生
之謂性」的「食、色，性也」問題的爭辯，全部刪了去。只留下這
「食、色，性也」四字，孤鴻似的落在另一灘頭。

　　趙邠卿沒有詮釋這四個字，朱晦翁則說：「告子以人之知覺運動
者為性，故言人之甘食悅色者，即其性。」細審其辭話的意旨，晦翁
也宜說「甘食」（吃好吃的食物）「悅色」（合乎美貌的少艾），「甘食」
得有知覺上的動作，「悅色」更得有知覺上的運動。語言很含蓄就是
了。食，凡所動物，生而知食。而且生而知雌雄交配。

　　食、色，這兩件事，委實用不著教，動物生來就會。所謂「生而

知之也」。然在今日，居然大昌其「性教育」，在中等學校以上，連
男女交媾時的動態影像，都公開的在教室中放給十多歲的男女生徒觀
看。這社會真是荒唐至極。這生而知之的「性」事，還用得著放在課
堂上教嗎？

　　有一本小說，寫一位就要出嫁的小姐，在小說寫的那個時代，
姑娘家年已二十三、四，已是過了適婚年齡的老小姐了。她嫁的那個
男人，是個雄糾糾氣昂昂的門神形的鐵金剛，兼且是花街柳巷中有名
的一位能征慣戰的奇異性英雄。

　　這位所謂的老小姐，卻是瘦小型的五短身材。從來沒有與男人
接觸過這碼兒事。當她訂了親，也排好了出嫁的好日期。起先，歡喜
她終於有了人家，歡喜了一些日子，想到嫁過去，進入洞房之後，那
又能免了被剝得全身精光。到了那時候……她越想越是害怕起來。竟
然驚怕得吃也吃不下，睡也睡不好。服侍她的一位年長的養娘發現
了。遂問小姐是不是病了。她們有了這麼一段談話：

　　　這天，李嫂發現小姐怎的到這答晚子，還沒個動靜？遂過來
　　叩門。知道西門家著人來提這親了，雖然聽兩位少奶奶說：
　　「小姐已經答應了。」但李嫂總是擔心小姐心裡有幾分膽怯怯
　　的。那西門大郎近年來雖然發了跡，終究不是個正人君子，
　　是一位風月場中的霸王，誰人不知，誰人不曉。小姐怎能不
　　為此憂心呢！等吳月娘開門，李嫂一見吳月娘鬢髮蓬鬆，眼
　　泡浮腫，兩眼的眼白結了一層血紅色的網，遂訝然一聲，說：
　　「啊呀小姐，你昨兒格一宿未睡呀！」吳月娘下意識的伸手理
　　了一下亂蓬蓬的雲鬢，靦腆一笑，說：「還好。只是睡得遲了
　　些，起晚了。」一邊延李嫂進來，一邊說：「李嫂你忙手一下
　　吧，我梳洗。」李嫂已準備好了梳洗的水，手中拎著一錫壺熱

水。熟練的為吳月娘傾入了臉盆，吳月娘去收拾床上的被鋪。李嫂過去把工作搶過來，說：「小姐，你快去梳理吧，算不定今兒格還有客人來。」吳月娘聽了這，抿嘴一笑，李嫂一見此情，便猜到小姐已經同意了門親事。遂一邊收拾房間，一邊就敞開大嘴巴說起來了。

「那西門大官人，我可是見過。」李嫂說。「可真說得上是一表人才。儘管個頭比一般人高大健壯，可是生得四稱，尤其他那一張英俊的臉龐兒，最惹女人動心。難怪勾欄中的粉頭們都心甘情願倒貼他。」吳月娘一邊盥洗一邊聽，一邊支應著。但心裡卻也想著有些話，不妨問問李嫂。

當李嫂收拾了一番，看見小姐已盥梳了事，問小姐是到灶間裡吃？還是拿到閨房裡吃？一向，吳家人都在廚灶間的一間飯廳中進食，這時，一家人的早飯已經吃過。平時，吳月娘要是起晚了，就自己到廚房去尋些吃的，有時乾脆等到中飯一起吃。小姐們，總是節食的。當李嫂這樣問她，遂說：「我不餓，房裡還有點心，點盞茶就夠了。」說著自去點茶。李嫂見此情形，便說：「我灶上去，小姐，我不照顧你啦！」可是吳月娘一見李嫂要走，遂轉臉把李嫂叫住，說：「李嫂你再坐會子。」於是李嫂便回身留下來了。吳月娘指示李嫂坐下，二人遂面對面的坐了下來。吳月娘一邊吃著茶點，一邊發問。

「李嫂與那西門家熟識嗎？」

「小姐說的是西門大官人家？」李嫂說：「不太熟。」

「唔！」吳月娘唔了一聲，遂又問：「他家不是有兩房妾嗎？」

「聽說是。」李嫂說。「我沒有去過他們家。」

「怎不扶正一個呢？」吳月娘問。「還要娶？」

「這兩房都是妓家女，」李嫂說。「如今那西門大官人有了體
面，不好扶起粉頭做正頭娘子的。」

「那兩房肯嗎？」吳月娘又問。

「嗬！敢不肯哪！」李嫂說。「聽說那西門大官人就是會管女
人，他那二房，是麗春院有名的胖楊妃，娶得家去服服貼
貼，從此大門不出，二門不邁。一個個，乖著哪。」

吳月娘低了頭，半晌半晌沒了聲息。李嫂一看情況不對，遂
連忙改變話題，馬上欠身把頭伸到吳月娘耳邊，說：「那西門
大官人就是床上的功夫好，沒有個女人不服貼，不巴結的。」

李嫂的這話，正打動了吳月娘的心坎，馬上臉紅到脖子，越
發的說不出話來了。李嫂一看，遂又馬上解釋說：「咱們女人
要的就是男人的身強力壯。俗話不是說嗎：『夫是天，妻是
地；天作蓋兒，地作底兒；有蓋兒有底兒方成器兒。』」李嫂
越說越有勁兒；遂又解釋著，說：「男人雖是咱女人的天，咱
是男人的地。說起來是男人在上，咱女人在下。事實上可不
是這麼一回子事。咱們還有一句俗話呢，那話是說，像包扁
食（餃子）似的，男人是餡兒，女人是皮兒。隨他們男人有天
大的本領，也逃不出咱們的扁食（餃子）皮兒。古語不是有一
句話，叫『英雄難過美人關』嗎！就是這個道理。」

「李嫂，你別說笑話啦！」吳月娘羞赧赧又笑吟吟的說：「怪
羞人的。」

「這不是笑話，」李嫂辯白說：「是咱娘兒們不能不曉得的大
道理。還有呢！」李嫂又說下去：「咱們女人是陰，男人是
陽，論起陰陽來，咱們女人在上，他們男人在下。陰陽和
諧，才能風調雨順，四季豐登。陰陽陰陽，女人是娘。咱們
女人是做娘的。我說小姐，妳等著吧，再剛強的漢子，都免

不了跪在咱們腳下，嬌滴滴的喊咱一聲娘。」

吳月娘忍不住以巾掩嘴，咯咯笑了起來。

「我說的是真話，」李嫂越發得意起來。「不是說笑。」

這時的吳月娘，羞赧的心情已被李嫂的這一番半真半諧的大道理，舒解開來，遂低著頭，兩手用拇食兩指擰絞著巾帕兒，羞人答答地輕聲說：「我恁小個人兒，他又那麼霸王似的，我怕！」

可是李嫂一聽吳月娘這麼一問，又興興頭頭的說了。「唷！小姐。怕怎的，當咱們離開閻王殿，託生人世的那一天，男人的長短，女人的深淺，閻王爺都量好了的。要不然，怎麼配對兒啊！大小不在身材上。」

吳月娘紅著臉，站起身來，若不勝嬌羞的說：「別說了，不定人家要不要呢！」

「哎唷，看小姐你想的，」李嫂還是十分興致的說：「像小姐這樣中規中矩的姑娘，那兒找去。要不是年齡大幾歲，還不知有多少官家求呢！」

這句話正刺痛了吳月娘的自尊，突然哇地一聲哭了起來。一時惹得李嫂發了呆，雖知道那是自己多嘴惹哭了小姐，卻也一時不知說什麼好。好在吳月娘頓時就把哭聲止了。向李嫂說：「對不起，李嫂，我一時想到了死去的爹娘，悲從中來，按捺不住。別見怪！」

「小姐，是我不好。」李嫂萬分歉然的說：「我不該……」她本想說「不該提你的年齡大幾歲的話」，一想不對，遂改口說：「我不該多嘴。」

「不是。」吳月娘說。「你別怪！我是想著俺的命運不濟。爹娘要是活在世上，又是一個樣子。你收拾屋子吧，我去房裡

一會兒。」就這樣吳月娘進房去了。李嫂也只好搭訕著拿起一塊抹布，東抹一把西擦一把，不安的後悔著剛才說的話太多了，說過了頭了。不大會兒也就沒趣的出房去了。

我之所以抄了這麼一段《吳月娘》小說中的李嫂所說：「唔！小姐。怕怎的，當咱們離開閻王殿，託生人世的那一天，男人的長短，女人的深淺，閻王爺都量好了的。要不然，怎麼配對兒啊！大小不在身材上。」按說，這話是鄉野村婦的口中口頭語。鄉村中村婦以及年齡到十七大八，大都會說一些性事上的「春辭兒」。若是收錄起來，很可觀呢！

試想，這位李嫂口中道出的這句話，雖是村言村語地總是抬出了閻王爺，但事實上，造物主在各類生物上付出各所需要生生不息的生理結構，可真是神之神也。

我們若是時時去觀賞宇宙間的動植物世界，那各門各類的生物之有關性事的行為，誠然是各有一套。

韓愈有言：「性者，與生俱生也。」這話不正是告子之所謂「生之謂性」乎？楊子云：「人之性也。善惡渾。修其善，則為善人，修其惡，則為惡人。」朱子則云：「人物之性，有同也有異；知其所以異，然後可以論性。」金人魯齊許衡，則云：「凡言性者，便有命，凡言命者，便有性。」性命二字，實則一體，「性」，生命之本質焉！亦「本然」也。

仲尼云：「質勝文則野，文勝質則史。文質彬彬，然後君子。」孔孟之學無他，「克己復禮」一語結之。

孟曰「性善」，荀曰「性惡」，無非規人性之「思無邪」已耳。

《金瓶梅》中的茶食^{編按1}

前言

　　有關《金瓶梅詞話》中的飲食，名類頗多。二十年前一回回寫《箚記》時，便注意到。深深地感受到飲食這一部分，相當複雜，而且難考其食地產處。曾留下一句話：「書中的穿著與飲食，留待以後寫專書。」話出如風，二十年出頭了，卻還沒有去作這部分的事情。

　　如今，九十九年臺北中華美食展專題館的「《金瓶梅》」宴會，在臺灣召開，要我能在會議中提出一篇論文。在義不容辭之下，遂想到談談茶食吧！第二回不就寫到「茶」嗎！

一　和合湯

　　西門慶在乞巧中被潘金蓮的晒衣竹竿，掉下打到了他的頭，這纔發現了潘金蓮。又正巧潘金蓮住在開茶坊的王婆子家隔鄰。這個王婆子也不是本分人。是位通殷、作賣婆、做媒婆、做牙婆、又會收生，抱腰又善放刁。她見到西門慶與潘金蓮有了這一交會，遂成天裡踅到這裡來。王婆只裝看不見，在茶局中裡搧火，也不出來問茶（拉生意）。可是，西門慶還是踅將來，速去簾子底下，在凳子上坐了。只顧自向武大門前睃望。

編按1　此文手稿典藏於國家圖書館特藏文獻組，共8頁。

　　「大官人，吃個和合湯吧？」王婆這纔打招呼。

　　「最好！」中門慶不用眼看王婆只是順口答：「最好！乾娘放甜些。」

　這「和合湯」，也是當時（宋明兩代都有）的茶食類。

　　按「和合」二字，古來都是吉祥辭。《荀子》〈禮論〉有言：「人之歡欣和合之時。」《韓詩外傳》三：「天施地化，陰陽和合。」又《管子》〈幼官〉：「畜之以道則民和。養之以德則民合。和合，故能習，習，故能諧。」亦用於男女之和合。《周禮》〈地官〉，媒民之疏，有言：「三十之男，二十之女，和合使成婚姻。」神仙中有「和合」二神（一般說是寒山、拾得二仙）。《西湖游志》有言：「今婚禮，俗祀和合，蓋取和諧好合之意。」

　　那麼，宋明之茶局中，有「和合湯」一種，當基乎此。

　　《金瓶梅詞話》中的第二回，寫王婆子向西門慶推薦「吃個和合湯吧？」蓋語帶雙關也。西門慶答：「最好！乾娘放甜些。」也是語帶雙關。

　　說來，這都屬於小說家言。

二　點茶

　　又一次，西門慶來到王婆的茶局子水簾下，喊道：「乾娘，點兩杯茶來我吃。」王婆意道：「大官人來了。連日少見，且請坐。」不多時，便濃濃點兩盞稠茶：放在桌子上。……

　　所謂「點茶」，是怎麼會子事？而且，王婆子「點」來的兩盞茶，是「濃濃」地。試想，是怎等樣的茶呢？

　　到了第三回，王婆替西門慶設計了一場十大挨光計，買了些衣

料，假裝為己作壽衣，邀請潘金蓮為她縫製，騙到他家裡來。

那天，潘金蓮吩咐迎兒看家，她從後門走過王婆家來。那婆子歡喜無限，接入房坐下，便濃濃點一盞胡桃松子泡茶與婦人吃了。……

又是「濃濃點一盞」，而且是「胡桃松子泡茶」。「點」出來的茶，有了名號：「胡桃松子泡茶」，何以謂之「點茶」呢？

在今天，我們習知是「沖茶」、「砌茶」、「泡茶」或「煮茶」、「烹茶」。至於「茶道」，我是一竅不通，茶道名人陸羽的《茶經》，至今還未曾閱讀過。我一生不習於酒，更不嗜於茶，茶，減睡眠，不敢攀交。但對於「點茶」，我卻略知一些，小時候，遇有客來，還是「點茶」招待。

客人到來，大多在午前（九、十點鐘光景），客人到來，寒暄過了，落坐之後，第一件事便點茶招待。

茶具是蓋碗，（茶盤的茶具是三件，茶碗上有蓋下有托碗之小碟。）茶碗中的放的不是茶葉，是茶餅，外加胡桃仁、杏仁、松仁，或芝麻（都是調製過的），還有各類的香花，如桂花、玫瑰、菊花等，其他更有各類的菓子乾，當然，免不了的是冰糖等作料。甜的鹹的是先問客人，獲得同意後再點製的，這種茶，通常是按名號配料的。在《金瓶梅》以及其他古典章回中，似乎都有這點配的「點茶」。

在《清平山堂話本》中的〈快嘴李翠蓮〉中，就寫有這類的「點茶」。說：

> 不要慌，不要忙，等我換了舊衣裳。菜自菜，薑自薑。各樣菓子各樣裝。肉自肉，羊自羊，莫把鮮魚擾白腸。酒自酒，湯自湯，醃雞不要混臘獐。日下天色且是涼，便放五日也不妨。待我留些整齊的，三朝點茶請姨娘。縱我親戚吃不了，

剩與公婆慢慢嚐。

句中的這句「待我留些整齊的，三朝點茶請姨娘。」可以想和「點茶」的食用材料，是多麼的豐饒，魚肉也包括在內。

李翠蓮點了一份名為「阿婆茶」的茶食。是些什麼菓子作茶料呢？這段話已寫上了。說：

> 公吃茶，婆吃茶，伯伯姆姆來吃茶。姑娘小叔若要吃，灶上兩碗自去拿。兩個拿著慢慢走，燙了手時別怪咱。這茶叫作阿婆茶，名字雖村品味佳。兩個初煨黃栗子，半抄新炒白芝麻。江南橄欖連皮核[1]，塞北胡核去殼楂。二位大人慢慢吃，小心壞了你們牙。

試看，這阿婆茶中的作料，是些什麼？不也一一說清楚了麼！

從宋明說部看，已大概可知「點茶」是怎麼的茶食。《近古史說》一書，說到某公夜間請客論事，有「自點茶而備之。」當知「點茶」是動作名詞，非專名之事物名詞。

但另一「泡茶」的名稱，則與「點茶」是連在一起的事情，按點茶是撿取茶食的品料，泡茶則是把撿妥的茶食，放入碗中之後。再用滾水沖泡，然後待水溫而茶食浸水後，再以茶匙酌而食之。《金瓶梅》第七回，西門慶往楊家相親[2]孟玉樓，就寫有這麼一句話：「只見小丫環拿了三盞蜜餞金橙子泡茶出來。」其他各回，還寫有「福仁泡茶」、「胡桃夾鹽荸泡茶」、「鹽荸芝麻木樨泡茶」、「果仁泡茶」、「桂潑滷瓜仁泡茶」等等。名稱之多，不可勝舉。

總之，既稱之為「茶」，其中材料無論甜、酸、苦、辣、鹹，都

---

[1] 核，音胡。

[2] 相字陰平。

是陪配，主要的味分，還是以茶為主味。關於這一點，明人屠隆寫的《考槃餘事》說到了點茶應該留心講究的要點，他在「擇果」這段文中說：

> 茶真香，有真味，有正色，烹點之際，不宜以珍果香——奪之。

又說：

> 奪其香者。松子、柑橙、木香、梅花、茉莉、薔薇、木樨之類是也。

再說：

> 奪其味者，番桃、楊梅之類是也。凡飲佳茶，去果方覺清艷，雜之則無辨矣！

可以說，善飲茶者，不喜夾雜果類，屠氏戒之矣！

三　香茶

《金瓶梅》第四回，寫到西門慶與潘金蓮二人和合之後，在卿卿我我談話時，西門慶「向袖中取出銀穿心，金裏面，盛著香茶樨餅兒來，用舌尖遞與婦人。……」又第七十二回，寫到潘金蓮用嘴去接裝西門慶的小便，慢慢地一口口多都嚥了下去。西門慶問道：「好吃不好吃。」金蓮道：「略有些鹹味兒。你有香茶與我些壓壓。」西門慶：「香茶在我白綾襖內，你自家拿。」這婦人向床頭拉過他袖子來，掏出了幾個，放在口內纏罷。在第五十二回寫西門慶與李桂姐在藏春塢

中幹事，被應伯爵撞了進來。搗古了幾句，走後又折回來，向西門慶討香茶，說道：「你頭裡許我的香茶，在那裡？」西門慶道：「怪狗才！等住會，我與你就是了，又來纏人。」那伯爵方纔一直笑的去了。桂姐道：「好個不得人意的攘刀子的。」……

　　還有《長生殿》〈褉游〉這一齣，也寫到「香茶」。這一齣，淨扮村婦，丑扮醜女，小生扮舍人。

> 丑問小生：「……你拾的什麼東西？也拿出來瞧瞧。」小生答說：「一幡鮫綃帕兒裹著金盒子。」遂遞與村婦。淨接作開看介。說：「噓！黑黑的黃黃的薄片兒。聞著又有些香，莫不是耍藥麼？」小生笑介。答說：「是香茶。」丑：「待我嘗一嘗。」（丑與淨爭吃各吐介）「呸！稀苦的，吃他怎麼？」（小生作收介）罷了。大家再往前去。

那麼，從洪昇寫在《長生殿》中的「香茶」，顏色、形狀、滋味，都描寫出來了。放在鄉下人的眼裡口裡，既不起眼，也不好吃。但在上層人的口中，卻成了「香茶」。想來，有如今社會上的「咖啡」似的。

四　茶食

　　出身東吳大學中文所的蔡君逸先生，他的碩士論文《宋人筆記中的汴京人民生活風尚》一書（此書未出版，在國立圖書館可以查閱。）第二章〈汴京人民的飲食〉二節，寫到了茶、酒二事。

　　茶事自唐人陸羽寫了《茶經》，飲茶也就成了中國文化上的一件雅事。在日本，兼且形成了「茶道」，植茶、分種、焙製、飲事，都成了一門專而且精的茶事。

　　自唐以後，茶，成為商業上的專賣品，像食鹽一樣，政府設關

榷稅。似乎至今尚存未廢。我國各地的茶業，似乎比酒還普遍些呢！

　　關於小說與戲劇寫到的「香茶」，誠在宋初就有。如《西漢叢語》[3]卷上。記有宋初時，福建建州歲貢「龍鳳團」茶各二斤，一斤有八餅。宋仁宗慶曆年間，蔡襄任福建路轉運使。又以「小團」貢上，品質較之「龍鳳團」更優。一斤有二十餅。到了神宗熙寧年間，曹青任福建路轉運使。神宗又取小團之精者，製為一種「密雲龍」以貢之。此茶也是一斤二十餅。自可想知《金瓶梅》寫的「香茶」，是一種餅片，成在北宋。[4]

　　在兩宋時，團茶（茶餅）盛行。一斤二十餅的「小團」，價值金二兩[5]。而且是「金易有而茶不可得。」王關之《澠水燕談錄》卷八有言：「仁宗時極為珍惜所物（小團）。等閒不輕賜大臣，僅在郊祭時，賜兩府八人共一餅。」而「宮人剪金為龍鳳花貼其上。八人分畜之，乃為奇玩不敢自試。有嘉賓，出而傳玩。」基乎此，當可臆知《金瓶梅詞話》的初稿作者，非等閒之輩，良非市肆之人，「說書才人」所能出此筆墨者也。

　　蔡君逸的論文說：

> 因為飲茶之風，已深深進入了人民生活，故汴京城中多有此類茶湯的茶坊。如《東京夢華錄》卷二「馬行街鋪席」云，馬行街上即有許多茶坊酒肆。卷二「潘樓東街巷」云，潘樓東十字大街有茶坊，而「舊曹門街北山子茶坊，內有仙洞仙橋，仙女往往夜游喫茶於彼」。《夷堅志補》卷八「京師浴室」亦云有外地來京赴吏部參選人，因晨起太早，城門未開；故至茶

3　〔宋〕姚寬：《西漢叢語》。
4　葉夢得的《石林燕語》、張舜民的《畫慢錄》、歐陽脩的《歸田錄》，都有茶事記述。
5　見〔宋〕歐陽修：《歸田錄》，卷二。

邸少憩，而邸之中尚有浴堂。可知此時茶坊、茶邸，已成為
人們休閒時一個好去處。再據《東京夢華錄》卷二「馬行街舖
席」云，馬行街夜市至三更時，尚有「提瓶賣茶者」，專為辦
事晚歸的公差、官吏而備；「天曉人人入市」則云，每日清晨
有「賣煎點湯茶葉者」。自早至晚，人們的生活都離不開茶
湯。在家中來了客人，客人離去，也都要奉上茶湯。此外，
據《萍洲可談》（朱彧著）卷一云：「太學生每路有茶會，輪
日於講堂集茶，無不集至者，因以詢問鄉里消息。」則知當時
在太學生之間，且有「茶會」，用來聯絡同鄉間之感情。由此
可知當時飲茶風氣之盛了。

五　餘韻

乍看起來，《金瓶梅》中的茶食描繪，全是些在行文述事中，隨
筆帶出來的，絕少專為茶食茶事而寫，可是，這位《金瓶梅》的作
者，對於宋明兩代的史乘，之所以能將之兩相附會在一起去，並非長
於經史的人物，其筆墨誠難臻乎此境。研究《金瓶梅》者，若流此一
觀點步入《金瓶梅》的宋明兩代史乘之混合體，來研判其中的許多問
題，為職官問題，穿著問題，飲茶問題，語言問題，準會發現此書之
複雜，簡直會在霧中而一時不辨東西。

不說別的，光是「茶食」這一項，認真而詳贍地去研究它，怎是
我這位拉拉扯扯拼拼湊湊可以交卷的呢？

就以我鄉的「油茶」，居然不能與《金瓶梅》的茶食牽扯在一起。
所謂「運河文化」也者，怎的與俺那相鄰的「灉河」連不到一起呢？

可是，《金瓶梅》中的語言，倒有不少是俺那鄉裡的土語一樣。說來，又當別論了。

餶飿、水麵、春餅
——讀《食髓知味》說《金瓶梅》飲食^{編按1}

　　關於《金瓶梅》中的飲食，乃此一小說中的大問題，亟應探究。美食家翁雲霞先生談論到有關《金瓶梅》的飲食，著眼點在於推研其食物的庖製與美味的品賞。雖偶爾附加了一些考據，也不是他寫作的本旨。因而，友儕們的一句話，也當作了經典。

　　譬如第二回，西門慶猜潘金蓮是人的娘子？有一猜說：「敢是賣**餶飿**的李三娘子？」這「**餶飿**」二字，是一種什麼東西？中華書局印行的《金瓶梅詞典》[1]說：「一種麵製食品，類似疙瘩，油炸之。」這是囫圇推想，沒有指實，等於沒說。我在《金瓶梅註釋》一書中，也沒敢加註。後來，一九九二年七月在山東棗莊開會，文友朱俊亭先生餽贈《金瓶梅註評》一冊[2]卻註了「**餶飿**」二字，說：「亦作骨飿，古時一種麵食。《字滙補》：『餶：餶飿，麵果也』。」（果，動詞）一說即餛飩。《通雅》「飲食」，餫飩……近時又名餶突。」得此啟示，遂在《字彙補》查到「**餶飿**菜」，讀如餶突，雜眾味為之。猶《名物考》之骨董羹之類。又附言：《東京夢華錄》：「雜味為之」。知《名物考》原自《東京夢華錄》，遂再查之。查得「食店」中有「旋切細料**餶飿**兒」一種。（以麵皮裹成陀陀也。）

編按1　原載於《台灣新聞報》第13版（1998年10月25日）。

1　白維國編：《金瓶梅詞典》（北京市：中華書局，1991年）。
2　朱俊亭、朱德彪合編：《金瓶梅註評》（南寧市：廣西人民出版社，1990年）。

又查吳自牧之《夢梁錄》，在諸色雜貨所載食品，也有「餶飿兒」這味食品。《武林舊事》的〈市食〉中，載有「鵪鶉餶飿兒」。（不知加上「鵪鶉」二字，何義？得非鵪鶉蛋之形小乎！）

再按明代方以智的《通雅》（共五十二卷），在〈飲食〉中記有「渾飩」食品一種，說：「渾飩，本渾沌之轉，近時又名鶻突。」〈釋稗〉曰：「鶻者，渾之入，突者，噉之入。皆轉聲耳。」

從《東京夢華錄》的說法：「旋切細料餶飿兒」。辭意業已寫出，「餶飿」是一種「細料」而「旋切」成的「麵果」。按「旋切」乃指「餶飿」（渾飩）的製作方法，由麵皮包入「細（碎）料」，旋個圈兒捏合成一個「麵果」，放入滾水中煮食。「切，合也。」

我把所得史料，集說至此，應可確定「餶飿」即今謂之「餛飩」也。

我們的徐州老鄉逯耀東，順口答說「餶飿」是徐州人吃的「壯饃」。徐州地區的「壯饃」，今日臺北市的西門町，還有賣的。像京劇用的小鑼那麼大，有的還要大些，像大鑼，一寸多厚，前後以及饃邊，都被平鍋烤燙得黃糊糊地，饃心則是粉白的。之所以被稱之為壯饃，不但個頭兒大，而且硬梆，像大漢身上的肌肉，而且吃下去勁飽。此類麵食，多為勞力者所喜。

雖說，在北方的大眾食堂，有「泡饃」這一種食品，把「壯饃」或小型的「鍋盔」，掰成棋字樣或切成麻將脾樣的方塊，放在碗中加作料原湯，包了吃。卻不是孟元老筆下的「旋切細料餶飿兒」。

至於西門家的「水麵」，也不是翁先生說的那種吃法。這「水麵」可不是今日的「叫牛肉麵不加牛肉，只湯水加麵就是湯麵。」怎可以名「水麵」？則必定碗中有水，像陽春麵一樣才叫「水麵」。像「水餃」，不也是由水中淘出，一個個放在盤中沾作料乾吃嗎！蓋「水麵」亦若是也。

　　當然，水餃加鹹湯以及作料合在一起吃，也像牛肉麵、大滷麵吃法一樣，也是可以的。

　　可是，士紳豪門的飲食，吃法不同於貧家之只求飽肚子，有鹽味兒就成了。那裡還去考究滋味以及文雅的吃法。這情形，《金瓶梅》中已寫得很清楚了。

> 西門慶道：「你兩個打雙陸，後邊做作個水面（麵），等我叫小廝拿麵來咱每吃。」不一時，琴童來放卓兒，畫童兒用方盒拿上四個靠山小碟兒，盛著四樣小菜兒，一碟十香瓜茄，一碟五方荳豉，一醬油浸的鮮花椒，一碟糖蒜，三碟的蒜汁，一大碗豬肉滷，一張銀湯匙，三雙牙筯……。

從這些配合吃「水麵」的作料來看，當可以蠡知到這水麵只是白水煮出的麵條，淘出盛在大碗或鉢子中，吃時，把麵挑出放在小碗中，作料任由食者去加。各憑口味所需。

　　這種水麵的吃法，不是當飯（正餐）吃，而是當點心吃。窮人家祇有夏日作涼麵，方有此種吃法。作者翁雲霞先生也發現到了，遂也想到了這種「水麵」的食法，不是湯麵那樣，何以有人吃上七碗？正因為碗小。這情事，在自助餐式的今天，有一道附設的「担担麵」，別說七碗？我在餓時，十碗也不夠飽。何以翁雲霞先生沒有聯想到臺南的「担担麵」呢？

　　關於「春盤小菜」，寫在《金瓶梅》第四十二回，時間正是正月半燈節，謝希大到了西門慶家，問起來，他還沒有吃飯，

> 遂吩咐玳安，廚下安排飯菜，……不一時，搭抹桌兒乾淨，就是春盤小菜，兩碗稀爛下飯（剩菜也）。一碗（㸇）肉粉湯，兩碗白米飯。

這「春盤小菜」，就是西門家的家常時令小菜。乃立春日的必備家常菜。據《歲時廣記》[3]卷八，引唐《四時寶鏡》載：「立春日，食蘆菔、春餅、生菜名春盤。」其中少不了春餅。

翁雲霞先生還引錄了《武林舊事》及《四時寶鑑》所記的「春盤」中的菜蔬名類，說是「唐人作春餅生菜，號春盤。」又說：「立春吃春餅，是中國古老的習俗。春餅是各式菜餚炒在一起的合菜，並放在同一個盤子裡，是唐宋時代，立春日必食之物。」這說法，「春盤」恰似今日北方飯館中的「合菜戴帽」，另外還附有單餅，用來捲菜吃。又說：「春盤，有春餅之稱，立春日，將麵粉（團）擀成薄餅，攤在盤上，配以精緻菜蔬同食。」這說法，與《四時寶鏡》記載的不一樣，「春盤」中有「春餅」在內。「春餅」，似是「春盤」中的食物之一。

再按《燕都游覽志》云：「凡立春日，帝於午門賜百官春餅。」註：「春餅，白麵煎餅也。」

總之，「春餅」既是「春盤」中之一味，似不可能「春盤」有「春餅」之稱。在我想來，今日的所謂「春捲」也者，可能是當年所謂的「春餅」，用來捲菜而食之也。然乎哉？

3　〔宋〕陳元靚：《歲時廣記》。

蚫螺、衣梅、燒豬頭

——《金瓶梅》中的吃喝^{編按1}

　　在《金瓶梅》中，作廚娘的雖是排行四娘的孫雪娥，她是長年生活在廚房中的，在情節中，可沒有寫孫雪娥有那幾樣膾炙人口的拿手菜。但來旺媳婦宋惠蓮燒製的豬頭，倒是西門家出名的一道佳餚。另一位是排行六娘的李瓶兒，她煉製的「蚫螺」，最是被食者讚不絕口。這「蚫螺」二字，也寫作「泡螺」。

　　文在第五十八回，西門慶的生日，業已更闌席散，西門慶與幾個弟兒，又到前面去，還帶著李銘、吳惠、鄭奉三個唱的，飲茶聽唱。小廝們只得備茶添換果碟，都是蜜餞鹹碟，榛松果仁，紅菱雪藕，蓮子荸薺，酥油蚫螺，冰糖霜梅、玫瑰餅之類。這應伯爵看見酥油蚫螺，渾白與粉紅兩樣，上面都沾著飛金，就先揀了一個，放入口內，如甘露灑心入口而化。說道：「倒好吃。」西門慶道：「我的兒，你倒肯吃。此是你六娘親手揀的。」伯爵笑道：「也是我女兒孝順之心。」說道：「老舅，你也請個兒。」於是揀了一個，放在吳大舅口內。又叫李銘、吳惠、鄭奉近前，每人揀了一個，賞他們。這事到了六十七回，又寫了「蚫螺」一次。第六十七回是這樣寫的。

　　李瓶兒死後，應伯爵等人，常常來陪西門慶吃喝玩樂，說說笑笑，聽聽唱，喝酒行令。少不得點心，酒菜，吃食不斷。十一月後半，冰雪天地，寒冷得很。「應伯爵纔待拿起酒來吃，只見來安打後邊拿了幾碟菓食，一碟菜餡餅，一碟頂皮酥，一碟炒栗子，一碟晒乾

編按1　原載於《中華日報》第16版（1999年9月10日）。

棗，一碟榛仁，一碟瓜仁，一碟雪梨，一碟蘋菠，一碟風菱，一碟荸薺，一碟酥油泡螺……」這吃完了「衣梅」，順手又拿起泡螺兒來問鄭奉：「這泡螺，果然是你家月姐手揀的？」鄭奉跪下說：「二爹，莫不小的敢說謊。不知月姐費了多少心揀了這幾個兒來供孝順爹。」伯爵道：「可也虧他上頭紋溜，就相螺螄兒一般，粉紅、純白兩樣。」西門慶道：「我兒，此物不免有使我傷心！惟有死了的六娘他會揀，他沒了！如今家中誰會弄他？」伯爵道：「我頭裡不說的。我愁什麼？死了一個女兒會揀泡螺兒孝順我，如今又鑽出個女兒會揀了。偏你會尋尋的，多（都）是妙人兒。」西門慶笑的兩眼沒了縫兒。

　　關於「蚫螺」一辭，是怎樣的一種食物？《金瓶梅》寫得並不清楚。如從「螺」字來想，形狀應像田螺，小蝸牛似的。《唐熙字典》音白交切，聲似包音。《字彙補》音飄，義則不詳。《大漢和辭典》，則釋為與「鮑」同。引《本草》云：「鮑，一名鰒。」又云：「皇國俗，有作鮑者。」《新撰字鏡》云：「蚫，阿波比。」但在該「蚫」字下，還有一個專有名辭，叫「「蚫苦本」，女陰的異名。《新猿樂記》云：「野干坂伊賀專之男祭，叩蚫古本舞。」[1]

　　推想這日語中的「蚫苦本」（女陰異名），似乎牽連不上。不說他了。

　　不過，《金瓶梅》又寫作「泡螺」，可以想知這個「蚫」字，若是一人唸二人抄，一人寫作虫字旁，一人寫作水旁。甚而一人抄也會省寫作三點水。此一問題，關鍵不大，可以不必深究。反正「蚫螺」、「泡螺」，聽起來還是一樣的，那麼，最關鍵的一個字，是那個「揀」字。

　　李瓶兒活著的日子，只有李瓶兒會「揀」蚫螺，李瓶兒死後，

---

[1]　《新猿樂記》是日本文集。

又出來一個鄭愛月會「揀」蚫螺。

可見這個「揀」字，是個主要動詞。這個字關係著「蚫螺」的庖製方法的重要程式。從文辭上。我們可以體會到的。

首先，我們知道這「蚫螺」還有個重要的形容辭，全名「酥油蚫螺」。這一名詞，業已清楚明白地告訴了我們這「蚫螺」是用「酥油」庖製的。

何謂「酥油」？這一名詞，應是「油酥」，從熱油中庖製出來的。賣麻花的，總是高喊著「油酥麻花」，焦焦脆脆香香噴噴地來。所以「麻花」也叫作「油酥麻花」。換言之，粉質的食物，經過油炸，火候勿過勿不及，恰到中點，油炸的食物，便是「酥」地了。此之所謂「油酥」者也。

言談至此，我們可以了解到「酥油蚫螺」，應是一種粉質的油炸食物。至於是何種粉質？配搭些何種作料？都無法臆猜。

從應伯爵的眼睛所見，口唇所繪，形態是「上頭紋溜，就相螺螄兒一般，粉紅、純白兩樣。」這番話，已說明那形態就螺螄一樣，所以稱之為「蚫螺」。所謂「粉紅、純白兩色」，指的是兩種色澤。「上面都沾著飛金」，另外，還洒上飛金，裝飾得金碧輝煌，典麗高貴。而且說：「放在口內，如甘露洒心，入口而化。」不但外皮酥脆，裡面還包藏著甘露樣的汁水。所謂柔美得「洒心而化」。說：「倒好吃。」

西門慶說：「此物不免有使我傷心！惟有死了的六娘，他會揀，他沒了！如今家中誰會弄他？」鄭愛月兒卻學會了「揀」他。鄭奉說：「……不知月姐費了多少心揀了這幾個兒來供，孝順爹。」他們口中，全說有關「酥油蚫螺」的製作，只是一個「揀」字。

這個「揀」字，是什麼意思？人人都知道是挑揀之義。可是，「蚫螺」是用油庖治出的食物，怎能用上「揀」字。難道是燒窯似的，開

窯後，還有好壞等級？

　　油酥的食物，廚師的本領全在鍋灶的火候。庖治油酥的食物，最要緊的訣竅，在廚師目中的火候。冶劍的名家，講究的是一個「煉」字（亦作鍊）。由此問題想來，我認為西門慶等人口中的「揀」字，應是「煉」字之誤。閱讀的人，把「煉」字看作「揀」字，也唸成了「揀」字。遂一誤再誤，連《第一奇書》本也刻成「揀」字了。我此一粗淺看法，企盼賢知之士，指擿之。

　　再說「衣梅」是怎樣一種食物呢？在這同一回（第六十七回），上接「酥油鮑螺」，便緊接著，向下寫：「一碟黑黑的團兒用橘葉裹著。伯爵拈將起來，聞著噴鼻香，吃之到口，猶如飴蜜，細甜美味。不知甚物。」西門慶道：「你猜？」伯爵道：「莫非是糖肥皂。」西門慶道：「糖肥皂那有這等好吃。」伯爵待要說是「梅酸丸。」裡面又有胡（核）兒。西門慶道：「狗才過來。我說與你吧！你做夢也夢不著。是昨日小價從杭州船上捎來，名喚『衣梅』。都是各樣藥料，用蜜煉製過，滾在楊梅上，外用薄荷橘葉包裹，纔有這般美味。」又說：「每日清晨呷一枚在口內，生津補肺。去惡味。煞痰火，解酒剋食，比稱素丸甚（更妙）。」伯爵說：「你不說，我怎的曉得。」因說：「溫老先兒，咱再吃個兒。」又說：「叫王經拿張紙兒來，我包兩丸兒，到家稍與你二娘吃。」……

　　可以說：「衣梅」是一種什麼食品？這段文字，業已寫得相當清楚，用熟透了的梅子，外加許多作料，與梅子的本質味分，融匯成一體，連梅子的核[2]兒都不取剔出來。像這樣庖（或者用「泡」字更適當）治的「衣梅」，我這一生還不曾吃過呢？滋味之美好，應伯爵舌頭，業已形容得讀來令人流涎。

2　核，音胡。

想一想，梅子之外，究竟用些什麼配料？不知今之食家，有否庖治之才能呢？而我，祇能在此把「衣梅」之名，望文而求其義。他是以梅子之味為主的一種佳味。按梅子的本身味分，是酸而甜的，再加上各樣藥料，用蜜煉製，滾在楊梅上，再外包之薄荷橘葉，應算得是替楊梅穿上了衣裳。所謂「衣梅」，大概是這麼為之命名的吧？

再之，我們談來旺媳婦宋惠蓮的「燒豬頭」。這天，新正佳節，西門慶賀節不在家，吳月娘往吳大妗子家去了。午間，孟玉樓、潘金蓮都在李瓶兒裡下棋。賭東道，潘金蓮建議賭五錢銀子三盤，李瓶兒輸了。拿出五錢銀子，三錢買金華酒，二錢買豬頭，教來旺媳婦子宋惠蓮燒製。他最會燒豬頭，只用一根柴火兒，就能燒得稀爛。

於是惠蓮起身，走到大廚灶裡，舀了一鍋水，把那豬頭與蹄子，剔刷乾淨，只用一根長柴，安在灶內，用一大碗油醬，並茴香大料，拌理停當。上下錫古子扣定。那消一個時辰，把個豬頭燒得皮脫肉化。香噴噴五味俱全。取出將大冰盤盛了，連薑蒜碟子，教小廝兒用方盒拿到前邊李瓶兒房裡。（第二十三回）

看起來，豬頭的燒法，並不怎的乞巧，整治的工夫，全在剃毛刷理的工作上，其次是油醬茴香大料，調配得好。用上下兩層的錫古子（錫製的合鍋）合閉起來，用小火燒上約一個時辰。這錫古子等於今日的悶鍋。訣竅只在配料與燒治的火候上。用的溫火，凡是熟煮的大塊餚饌，都用溫火，不用烈火。所以宋惠蓮使用一根柴火燒熟。

所謂「長柴」，即木柴。所謂「錫古子」，即蒸鍋。這兩種，江浙最普遍。

《金瓶梅》中的癩葡萄

　　在我國長短篇小說中，寫到飲食之處，寫得最多，而又一盤盤一樣樣地寫了出來，《金瓶梅》應數第一。我寫《金瓶梅箚記》時，曾經說明，有關穿著的服飾以及飲食上的菜餚，留待以後寫專書。卻因循至今，二十年歲月過矣！尚未動筆。

　　十年前，文友童世璋寫了一本，近又見美食家翁雲霞女士寫了一本《食髓知味》，她是站在菜餚上落墨的。上次，我擷出了所寫「餶飿」是徐州的「壯饃」，竊以為非是。今又論及《金瓶梅》第四十九回中寫的「一碟子癩葡萄」。從明代人寫的《羣芳譜》中，查知這「癩葡萄」就是今人常食的「苦瓜」。誠然不誤。

　　這種「癩葡萄」，大江以北也有。俗稱「癩葡萄」。由於它身上長了一列列一串串的癩子（疙瘩），像麻瘋病人身上的癩子差不多。由於味苦，形像又醜，人不食它。

　　它是藤類的瓜，往往爬到棗樹上，一大串一大串的掛著。嫩時青色，成熟時白色，老時橘紅色，光亮亮地。沒有任何用處，不惟人不食，牛馬雞鴨也不吃。有時，可以摘下餵豬。我是淮北人，徐州稍南。後來，我到了江南，方始吃到苦瓜這味菜蔬。那時想，也許我們北方人不會除苦，換言之，不會料理這道菜。近些年來，苦瓜這道菜，不但燒炒蒸煮，還能凍拌生食。甜鹹都是好滋味。可是返鄉探親，問起癩葡萄，年輕人多不知，老年人說早已絕了種。但在上海，酒席上的小碟子，就有同我們臺灣酒館中的一樣，有熱炒的也有冷拌的。由於今日交通迅捷，可能北方館子也有了苦瓜這道菜。「苦瓜」，是南方的芳名，北方，稱之為「癩葡萄」。

　　是不是「橘踰淮則成枳」的水土關係呢？我可沒有研究。但我則認為《金瓶梅》第四十九回寫的「癩葡萄」這一碟子菜餚，想必是南地所產，如同「鰣魚」一樣，在西門家的酒席上不時出現，所以《金瓶梅》的作者寫作「癩葡萄」，不說是「苦瓜」。說「苦瓜」，北方人不懂。自也入境隨俗地寫作「癩葡萄」，不稱「苦瓜」。

　　我對於《金瓶梅》的作者是誰的研究，認定是寧波人屠隆[1]。《金瓶梅》中的飲食大多是南方人慣食的餚饌，也是證見之一。從這碟子「癩葡萄」來說，不也是鮮明的證言嗎！

　　再說，《金瓶梅》的作者稱這碟子癩葡萄與另一碟子流心紅李子，是「兩樣艷物」。所謂「艷物」，意為是美好而少有的佳味吧？「癩葡萄」是南方人愛的食物，「李子」則是北方的水果。所謂「流心」二字，是否指挖去核兒呢？或「流心李子」是否是另一種食物呢？不能作結論了。

　　食家去查吧。總之，「癩葡萄」是北方人的稱呼，「苦瓜」是南方人的稱呼。《金瓶梅》的作者，稱「癩葡萄」為「艷物」，語氣有爭論空間。此不論。

---

[1]　拙作：《金瓶梅的作者是誰》。

「苦了子鹹」及其穿著口語^{編按1}

　　《金瓶梅》的語言，應是明清小說中，最複雜的一部。若是認真探究起來，可成一本大書。今在此只錄出三幾部份，提供研究該書者參考。

一　玉簪的描寫

　　在《金瓶梅詞話》第九十一回，寫李衙內娶了孟玉樓作填房。死去的前房，留下的陪房丫頭玉簪，吃醋罵街。其中描寫玉簪的穿著，以及吃醋罵街的話，其中文辭值得錄出討論。

（一）穿著

　　這位玉簪（兒）是李衙內前妻的陪房丫頭。這類丫頭，本就是男主人口邊的零食，更是女主人的替工。當娘子死了，這個大丫頭玉簪，已三十歲的年紀，原可收房作個少奶奶。可是這丫頭的長相及作人，都不成氣候。（第九十一回十頁反面）寫玉簪的穿著，說：

編按1　本文原是山東五蓮召開之《金瓶梅》會議論文，篇名為〈金瓶梅詞話的語言──抽樣指出三幾字〉（2000年10月20日）。後載於《國文天地》第16卷10期總號190（2001年3月），頁79-82，收錄此書，更名為〈「苦了子鹹」及其穿著口語〉。

專一搭胭脂抹粉，作怪成精。頭上打著盤頭楂髻[1]，用手帕苫蓋[2]。周圍勒銷金箍兒[3]，假充作鬏髻。又插些銅釵蠟片[4]，敗葉殘花。耳朵上，及雙甜瓜耳墜子。身上穿一套前露臀，後露襪，怪綠喬紅的裙襖，在人前好似披荷葉老鼠[5]。腳上穿著雙袖外油（紬）、劉海笑、撥船樣、四個眼的剪絨鞋約尺二長（腳大）。臉上搭著一面鉛彩，束一塊白，西一塊紅，好似青冬瓜一般，在人跟前，輕聲浪顙，假勢孥班（架子）。

這段話，除了「殿月」二字，應是「臀」字刻成二字，可以推想出錯來，但在文義上，這文句也講不通。所謂「前露臀，後露襪」的「怪綠喬紅的裙襖」，那玉簪的此等穿著，是怎麼個樣兒呢？按「臀」字乃人之屁股也。在俺那淮北家鄉，土話叫「腚幫子」。在人體的後面，怎能寫作「前露臀」也。那麼，是否是「臂」字之誤刻？若是「前露臂」，那玉簪的襖，袖子短得露出半截胳臂乎？再說「後露襪」一辭。查「襪」字，在《康熙字典》中，也未收有此字。推想此字可能是「襪」[6]，小繻也。換言之，短小的襖。其短，必須遮住臀部。此說「露臀」，應是短得在臀上。以此字義推想，這「前露臀」應為「後露臀」而「前露襪」。描寫玉簪上身穿的襖太窄短，「前露襪」指其上穿之襖太短，前面蓋不著胯骨，後面，遮不著臀部。一如近代流行之露臍短上衣衫。而且，裙襖上的色澤，也是「怪綠」、「喬紅」，非

1　同紮。

2　苫，遮蓋之意。

3　半個圈圈。

4　假的金飾。

5　以老鼠頂荷葉比況。

6　襪，音纖。

正經顏色。看去，像頂披荷葉的老鼠。尺二長的大腳片兒，撥船樣大，鞋上還繡著劉海的笑臉。可真是不般配的！

（二）口語

　　自從李衙內娶來孟玉樓，便不理睬玉簪，這丫頭便使起性子來。他熬了盞好果仁泡茶，雙手用盤兒托到書房，掀開簾兒，送與衙內，不想衙內手中拿著一本書睡著了。只顧叫他也叫不應，便罵了起來。

> （同回第十一頁反面）「老花子，你黑夜做夜作，使乏了也怎的。大白日打瞌睡，起來吃茶。」叫衙內醒了，看見是他，喝道「怪磣奴才，把茶放下，與我過一邊裡去。」這玉簪兒便臉羞紅了。使性子把茶丟在桌上，出來，說道：「好不識人敬重。奴好意用心，大清早晨，送盞茶兒來你吃，倒吆喝罷（罵）我。常言『醜是家中寶，可喜惹煩惱。』我醜，你當初瞎了眼。誰交你要我來，仮的值我的那大精x。」被衙內聽見，趕上儘力踢了兩靴腳。這玉簪兒走上，登時把那付臉膀的有房梁高……

這段話，有三個字值得推敲。一個「罷」字，一個「仮」字，一個「膀」字。

　　此三字—「仮」字與「伋」字，在字典上都有。「仮」與「反」字同。若是「伋」字，意為虛詐。若以此意譯之，則這句話，應是：

「我醜，你當初瞎了眼。誰教你要我來，虛虛詐詐地騙去我[7]⋯⋯」。至於倒嘍喝「罷」我，「罷」字，顯然是「罵」字刻成「罷」字了。這樣推想，是耶？否耶？乞正。

至於那個「登時把那付臉膀的有房梁高⋯⋯」的「膀」字，乃同音假借之「榜」字，名詞作動詞用，意為玉簪被衙內踢了一腳，反而走上前去，把臉昂起高高，像高貼的「榜」，有屋梁那麼高。寫丫頭玉簪的性情也不弱也。

繼著同回第十二面的正反兩面，寫玉簪當面數落孟玉樓，說：

> 當原先俺死了那個娘，也沒曾失口叫我聲玉簪兒。你進門幾日，就題名道姓叫我。我是你手裡使的人也怎的。你未來時，我和俺爹，同床共枕，那一日不睡到齋時纔起來。和我兩個，如糖拌蜜，如蜜攪酥油一般打熱，房中事，那些不打我手裡過。自從你來了，把我蜜罐兒也打碎了。把我姻緣也拆開了。一撑撑到我明間，冷清清支板凳打官鋪，再不得嚐俺爹那件東西什麼滋味，我也氣苦正也沒處訴！你當初在西門家，也曾做第三個小老婆來。你小名叫玉樓，敢說老娘不知道，你來在俺家，你識我見，大家膿著些罷了。會那等大廝不道喬張致，呼張喚李，誰是你買到的，屬你管轄。

在這一大段話語中，有一句：「大家膿著些罷了。」文中的「膿」字，是「弩」字，像弓被彎起，那被彎的竹子，得天天忍耐下去，俺淮北人的忍耐苦日子的口語叫「弩」。蘇北、皖北以及魯，豫都有這話吧？「膿」字是同音假借字。

7　伖字可能原文是偏字，作騙字用，伖，作假，虛詐之意。

二　苦了子鹹

在山東棗莊的《金瓶梅》會議上，相識鮑延毅教授，九七年寄贈我一本大著《金瓶梅語詞溯源》一冊，例說了二百餘言的辭彙。很有貢獻。

其中有一口語：「苦了子鹹」（九十四回第八頁，反面末行）。在我看來，這四個字，並無問題，是我小時候，聽熟了的一句話。對於吃食太鹹，便說這麼一句話。其中的「了」字，讀音是「拉」，如「來了（拉）」、「走了（拉）」，以及「沒有事[8]了（拉）」、「這樣作，你放心了（拉）吧？」那麼，這「苦了子鹹」四字的方言讀音，就是「苦了（拉）子鹹」。

在俺那皖北一帶，方言一語中，愛加「子」音，如「糞扒子」、「鍋鏟子」、「筐子」、「筷子」、「老頭子」、「老媽子」、「小孩子」，所以「苦鹹」二字，在俺在方言中，便說成「苦了子鹹」（了字讀作「拉」音。）

可是，我們北京於一九三二年，在山西購得的一部《金瓶梅詞話》，書中的這一文句，便被朱筆點去，字旁寫一個「丁」字。他認為是「苦丁子鹹」。近數年來編寫《金瓶梅詞典》的編者，遂也採納了這位改者的「苦丁子鹹」（如吉林文史出版社編的《中華書局本》），鮑延毅為了這「苦丁子」三字的方言出處，費了不少精神考察。查出山東齊魯書社出版的《金瓶梅》刪節本，把「苦了子鹹」，改為「苦鹹」二字。（這是崇禎本的文句。）

後來，鮑延毅雖然看到了原刻本，發現了真相（原刻是「苦了子鹹」），所以鮑先生改正了北京師範學院出版的《金瓶梅方言俗語匯

8　事字讀音是黑字去聲捲舌。

釋》的誤釋「丁子是語綴」。但又認為這「苦了子鹹」的語態，應該
是蘭陵故地棗莊的方言：「苦不子鹹」誤刻。還說了一長串修詞學的
學理。卻又「補記」了他又見到的《金瓶梅俚俗難詞解》[9]釋「苦了
子鹹」應是崇明話「苦子子」之訛。還有戴鴻森的校本，校改作「苦
丁子」。鮑先生卻又放棄了原說的「棗莊」話。可見《金瓶梅詞話》
的語言，是多麼的難解。

三　同音通假字

　　杭州章一明先生的大著：《金瓶梅詞話和明代口語詞匯話法研
究》，其中說到語言的使用，摘錄出的「同音通假字」最多。如「八、
伯、靶、巴」、「把、欛」、「扳、搬」、「報、抱」、「背、僻」、「毬
、毯、牝」、「辰、晨」、「成、盛、承、陳、誠」、「待、帶、䐼、代、
袋」……只要同音，都可以相互使用。還特別指出「對《金瓶梅詞話》
幾處校改的意見」（一）《詞話》二回「大謝」，卻也常寫作「支謝」、
「知謝」。按「支」與「知」同音，遂也寫作「支謝」。手民誤刻「支」
為「大」。（二）把「權促」改為「催促」。（十三面）按「權」應為
「勸」，權勸音近，遂把「勸」寫作「權」。（三）第三十九回有句：「玉
珮鳴時，多講登壇朝玉帝」，「多講」、「都講」的「多」、「都」二字，
在《詞話》中，同樣使用的文句甚多。他如「圓」、「員」。還有「椅
墊」之「墊」，使用同音之「甸」字。以及「只管」與「只個」兩詞，
也相互作「只顧」使用。只管、只過、只個，悉與「只顧」音近。遂
作「只顧」。

　　章先生在其大作中，論及《詞話》一書中的這類通假字極多。而

9　張惠英：《金瓶梅俚俗難詞解》（北京市：社會科學文藝出版社，1993年）。

我則認為中國文字學的通假字，使用的原則甚寬，形近相假，音近相假，義近相假，如以此之通假原則，來討論《金瓶梅詞話》之通假字使用，每一回都能擷出一長串，章一明先生只論及同音通假而已。

　　說來，此一文辭之運用通假字問題，良是研究《金瓶梅》作者是誰的首要觀點。然乎哉？關於《金瓶梅詞話》之錯字，梅節改正最多。

武大郎的「炊餅」
——非今日的「燒餅」也^{編按1}

　　這多年來，《水滸傳》與《金瓶梅》已成顯學。武大郎與潘金蓮這兩個小人物，早已從書本走出，與現實中的社會中人，密切地生活在一起，已是家喻戶曉的名人。

　　在《水滸傳》中，武大郎在山東陽穀縣，賣炊餅為生，移住到清河縣，仍舊挑著擔子賣炊餅為生。那麼，武大郎擔子挑的「炊餅」，是怎樣的一種「餅」？到如今尚無定論。今日的山東陽穀，已有了武大郎的燒餅。

　　《金瓶梅》的飲食研究專家李志剛先生，在其所寫〈金瓶梅飲食趣談〉一文中，說到武大郎賣的「炊餅」，在山東陽穀，已有了這麼一句成語：「武大郎大燒餅，仁（人）小個兒大」。意思是武大郎個頭兒雖小，餅子的內涵可是大的。居然，把「炊餅」改成了「燒餅」。

　　實則，武大郎賣的是「蒸餅」，那是由於《水滸傳》寫的是宋徽宗時代的故事，宋人的文史，最重要的是避諱，宋仁宗的名字叫「趙禎」，為了言語以及行文用字，都得避開皇帝的名諱，所以把「蒸餅」的蒸字，改為「炊」字，於是「蒸餅」改稱「炊餅」。

　　《水滸傳》的作者，也為了把小說去遷就歷史，遂也把武大郎賣的「蒸餅」，寫作「炊餅」。

　　關於宋人為了避諱，在言談與行文，改稱「蒸餅」為「炊餅」，文獻上有記載。宋人吳處厚的《青箱雜記》卷二，說到「炊餅」，有

言：「仁宗廟諱禎，語訛近楨，今內庭上下，皆呼蒸餅為炊餅。」但也作「籠餅」。蓋此餅乃蒸籠蒸之成熟。當可想知他是蒸餅，不是燒餅。「燒餅」是貼在鑪壁上烤熟的。形狀、滋味，都不一樣。

宋代詩人楊萬里作有一首〈食蒸餅詩〉：

> 何家籠餅須十孚，蕭家炊餅須四破；老夫饑來不可那，只要鶻圇吞一箇。

從這詩句所寫，可以推想這種蒸餅是怎樣的形像？第一，既然稱之為「餅」，定是扁的。第二，既然何家「籠餅」則「須十孚」，蕭家的「炊餅」則「須四破」。所以想知這種「餅」的蒸製，何、蕭兩家不同。何家的「須十孚」，像孵小雞似的，一粒粒蛋擺起來，一籠擺十個。蕭家的「炊餅」，則是一塊整的（圓圓地一大個放在蒸籠裡），出籠後，尚須用刀破成四塊。所以楊萬里說我可不管你們的蒸餅大小不同，我饑餓來時，不管你的餅形大小不同，我也拿來一個，就吞食起來。

有人說武大郎叫賣的「炊餅」，應是「饅頭」。今日的饅頭，都是用蒸籠蒸的，蒸籠不是用來蒸餅的。應知乎「饅頭」與「炊餅」，是兩種不同的食物。在宋時就是分開食用的。按宋人胡苕溪在其《漁隱叢話》後集，記有東坡之《上庠錄》說

> 西學八廚，例於三八課試日，設別餞，春秋炊餅，夏冷淘，冬饅頭。

可以想知，「炊餅」與「饅頭」，乃二物，非一物。

從小說所寫，武大郎賣的炊餅，是挑著擔子沿街叫賣，當可想知炊餅（籠餅）乃一般平民的飽腹食物，從楊萬里的詩中所寫，也說

明是擋饑的食品，非品味之美食。

這種蒸餅，既然是用蒸籠蒸，蕭家炙餅必須「四破」，想來應是一個大圓形的，蒸熟後必須切成四塊，何家的蒸餅「須十瓣」，自是一籠蒸十個。但既然是「餅」，應是扁平的。凡是扁平的餅，大多是有餡的，不應是一層發麵的扁平餅子。在俺那家鄉，這種餅，不是發麵的，是燙麵的。所謂「燙麵」，是用滾水拌和的麵塊，麵粉經過滾水一燙，已經半熟，用這種麵塊，捍成一大圓形餅，在餅上舖一層拌和好的作料，如是鹹的，可葷可素，何蔬？何葷？聽由製餅者決定。甜的，也可以加上香花的作料。用糖，也可以分別使用白糖、砂糖或紅糖。有時也可以加上薄荷、肉桂粉什麼的。這種製法的「蒸餅」，說來，屬於較高級的，食客的對象，已包括士大夫階層了。

像武大郎擔著挑子，沿街叫賣的炊餅，在我想來應是勞動階層的食主，祇是各類蔬菜餡的蒸餅，麵的階級，可能在白麵之下，也蒸製雜麵的。用雜麵製餅或饅頭，也經常在餅店或饅頭店出售。雜麵或白（麥）麵的，價錢的差距，往往三與一之比。

在俺那鄉間，用燙麵作的餅，平常飯食，不用蒸籠，只用一個箅子（竹編的格子）放在鍋心，箅不是水，箅上四圍的鍋邊，貼滿那種夾層放入菜蔬的燙麵餅子。箅子上往往蒸上紅芋（蕃藷）。這種餅。也叫蒸餅。人口多的人家，蒸餅則必須使用蒸籠。

推演起來說，可以認為武大郎擔子上挑賣的「蒸餅」，應是勞工大眾的食品，有白粉麵菜餡的，也有雜麵菜餡的。不是饅頭，饅頭比蒸餅高貴。吃起來，必須有菜餚。

濃粥與雞尖湯

——《金瓶梅》中的家常吃喝^{編按1}

　　在我國古典小說中，寫到人生中的吃喝，似乎以明代的《金瓶梅》，清代的《紅樓夢》，著墨之處最多。因為這兩種小說，都是寫的大江大河的波起波落家史。那麼，一大家人的吃吃喝喝，又怎能免去？

　　近些年來，《金瓶》、《紅樓》兩書，業成顯學。讀者著眼於書中所寫的吃喝。自然大有人在。我在二十年前讀《金瓶梅》作《箚記》時，便感於書中所寫之男女穿著與日常飲食（吃喝），所占篇幅不少。若是也一一寫入《箚記》，勢必脹破了原設的寫作計畫，遂留下說詞：「這衣著、飲食二事，留待以後寫專書。」雖也不時記下了回目及頁碼，卻汲汲營營這多年，祇寫了三幾篇。

　　二十年前，童世璋寫了一本《金瓶梅的食味》，篇幅不大（約五萬言光景），由於寫法欠缺學術性，未能引發我的思維，也就過目而雲煙。近年來，讀了兩本悉以美食健康兩大主題為著筆意向。一是談美食生活的翁雲霞女士的《食髓知味：金瓶梅的另類飲食》，一是醫家李家雄先生的《細說金瓶梅的飲食男女》，這兩本談論《金瓶梅》吃喝的書，卻引起了我的興趣。因為他們說到的，與我所讀到的，在知與識這二個字眼上，頗有不契。既有認知上的不合情趣，我總是會提出求教的。

　　日前，在飯桌上，我就提出了一點。不妨再說一遍。按《細說金

編按1　原載於《國文天地》第15卷4期總號172（199年9月），頁109-112。

瓶梅飲食男女》一書，首章便論及該書中的飲食之烹料方法，誠乃食客中的行家。而我卻獨喜第二篇之〈飲與粥（鬻）〉。說來，我出身貧窮，對於「鬻」比「飯」要熟悉得多。至於粥中加糖，乃慣常的吃法，到今天，這吃食粥品的習慣還在。貧家的粥，在農閒的秋冬與三春，（指江北）通常是兩餐乾的一餐稀的。蘇皖之北，齊魯豫等地，晚餐謂之「喝湯」。晚餐的粥，是稀粥，若是綠豆湯、小米湯或大米湯，都是水汪汪地。米粒大多沈在碗底。這種湯，謂之「照面湯」。蓋碗中的水，清亮得可以照出人的臉面。

至於「濃粥」，臘八時的所謂「臘八鬻」是濃的，有甜味的，也有鹹味的。富家的粥類食品，無論年節，食用的「粥」全是濃的。（最大的濃度，也不能濃得像臘塊一樣，是以食用時，用的是羹匙。）要是說到粥的作料，可以說是百味雜陳。總結起來說，也只是甜的鹹的兩味而已。

《金瓶梅》第九十四回，寫春梅作了周守備的正頭娘子，可是春梅突然見到舊情人陳經濟落拓在外，又不能留下他。一時心慌頭脹，走進房去，摘了頭上的冠、脫去身上的外衣，倒在床上，捫心抓被，痛苦得呻吟不已。佣人們慌了手腳，忙去請來守備老爺，請大夫開藥方，鬧嚷了一天，沒吃沒喝。孫二娘吩咐丫頭海棠往廚下用心用意熬了一小鍋粳小米濃濃的粥兒，定了四碟小菜，用甌兒盛著。……熱烘烘拿到房中。……又不敢叫，直到他翻身，方纔請他吃粥。合著眼也不理，海棠又叫，粥要冷了。請奶奶吃粥。孫二娘在房說：「大奶奶你這半日沒吃什麼？這回你纔好些，起來吃些個。那春梅一砧碌子扒起來，教奶子拿起燈來，取粥在手，只呷了一口，往地下只一推，早是不曾把傢伙打破，被奶子接住了。春梅就大喝起來，向孫二娘說：「你平白教我起來吃粥，你看賊奴才，熬的好粥，我又不坐月子，熬這照面湯來與我吃怎麼？……」

　　春梅口中的「照面湯」三字，正好與海棠熬出的一鍋「粳小米濃濃的粥兒」，恰恰相反。「濃濃的」粥，決不是「照面湯」，而且還加上「我又不坐月子」六字。蓋月子中的婦女，飲食著眼在「發乳」，決不能在吃了易於發胖的食物上，調製給產婦吃。所以在月子中的產婦，總是調製湯水似地補品，蔘類、乳類、魚類、腳蹄，減少澱粉質的食物。所以月子中的產婦，食物多是湯米，像豬肝湯、鱗魚湯、蔘陽、蓮子湯、桂圓湯等等，這類湯，都稱之為「照面」湯。蓋美玉秀明，光可照面。

　　試想，春梅吃了一口，而且還教奶子「拿過燈來」，怎能沒有看清楚那粳小米熬成的「濃粥」。怎的會說出「我又不坐月子，熬這照面湯來與我吃怎麼？……」

　　試想《金瓶梅》的作者，如此下筆，意在加強對春梅的這種無理取鬧呢？還是用錯了「照面湯」這句成語呢？真是令讀者解不透。

　　言談至此，緊跟著便是下面，春梅要吃的「雞尖湯」。就寫在同一回（九十四回），而且同一情節，孫二娘便道：「奶奶你不吃粥，吃些什麼兒？卻不餓著你！」……良久，春梅叫小丫頭蘭花，我心裡想些兒雞尖湯兒吃。說：「你去廚房內，對著淫婦奴才（指孫雪娥），教他洗手，做碗好雞尖湯兒與我吃口兒。教他多有（放）些酸筍，做的酸酸辣辣的我吃。……」蘭花不敢怠慢，走到廚下，對雪娥說了。下面又寫雞尖湯是怎麼個作法。「原來這雞尖湯是雛雞脯翅的尖兒，碎切的做成湯。」又說：「這雪娥一面洗手剔甲。旋宰了兩隻小雞，退刷乾淨，剔選翅尖，用快刀碎切成絲，加上椒料、蔥花、芫荽、酸筍、油醬之類，揭（攢）成清湯，成（盛）了兩甌兒，用紅漆盤兒，熱騰騰，蘭花拿到房中。……」我們看書上寫的如此清楚。任誰都得照抄。

　　那麼，我們若是依據書上所寫，「雞尖湯」就是用兩隻「雛雞脯

的翅尖兒」用快刀切碎了庖製成的。試問，雛雞多大呢？（1）半斤
上下，（2）十二兩上下，（3）超過一斤便不能稱為「雛雞」了。雛
雞的兩個翅尖，連骨頭都算上，能有多重？就以三斤重的大雞來算，
一隻雞的兩個翅尖，剁下來也未必有五錢重。兩隻大雞的四個翅尖，
連骨帶肉，能切出多少？加上那麼多的重味作料，作出湯來，那裡還
有雞尖之味？

　　《金瓶梅》的作者，還特別為這一味「雞尖湯」，寫出了雞身上
的主要材料，是「雛雞脯翅的尖兒」，連其他配料都寫得非常肯定。
在我讀來，越思越想，越已經怪哉！怪哉！（不知今之《金瓶梅》宴
中之廚師，能依據《金》書所寫，庖製出這味「雞尖湯」否？）

　　據我所知，「雞尖」，不是雞的翅尖，應是雞的尾尖；雞屁股
也。在雞身上，內臟是心、肝、胃，身上的肉，則是頭、尾、翅、
爪。可以作湯的部分，祇有雞尾（屁股），即雅號之「雞尖」也。

　　若是把話說得土一些，不但俗名「雞屁股」，雅號「雞尖」。稱
之為「雞屁股」，雞之排洩處也。稱之為「雞尖」，乃雞之雌雄的「尖」
與「凹」交尾處也。把話再說得白裂裂的，「雞尖」，乃閻王爺設定
好的雌雄各有之生殖器也。所以，無論雞之雌雄，其尾尖之三角地
帶，其處之肉，不但生得肥沃，而且又柔又軟又嫩，滋味更有其特
色。（有人不食雞尖，嗅覺敏銳的人，嫌它有臊味兒。）

　　《金瓶梅》的作者，寫明「雞尖湯」用「雛雞」，雛雞的尾尖，
尚未發育完成，縱有柔嫩的肉質，那分特有的滋味，可就沒有。我曾
一再推敲《金》書的作者，何以特此在這「雞尖湯」上加工，把材料
與配料以及庖廚的工作都寫出來。可是，寫得又是那麼肯定，真令人
無奈？這一筆，究竟有何意旨？讀者們應該思考吧。（我的推想是：
「改寫者畫蛇添足也。」）

　　宋儒們總是提醒讀書人，在讀書時應去疑。而且說：「在不疑處

有疑，方是進矣。」特別是讀小說，必須去疑。「小說」的本質，乃「虛構」之事。所以人稱小說中事「乃小說家言。」不可當作信史看。如本文例說的「雞尖湯」等文，能信之不疑嗎？

編後記

　　「講究史料，是讀書人的基本素養。」這是恩師魏子雲先生教導我的治學態度；先生著述論學一向論理有據，依憑史料，於是保存史料的完整度，即是我整理先生書信和著作的一貫信念。先生的手稿、著作都是極為珍貴的史料，理當慎重保存。如今《魏子雲著作集》（金學卷）終於要出版問世，肩上的重擔輕了，心中石頭落了地。先生離世近十年，回首來時路，心裡的，外在的碰撞煎熬，並沒有撼動初衷——要完整保存先生智慧的結晶。當時程不對時，我等待時機；當機會來臨，我一馬當先，手稿典藏如此，全集出版亦如是。先生知我能力有限，又要考核我的決心，一路上設置重重難題，卻又適時適地安排貴人協助，歷經兩年嚴苛而戲劇化的考驗，一項文化傳承的大工程即將竣工，滿懷感激。

　　這項工程絕非一人之功，而是背後有個龐大的支撐團隊始能完成。每個人無私無悔地奉獻一己心力，人人都是救火隊員，在最需要協助時，一通電話，一封郵件，隨傳隨到，使命必達。對我而言，救火隊隊長得歸功先生長女魏貞利大姐，她幾乎全程參與，只要她出馬，任何難題都迎刃而解；魏至昌大哥是本團隊的精神支柱，充分授權，決斷明快，封面畫像乃出自他的親筆手繪。在臺灣出版事業經營艱困之際，萬卷樓圖書公司梁總經理願意承攬本套書的出版大任，最是可敬的救火大老，深深一鞠躬向他致敬。而副總張晏瑞先生的救火能量亦令人刮目，可以說他是本套書的推手，掌舵全集的出版次序、體例和時程規畫。我對出版事務全然無知，經由他的導引，我花了一整年全面蒐集資料；編製「著作目錄」；花了四個月協同魏姐與十位

志工進行校對工作；編寫按語。至於後段的照片選錄、圖說要點、封面設計等張副總也都沉穩地安排進度，親力親為。鑒於我非金學研究人員，出版社更邀請金學專家組成編審團，針對出版方向提供專業意見，助益甚夥。

　　另一批救火大軍，要屬海峽兩岸先生在學術界的老友們，寫序的寫序、推薦的推薦、大家共襄盛舉，我的求援都在緊迫時刻，他們的救援卻即時就到，令我感動，亦為本套書增色不少。黃霖教授與先生相交至深，他不僅參與編審團提供意見，更爽快為本書題序，詳細道敍先生為人和治學。吳敢教授亦是熱情相挺，不僅邀約本套書到徐州參加第十一屆國際「《金瓶梅》學術研討會」上作首發會，還提供一篇詳盡的紀念文作為代序，顯見兩位學者與先生的情誼深厚。原本在出版計畫中，並沒有規劃全書到大陸發表，而促成這樁美事者卻是歐陽健教授。他於今年三月訪台，期間與魏大哥閒聊，談及《金學卷》的出版進度，便建議八月到徐州參加金學會議，並敦促家屬隨書到徐州會見先生的老友們，因而促成我與魏姐在八月十五日聯袂到徐州參加會議。大會上我亦發表〈魏子雲先生著作金學卷之整理與出版紀實〉一文，詳實紀錄出版歷程。除此之外，歐陽健、侯忠義和胡衍南各教授亦為此書大力推薦，此情此義銘記在心。本套書出版的外緣發展已超出原本規畫，彷彿這一切在冥冥中均有先生的旨意，事情的發展都在因緣俱足下自然開花結果。

　　國家圖書館也相當程度扮演了救火隊，在籌備期間，有些手稿資料須到國家圖書館調閱，特藏室俞小明主任、塗靜慧女士、孫秀玲女士均提供及時且必要的協助，除了感謝感恩，別無他語。還有一群沉默的救火英雄，她們是我開始整理手稿就在一起分勞的志工好姐妹，她們與先生毫無淵源，卻願意投入時間和心力，無怨無悔，盡心盡力；出版期間，文章的查找、檢覈和校訂，都有她們奉獻的身影；

她們是汪玉英、侯錦芬、蕭金津、賴佩慧、鄭心瑩、林小鳳、冷冬梅、黃偉雯、張月芍、陳玉輝、李壽惠、邱瓊玉和謝維凌等，在此特申謝忱。

　　至今我仍然堅信，在天上的老師還繼續在教導帶領著我，從不嫌棄我的魯鈍疏懶，十八年師恩浩大，這份感動一直存記在心。編製《金學卷》的「著作目錄」，正是磨練我的耐心和細心。出版時又讓我跟著一群精英團隊學習更細膩的實務操作，大大拓展了視野並豐富我的經歷。而今，《金學卷》已順利出版，這是先生全集的第一輯，指標意義非常重大，後續還有《戲曲卷》、《語文教學卷》、《創作卷》和《外編》等，學習的機會仍多。我會秉持一貫信念，讓世人見證像先生這樣一位以全部生命讀書、教書、寫作的傳統讀書人，其多元著述正是學術研究史上重要的經典史料。

（李壽菊謹誌）

附錄

魏子雲先生與《金瓶梅》研究[1]

李壽菊

德明財經科技大學副教授

一　前言

　　魏子雲先生（1918-2005），安徽宿縣人，享壽八十八歲。其生命見證一個新舊交替的世代，亦歷經一場流離顛沛的大變革。良由特殊的時空背景，締造近年學術界不可小覷的奇葩。先生以一名退役尉官，無意間與學術界相遇，掀起《金瓶梅》研究風潮；在無經費計畫下，先生埋首書堆，振筆疾書、孜孜不倦。三十年的《金瓶梅》研究，十六部的研究專論，即使成果傲世群倫，享譽國際，就先生而言，一切只是油然自生而已；對後學而言，先生的《金瓶梅》研究，正提供最佳的學習典範。

　　民國七十六年（1987），先生近七十歲，擔任筆者碩士論文指導教授[2]。自此，隨侍先生左右十八年。親炙磊落鴻儒，乃筆者畢生榮幸。首會先生之時的震懾，至今仍記憶猶新。其額前一撮白髮，一雙貼面大耳，兩道挺拔的劍眉，加上魁武的身軀，有一種無法形容的威嚴！開始進出魏府問學，常懷戒慎恐懼之心。時日一久，先生諄諄教

1　本文原發表於第六屆（臨清）國際《金瓶梅》學術討論會，二〇〇八年七月，此處內文略有刪節。

2　民國七十六年（1987），東吳大學聘先生擔任筆者碩士論文《三遂平妖傳研究》指導教授。

誨，才真切明白中國傳統「讀書人」「望之儼然，即之也溫，處之澹
然」的圖像，漸漸化敬畏成敬愛。金學研究大不易，筆者自忖學識淺
薄，才拙難究，雖耳濡目染，終不涉金學藩籬。先生晚年及時處理二
萬餘冊藏書，線裝書存於國家圖書館，其餘完整保存於苗栗育達技術
學院圖書館。筆者亦協助整理書信並參與贈書活動。先生的為人與治
學，筆者受惠最深。

先生在世時，一向重視《金瓶梅》學術研討會，幾乎年年與會，
筆者經常隨侍先生參加兩岸各種學術研討會。先生辭世已兩年多，大
陸友人常憶之。正值山東臨清召開「《金瓶梅》國際學術研討會」，
藉此與會，拜會先生友人。金學工程浩繁，筆者無才學未敢置喙。僅
著墨取資先生之研究梗概，及近距離觀察所得。特以此文，緬懷恩
師，實則記錄一位跨時代的學者風範。

二　先生研究動機和成果

三十年，一個世代。為何先生願意花一個世代光陰深究《金瓶
梅》？若說《金瓶梅》是部奇書，自有魅力。然天下奇書何其多，何
以獨鍾此書？若說，先生為名？要利？卻不見求職與求財。不免好
奇，到底什麼動機？讓先生無怨無悔，守著一部書，全心奉獻。就筆
者近距離接觸，深刻體悟先生是位擇善講究之傳統讀書人。解惑，乃
先生最純粹之研究動機。僅因讀書有疑，非為研究而鍾情之。為追尋
解答，進行一連串查證，下筆成章，即成一系列的研究成果。先生從
不打稿，一落筆，思緒泉湧；越探究，問題越似滾雪球，一發不可收
拾。

（一）研究動機——讀書有疑

先生受教於舊式塾屋，一學一鞭，一問一打，烙印強力則積學深厚。先生之所以研究《金瓶梅》，起因於塾屋教育。機緣弔詭有趣，弔詭的是先生因線裝書而排斥《金瓶梅》；有趣的也是因線裝書而研究《金瓶梅》。簡言之，私塾實行嚴格教育綑綁了先生；掙脫離家後，即逃離所有與私塾相關記憶，尤其厭煩線裝書。沒想到世事難料，風雲變色，隔海望鄉，思鄉之情重拾記憶，私塾的一景一幕，又從生命底層慢慢浮現，遂視線裝書為寶貝。先生與《金瓶梅》的因緣，就在綑綁、掙脫、逃離、回歸的弔詭中牽繫著。

先生曾言：抗戰正值青春期，又逢新社會，離鄉從軍，見識世面。對私塾所學，一股腦兒全拋開，全心浸潤於西洋文學中。當下，《金瓶梅》以線裝石印本現身，單看封冊即生反感，又因印刷不清，自然不獲青睞。看似無緣之遇，卻埋藏後會有期機緣。來臺十餘年後，年歲增長，思鄉情切，假日喜逛臺北牯嶺街舊書攤，成日在「破書、爛畫」（師母戲謔語）堆尋寶，尤其對線裝書愛不釋手。民國五十五年間（1966），先生於書堆中遇見石印本《金瓶梅》，睹物思鄉，即刻買回閱讀。此番不期而遇，先生與《金瓶梅》交會，竟在學術界擦出亮麗火花。

然而，先生並非買到石印版《金瓶梅》，即興起研究念頭，而是閱讀袁中郎（宏道）全集，讀到他寫給董其昌信，提到《金瓶梅》：「勝枚生〈七發〉多矣！」觀點與自己閱讀《金瓶梅》的理解不同，甚感怪哉！內心盤旋諸多疑點：

（一）袁宏道所著的《觴政》以「《金瓶梅》配水滸傳為逸典」，又說「雲霞滿紙，勝於枚生〈七發〉多矣」。枚生〈七發〉是充滿政治隱喻之文，然以現存的《金瓶梅》版本來看，完全沒有政治隱喻，

袁宏道的說法不合現存事理，其中必有蹊蹺。

（二）袁中郎於萬曆二十四年（1596），首先傳出《金瓶梅》的消息，事後竟十年無一字提及；十年後的丙午，依舊由袁中郎的酒令《觴政》傳播出來，全在萬曆三十四年之後寫作出來。這十年的隱蔽應該怎樣解讀？

（三）為何自萬曆三十四年《觴政》後，始有人論說《金瓶梅》？

（四）袁宏道寫《觴政》時，尚未見到全本，他處也無刻本，他憑什麼把《金瓶梅》配《水滸傳》為逸典，作為酒場甲令？

倘若疑點只有一個，就是單純一個問題而已；若疑點重重，一連串問題必會羅織成「問題意識」，一旦心中產生問題意識，「得」理「明」事之「研究」，必定成為強烈動機，使其進行大規模搜羅推敲，嚴謹考證且巨細靡遺。民國六十一年（1972），先生五十四歲，第一篇《金瓶梅》讀書心得發表於聯合報副刊，標題為〈金瓶梅的作者是誰？〉即顯示先生已有強烈的問題意識。為了追求真相，遂從明史、地方志、文集及版本各類文獻，一一比對，細細分析，推論情理。終在《蘇州府志》以及馬仲良的《妙玄堂集》，查明了馬仲良「司榷吳關」的「時」，於萬曆四十一年（1613）。推翻前人如魯迅、吳晗、鄭振鐸等人判定《金瓶梅》初版於萬曆三十八年（1610）的論點。此種揪出沿襲之誤和近人新誤的考證，旋即引發學術界關注和討論。此一發展，更堅定先生研究信心和方向。

先生的問題意識，源自天賦異稟，自幼即喜追根究柢，外加深厚之國學底蘊。又遇上謎樣般的《金瓶梅》，涵藏傳抄、付刻、版本及作者等諸多問題。先生援筆疏通，一篇一文擲地有聲，立刻掀起兩岸金學研究熱潮。在人多目明下，研究問題更層出不窮。先生強烈的

問題意識，最後發展出《金瓶梅》十大問題[3]，也成為先生研究《金瓶梅》之設論基礎。先生奉獻三十年，希冀能將讀書有疑問號完成句號，尚乞賢智之士能為之解決。

（二）著作成果——十六部專論、兩部創作

先生一生著作等身，筆力縱橫至廣極深，《金瓶梅》研究論著、戲曲劇本與評論、國文教學、八大山人研究等，鴻篇鉅製高達約七十本。而《金瓶梅》研究即佔了十六部專論、兩部創作。歷經三十年研究，《金瓶梅》問題雜沓，先生研究不是渾然濁然的枝蔓比附，而是有根有幹的脈絡分析。先生屢屢言及其研究之根之幹，在「作者」與「成書年代」兩大問題上，任力筆耕，用心最深。其餘或校勘、或編年、或注釋等則屬基礎工程，實因研究所需而準備。先生執筆之論，多發表於報章雜誌上，最早一篇《金瓶梅》論文於一九七二年，出現在聯合報副刊上，爾後八年才積篇成書。以下主要著作，按照出版次序排列如表：

	書名	出品	出版日期	備註
1	《金瓶梅》探原	巨流圖書公司	民國 68 年（1976）	
2	金瓶梅詞話註釋	學生書局	民國 70 年（1981）	
3	《金瓶梅》編年紀事	自行抽印	民國 70 年（1981）	
4	《金瓶梅》的問世與演變	時報公司	民國 70 年（1980）	〈一月皇帝的悲劇〉此文附錄於《金瓶梅的問世與演變》後
5	《金瓶梅》審探	商務印書館	民國 71 年（1982）	
6	《金瓶梅》箚記	巨流圖書公司	民國 72 年（1983）	
7	《金瓶梅》原貌探索	學生書局	民國 74 年（1985）	

3　〈金瓶梅十大問題〉，錄自《金瓶梅散論》〈代敘〉，頁 263-267。

8	小說《金瓶梅》	學生書局	民國 76 年（1987）	
9	潘金蓮（《金瓶梅》的娘兒們）	皇冠出版社印行	民國 74 年（1885）	小說創作
10	《金瓶梅》的幽隱探照	學生書局	民國 77 年（1988）	
11	《金瓶梅》研究資料彙編 上編：序跋、論評 插圖 下編：《金瓶梅》這五回之論述與比勘	天一出版社	民國 77 年（1988） 民國 78 年（1989）	
12	《金瓶梅》散論	商務印書館	民國 79 年（1990）	
13	明代《金瓶梅》史料詮釋	貫雅文化事業公司	民國 81 年（1992）	
14	《金瓶梅》研究廿年	商務印書館	民國 82 年（1993）	
15	《金瓶梅》作者是誰	商務印書館	民國 87 年（1998）	
16	吳月娘（《金瓶梅》的娘兒們）	皇冠出版社印行	民國 80 年（1991）	小說創作
17	深耕《金瓶梅》逾三十年	文史哲出版社	民國 92 年（2003）	
18	《金瓶梅》餘穗	里仁出版	民國 95 年（2006）	先生遺作

　　揆諸上方著作表中，先生的研究，脈絡清晰可見，疏布如下：

1 研究根幹──解決「作者」和「成書年代」問題

　　先生研究有根有幹，即解決「作者」和「成書年代」兩大問題。集結成冊的著作有《金瓶梅探原》、《金瓶梅的問世與演變》、《金瓶梅審探》、《金瓶梅原貌探索》、《小說金瓶梅》、《金瓶梅的幽隱探照》和《金瓶梅作者是誰》。

　　探索「作者」問題，先生援史立論，引方言考論。初期，僅考證作者不是山東人，當為久居北方的江南人。當時論壇上，作者研究眾說紛紜，撲朔迷離，候選人有王世貞說、李開先說、賈三近說、屠隆說和湯顯祖之說不等。先生審慎校練，考證過濾，端詳嘉靖以來明代政治變革、經濟形態和社會風貌；推敲相關人物如袁中郎、屠隆、馮夢龍、或沈德符諸人之創作活動。條貫綜學，最後支持復旦大學黃霖

教授提出之「屠隆說」。先生徵信有據，自屠隆生平經歷，發現此人諷刺當時皇帝的嫌疑最高。且屠隆自免官後，常受友人麻城劉守有接濟，至萬曆三十三年卒後，世人又傳劉承禧（守有子）家初有該書全本。種種跡象研判，屠隆應為《金瓶梅》原稿作者。於是先生大聲疾呼，《金瓶梅》作者最有可能就是屠隆。至今作者考證篇章多達數百篇[4]，候選人已上看五十人，顯見作者研究仍方興未艾。

至於「成書年代」探究，可區分抄本和刻本之成書年代。先生嘔心瀝血，揭篋探囊；據文獻，總義理，推論初期不全抄本的成書年代不可能完成於嘉靖時期，當在萬曆二十二、三前後[5]；後期抄本，應自袁宏道《觴政》梓行開始，在萬曆三十四年（1906）秋之後[6]。至於刻本，有分十卷本和廿卷本，十卷本應是《金瓶梅》的最早刻本，有萬曆丁巳（四十五年，1617）的東吳弄珠客序文，一般稱「萬曆本」，實則梓行於天啟初[7]。廿卷本刻於崇禎，有避諱字為證。由於兩種刻本均有改寫痕跡，亦造成「底本淵源」尚待資料佐證以釐清問題。由此觀之，《金瓶梅》的成書年代龐雜繁複，非臆測所能成事。

自一九七二年起，先生開啟《金瓶梅》作者和成書的探索之路，兩岸學術界亦投入大量人力，金學研究蔚為風潮。先生的研究專書多是積篇成書，在內容上，不免有許多交叉綴複現象。先生一再改寫「作者」和「成書年代」的書寫模式，無非希冀能舉要治繁，廓清謬誤而已。

4　參閱吳敢：《二十世紀金瓶梅研究史長編》，頁 33。

5　〈金瓶梅的幽隱探照〉，錄自《金瓶梅研究二十年》，頁 182。

6　〈金瓶梅的幽隱探照〉，錄自《金瓶梅研究二十年》，頁 185-186。

7　〈金瓶梅的幽隱探照〉，錄自《金瓶梅研究二十年》，頁 179-187。

2　研究準備──史料旁證

　　上述觀之，先生研究重心在解決問題，不在創造理論。故前十年的努力，多在《金瓶梅》外緣問題上來回檢索，關注焦點集中在作者、成書、刻本、改寫和流傳等問題上。爾後欲轉進文本研究，進行「藝術論」、「人物論」、「情節論」等內部研究。卻鑑於《金瓶梅》版本多元，須得進行全面性探索，如版本校勘、注釋、編年、箚記、用詞等基礎研究。緣此，主要著作有《金瓶梅詞話註釋》、《金瓶梅編年紀事》、《一月皇帝的悲劇》、《金瓶梅箚記》、《金瓶梅研究資料彙編》等。此為先生欲進行內部研究而準備，皆屬基礎研究性質。

　　首先，《金瓶梅詞話註釋》乃應他人所求。由於《金瓶梅》方言俚語多，令現代人費解，為替讀者解決問題，遂編寫注釋工具書，方便大眾參考之用，該書先生花了數個月完成。至於《金瓶梅編年紀事》，基於日本學人鳥居久靖曾於一九六三年寫過「金瓶梅編年稿」，過於簡略，不敷先生翻檢之需要。遂以《金瓶梅詞話》為本，費時四個月完成。

　　《一月皇帝的悲劇》的副標為「金瓶梅研究旁證」。書寫萬曆期間，冊立東宮、妖書事件、福王之國事件、梃擊事件、紅丸事件和移宮事件。記錄泰昌帝常洛登位一個月即死的悲劇始末，此作乃先生研究旁證而已。

　　一九八三年完成《金瓶梅箚記》，卻徹底改變先生的研究計畫。箚記本是預備專研文本內部問題的前置作業。沒想到，箚記完成後，先生並沒有進行文本研究，而是回頭重新研究外緣問題。先生言道：為了《金瓶梅》內部研究，光研讀文本，已花費兩年光景，勤紀錄卡片。卡片只著眼於人物穿插和故事情節的演變。有時旁及曲詞淵源，或辭句之誤。兩年下來，所列舉錯誤多為前人不曾發現。先生又發揮

追根究柢精神，問題意識更形牢固。文本內部前後許多不能統一的問題？十卷本和廿卷本之間，到底是父子關係？還是兄弟關係？太多錯誤與矛盾問題是怎麼產生？種種疑慮更糾葛著先生，使先生無法安心拋開問題，直接進行內部研究。然兩年的卡片紀錄亦是寶貴的史料，故先生費時五個月，一鼓作氣，未曾間斷，完成三十萬言的箚記。一份記錄自己的讀書心得，也提供後學作為閱讀參考資料。過了十五年，有關「藝術論」或「人物論」，先生只撰寫零星幾篇小文章，並未完成體系化的內部研究，實因先生研究難逃問題意識所致。

　　至於《金瓶梅研究資料彙編》上下編，乃應「天一出版社」邀約。上編「序跋、論評、插圖」已出版，後大陸出版四種資料匯編，遂將「《金瓶梅》第五十二回至五十八回之比勘與解說」充當下編。此為先生到日本天理圖書館訪書印回的五回資料，是部尋找版本矛盾的研究著作。《明代金瓶梅史料詮釋》，則為自己，亦為研究同道，提出可供研究之史料。先生在各書之「自序」中，均有詳細寫實的動機論述。

3　研究史述──回顧與創作

　　除了研究宗主和研究準備外，著作中，尚有回顧記錄。《金瓶梅研究二十年》和《深耕金瓶梅逾三十年》是也。這類著作動機實與先生愛逛舊書攤之習性相關。先生視其研究文物如同史料文獻，皆有保存價值。先生熱衷巡禮舊文物，博觀而後識器，縱使片紙隻字，於他人眼中是垃圾，在先生眼中或許就是珍貴史料。先生研究核心，首重史料文獻的考證，對史料文獻自有圓照慧識，日常生活中亦逐步養成留存資料習慣。舉凡文稿、書信、舊文物，先生均珍藏之。筆者曾在先生書房，意外學習到史料的識別，真是寶貴的一課。臺灣開放大陸探親，也開放兩岸通郵。初期，大陸方面寄來書信，封面郵票皆會塗

上黑色油性筆，對筆者而言，這一黑筆並沒有意義，每封大陸書函均如此，對此完全不在意。一日，先生拆閱大陸來函，突然指著封面郵票下的一筆黑粗線，對筆者言道：「此必為日後最佳史料，見證這個時代。」仔細端詳，原來這是郵政人員以墨筆塗抹，企圖遮掩「中國人民郵政」字眼。筆者當下震驚不已，才恍然先生多識前言往行，並非虛妄。重要史料與普通信封，取決於慧眼與無知之別；先生慧眼洞明這一黑筆之意義，亦使無知如我大開眼界。從此，筆者亦留心文獻史料之鑑賞。《金瓶梅研究二十年》和《深耕金瓶梅逾三十年》都是史述，記錄先生書寫每部書之動機，強調其論述皆是有憑有據，絕非臆測之作，更澄清他人誤解之說。先生於書中均清楚表白自己之研究歷程，本文毋庸贅述。

　　眾所周知，先生是金學研究大家，成書十六部，鮮少知先生亦熱愛文藝創作。即使全心投入《金瓶梅》研究中，創作魅力仍驅動先生，因而寫下一系列《金瓶梅》的娘兒們，如《潘金蓮》和《吳月娘》等作品。有人誤以先生翻寫《金瓶梅》故事出版，其目的在賺錢。筆者深知先生未從著作中獲利過，即使大陸出版《金瓶梅》的娘兒們系列，行銷四、五十萬冊，先生不曾蒙利。由於侵權控告，勞民傷財，先生無力照管，徒呼負負而已。先生從事創作，意在塑造人物性格，為了使人物更具生命力，先生會取真人為模特兒，加油添醋一番，其中〈秋菊〉角色，原型即是師母家族中的一名丫頭。

（三）研究影響——廓清前人之誤，提供問題思考法

　　先生率志研究《金瓶梅》，勞思千慮不為苦，投筆抒懷甘如飴。惟《金瓶梅》相關問題有如棼絲之亂，誠賴群策群力，非一人能竟全功。先生常言：提問、解答、注釋、編年，僅為後學提供一己懷疑和

心得。若資料有用，正是自己能呈獻的功績，「雖獲者默然，卻無損
於己[8]。」誠然！僅根據幾位學者之語，先生研究成果，乃廓清前人
之誤，提供問題的思考方法：

（一）翁同文先生，東吳歷史學系教授。極讚美先生糾正前人誤
說，且有創見發明。翁先生在《金瓶梅的問世與演變》序言中，寫到
「政治諷喻暨推論所得各點實為本書主要創獲…魏先生結合前後有關
事實推證先有政治諷喻頗顯的原稿本，遂使前後改寫原委粲如列眉，
沿革同異都有合理的解釋，自非虛妄。」[9]翁先生對歷代學者研究《金
瓶梅》來歷問題，過去只讀過吳晗的論文，現讀魏先生論著，認為先
生「孤軍挺進，不斷超越前人，屢有創獲，成績最為輝煌[10]」。

（二）蘇同炳先生，中央研究院史語所研究員。認同先生之研究
「超越自己，也超越前人」。在《金瓶梅的問世與演變》序言中，自
陳對袁中郎評《金瓶梅》「勝枚生〈七發〉多矣！」深感不解，經由
先生比對詞話本第一回所保留的劉項故事後，大讚先生以敏銳眼光看
出其中的特別意義，發現刪改的事實，使之豁然貫通。「實為《金瓶
梅》研究工作的一大創獲[11]」。

（三）葉慶炳先生，已故臺大中文系系主任。對先生的研究精神
感佩不已，一九八四年曾於《金瓶梅原貌探索》，序文言及：「魏先
生帶動了國內研究《金瓶梅》的風氣，向國際漢學界展示了國內學術
界研究《金瓶梅》的成果，更重要的，為後學奠定了研究《金瓶梅》
的基礎[12]。」舉凡大陸、香港、美國等地的金學專家，不論同意不同

8　〈金瓶梅大辭典弁言〉，錄自《金瓶梅散論》，頁 326-327。

9　錄自〈翁序〉，《金瓶梅的問世與演變》，頁 289-296。

10　錄自〈翁序〉，《金瓶梅的問世與演變》，頁 296

11　錄自〈蘇序〉，《金瓶梅的問世與演變》，頁 289-299。

12　錄自〈葉序〉，《金瓶梅原貌探索》，頁 211-212。

意先生的觀點，只要研究《金瓶梅》，必得參酌先生的著作。

（四）雷威（Andre` Levy），法國漢學家。曾在〈最近論「《金瓶梅》」的中文著述〉言到先生「對研究《金瓶梅》的方法有很大貢獻，就是我們稱之為的『外在研究』…魏教授繼姚靈犀之後，更進一步駁斥了以山東方言為《金瓶梅》的語言的神話，貢獻甚大[13]」。

大體而言，《金瓶梅》研究龐雜多枝，先生統緒思宗，首尾貫徹作者及成書問題，徵信於事證事理，故先生回應他人之文，皆理直氣壯，無筆戰之心，卻有筆戰之味。時人誤解，先生未解何故？實因，先生以問題意識看待問題，完全不涉俗世，故不以俗世情理應對。

三　先生研究方法和態度

先生在〈金瓶梅頭上的王冠〉，〈金瓶梅編年說〉裡，推論《金瓶梅》初期之作必涵攝「政治諷喻」。此一論點，有人視為一大創獲，如翁同文先生等。有人卻視之為索隱派。先生曾言：「我的《金瓶梅》研究被歸為索隱，乃起于徐朔方先生之口。」先生澄清自己是「索引」非「索隱」。索隱派自有定論，意指尋找本事。先生研究不為尋找本事而論證，皆因比對資料，分析異同，充滿矛盾引發諸多疑惑。純粹就疑點提問推論而啟發，不是先有立場而研究。「政治諷喻」論點，絕非虛妄之臆測。徵事有據，先生從《金瓶梅詞話》第一回入話寫明劉項帝欲廢嫡立庶故事而引發。此入話因與西門慶故事不合，

編按1　此文在《金學卷》已移入《外編》。

13　〈附錄四：最近論金瓶梅的中文著述〉，錄自《金瓶梅的問世與演變》[編按1]。

不符合小說中入話的性質。加上崇禎本並無此入話，此改寫證明《金瓶梅詞話》之前的版本，必是一部有關政治諷喻的小說[14]，更與當時萬曆朝的宮廷政治相吻合。當時神宗皇帝朱翊鈞寵愛鄭貴妃屢欲廢長立幼，引起朝廷諫諍，迭生政潮。先生遂推斷作者有隱名之書諷刺當代。先生推論均有溯源，不是主觀的，隨意比附。先生之研究方法正如其行書一樣，早已自成一體，有文人風骨，獨特有形。

（一）研究方法——歷史基、社會因、訓詁法

法國漢學家雷威（Andre` Levy），曾讚揚先生對研究《金瓶梅》的貢獻在於研究方法。先生從事《金瓶梅》研究，不是憑一己突發奇想就能著書立說，而是從學理中尋覓立論基礎。有人向先生請益研究法，先生完全不隱晦，各書的自序中常見先生自言其研究方法。如《明代金瓶梅史料詮釋》中的〈緒說〉和〈續語〉等，均載明其《金瓶梅》研究方法，主要有歷史基、社會因和訓詁法。

先生自言：「歷史基」指的是以歷史為考據的基心[15]；「社會因」是以社會現象為尋證的基因；「訓詁法」是以訓詁為考索問題的方法。換言之，先生治學主要以歷史文獻、社會因素和訓詁方法為研究基礎；以義理為義法合一的立論。先生開始時以考證《金瓶梅》的版本為主要論述，這是求史之本。他不同意《金瓶梅》成書年代於嘉靖時期，乃基於歷史文獻上尚無資料可以援證，沒有文獻佐證也就沒有歷史基礎可言。先生強調不從學理去尋求立論之點，無歷史基礎，一切都是空中樓閣。至於社會因素，則是作者的直接問題，為何《金瓶

14　錄自《金瓶梅原貌探索》，頁 411-412。
15　錄自〈緒說〉，《明代金瓶梅史料詮釋》，頁 191-199。

梅》在晚明社會中遲遲無人付梓，其中 巧更值得探索；而訓詁方法
對釐清內容最管用，例如書中方言俚語充斥，可從訓詁和義理兼而得
之。若訓詁法無法解惑，最後需要以義理來貫穿。「博引」而「貫
通」，正是先生研究能催破廓清許多前人的謬誤，開創新的局面之
法，先生經常口誦：「訓有未安，義理求之。」此口訣乃為私塾教育
基礎。

　　先生研究方法嚴謹扎實，應歸功於幼學經學底蘊深厚。一九九
四年先生出版《國文》一書，自敘中闡明幼學受桐城學派的訓詁義
理教育[16]。義理即事理也。以事理為根，義理自然貫通。然先生亦不
諱言，從事史料文辭訓釋，難免有其主觀成見之附會。附會之誤，研
究者在所難免；可貴的是，能見他人研究，自省附會之失，而坦承疏
忽。先生自言於《金瓶梅的幽隱探照》一書中，寫到自己曾抄錄馮夢
龍用「笑」字文辭，有意附會「欣欣子」[17]，見鄭閏發現屠本畯之作，
方覺自己犯了「附會」之失。先生研究金學的優勢得自扎實的經學基
礎，然時代更替，私塾教育不可得，更可貴卻是自省態度，正是現代
學者最需學習之處。

（二）研究態度 ── 志定心靜、鍥而不舍

　　私塾教育之義理訓練，奠定深厚國學基底，亦日漸養成先生嗜
書成癖的文人性格。在生活態度上，先生一生儉約質樸，隨緣隨性，
不重講究。在研究學問態度上，卻有一種志定心靜的肅穆。先生每天
天一亮，約六時時分即伏案揮毫，從來沒有做過暖身運動。一動筆，

16　錄自〈自敘〉，《國文》，頁 1-4。

17　錄自〈續語〉，《明代金瓶梅史料詮釋》，頁 293-294。

先生的坐姿就像雕像，定坐似的。只見筆尖在小格內揮灑，思緒在空間流動，直到師母喊吃早餐，先生才會從書堆鑽出來，到餐廳用餐和閱報，約一小時，回房再寫。連電話聲都吵不到他，直到晌午，先生方始休歇，午睡起來再繼續。不論晴雨、不問寒暑，數十年如一日。先生的定力和心靜功夫，令人敬佩不已。

　　心靜專注，本是先生生命特質之一。先生常言：年幼時，讀書太專注常誤事。每每父親吩咐看守田畦任務時，因讀籍太過投入，田裡西瓜被人搬走仍無查覺。先生常進入忘我境界，連吃飯時也會靈魂出竅。倘若先生只顧夾吃眼前菜，且憂額蹙眉，眼神渙散時，師母見著會碰碰先生，先生方始緩神，正常夾菜。這種情狀，筆者亦見怪不怪，當先生正思索問題，尋求解答時，經常會出現沉思現象。連走路亦然，完全無視週遭環境的變遷。師母非常擔憂，深怕先生出門太過專注沉思，過平交道或十字路口時，發生意外。對先生而言，他的思緒無暇思考「擔憂」二字。

　　鍥而不舍的研究態度，最是先生可敬之處。先生精力充沛，勤奮異常。讀書只要遇到問題，必到圖書館找資料。國家圖書館和故宮博物院都是先生經常流連之處。若國內圖書館闕如，為追求解答，先生便發揮鍥而不舍精神，不辭辛勞遠赴國外查訪。例如，為了《金瓶梅》版本比勘問題，先生曾於民國七十年（1981），到日本訪書，在天理圖書館停留了不少天，只印出第五十三至第五十七等五回。歸來，進行約兩個月不眠不休的研究，寫出了〈《金瓶梅》這五回〉。這項費時費力費金錢的研究，一不為名，二不為利，一心只要解答心中疑惑。這種鍥而不舍的研究態度，正是大師風采。

　　另外，做事不喜勞煩於人，也是先生可愛之處。找資料、影印資料、寄信都是先生一手包辦。有時，瞥見先生在書店內影印，白髮蒼蒼的老者身影，獨自一個人，心裡感嘆萬千。至於專書的封面設計

和編排，偶而會有先生的創發之想。例如先生欣賞匡仲英古趣的書法字體，即請他題字，「金瓶梅的幽隱探照」的書寫即是匡仲英的字。看戲聽戲，是先生的興趣。先生亦會將嚴肅的金學研究，以戲劇編排手法進行專書編輯。例如《金瓶梅的幽隱探照》的編輯，採艷段、放隊詞處理。不明究理者，會忽視此編排。深諳戲曲者，必知先生用意。艷段有入話之意，以尋常熟事來導引故事涵義，故艷段均有暗藏本劇主題之意。放隊詞則有尾聲之意。先生巨細靡遺的精細，比女子的細膩還令人稱奇。

　　讀書、寫書，幾乎是先生的生活重心。師母觀察先生說：「他一輩子都在做自己喜歡的事，所以，每天快快樂樂，根本忘記了老邁。」是的，筆者不是認識先生於書本上，而是認識先生於生活之中。如此靜心專注、鍥而不捨、獨立自主，正是先生獨具慧眼之關鍵。二〇〇三年，先生因高血壓引起腦內出血，而中斷書寫能力。儘管如此，先生仍懷抱壯志要完成一部《金瓶梅》專著。這樣鞠躬盡瘁的治學態度，真叫疏懶的後輩晚生為之赧然！

四　結語

　　《金瓶梅》研究大家魏子雲先生，正是一位用全部生命來讀書、寫書的傳統文人。在硯耕仕進的時代裡，這樣身影不足為奇；在一個遠離科舉的現今社會中，這類筆耕終生的讀書人有如鳳毛麟角。如今往者已矣，徒留典範在人間！仰望壁上懸掛先生手書，乃明人文句，先生經常喃喃於齒舌間：

　　　　圓者被人譏，方者被人忌。不方與不圓，何以成其器。人或
　　　　譏我圓，圓圓思以智；人或忌我方，方方思以議。如斯人間

世，做人誠不易。俯仰規矩中，方圓各不貳。

先生以識檢亂，以才推論；專注考證，獨成創意。《金瓶梅》研究成果是方？是圓？他已無從辯解，留待他人作評。

1602001

魏子雲著作集・金學卷

作　　者　魏子雲
主　　編　李壽菊

發 行 人　林慶彰
總 經 理　梁錦興
總 編 輯　張晏瑞
編　輯　所　萬卷樓圖書股份有限公司
　　　　　臺北市羅斯福路二段 41 號 6 樓之 3
　　　　　電話 (02)23216565
　　　　　傳真 (02)23218698

發　　行　萬卷樓圖書股份有限公司
　　　　　臺北市羅斯福路二段 41 號 6 樓之 3
　　　　　電話 (02)23216565
　　　　　傳真 (02)23218698
　　　　　電郵 SERVICE@WANJUAN.COM.TW
香港經銷　香港聯合書刊物流有限公司
　　　　　電話 (852)21502100
　　　　　傳真 (852)23560735

ISBN 978-957-739-947-2
2015 年 8 月初版
定價：新臺幣 20000 元
（全套十冊精裝不分售）

如何購買本書：

1. 劃撥購書，請透過以下郵政劃撥帳號：
　帳號：15624015
　戶名：萬卷樓圖書股份有限公司
2. 轉帳購書，請透過以下帳戶
　合作金庫銀行 古亭分行
　戶名：萬卷樓圖書股份有限公司
　帳號：0877717092596
3. 網路購書，請透過萬卷樓網站
　網址 WWW.WANJUAN.COM.TW
大量購書，請直接聯繫我們，將有專人為
您服務。客服：(02)23216565 分機 610

如有缺頁、破損或裝訂錯誤，請寄回更換
版權所有・翻印必究
Copyright©2015 by WanJuanLou Books CO., Ltd.
All Rights Reserved　　　　**Printed in Taiwan**

國家圖書館出版品預行編目資料

魏子雲著作集・金學卷 / 魏子雲著, 李壽菊主
編-- 初版. -- 臺北市：萬卷樓, 2015.08
　面；　公分. --

ISBN 978-957-739-947-2(全套：精裝)
1.金瓶梅 2.研究考訂

857.48　　　　　　　　　104015175

書號：1602001
ISBN 978-957-739-947-2
定價：新臺幣 20000元